三河ごーすと
Illust ねこめたる
自称Fランクのお兄さまがゲームで評価される学園の頂点に君臨するそうですよ？
9
Dear Self-styled
F rank
ays,
he's g
rule
a gam
iented
school.

露わになった顔は――『地味』だった。
驚くほど華がない、かといって醜くもない。
整った顔立ちとは際立った個性がないものだが、
そうした特徴のない美しさとも無縁の、
評価するなら『可』としか言えない顔だ。
白王子透夜

エーギル・アルセフィア
「わ、私、こういうものです。あのっ……王位に興味とか、ありませんか⁉」
エーギル・アルセフィア

カムラン・
マリク
モナ・ラナ

「俺と来い、獅子よ。
この村で最も強き男よ。
——俺のモノとなれ」
「オレたちより強くなけりゃ話にならない。
遊戯村序列一位、カムラン・マリク。
トーヤに遊戯を申し込む。
オレが勝ったら、その命を捧げろ」

フラヴィア・
デル・テスタ
Fクラス代表
白王子透夜
Eクラス代表
ディベートゲーム
Debate game

ミラ・イリイニシュナ・
プーシキナ
Dクラス代表
Cクラス代表
クリステラ・
ペトクリファ

CONTENTS

自称Fランクのお兄さまがゲームで評価される学園の頂点に君臨するそうですよ？ 9

三河ごーすと

MF文庫J

《獣王遊戯祭《ベスティア》》戦況

勢力図

Aクラス
脱落

Bクラス
CP 362400 拠点数 8

Cクラス
CP 133000 拠点数 5

Dクラス
CP 115300 拠点数 9

Eクラス
CP 145900 拠点数 7

Fクラス
CP 148000 拠点数 1

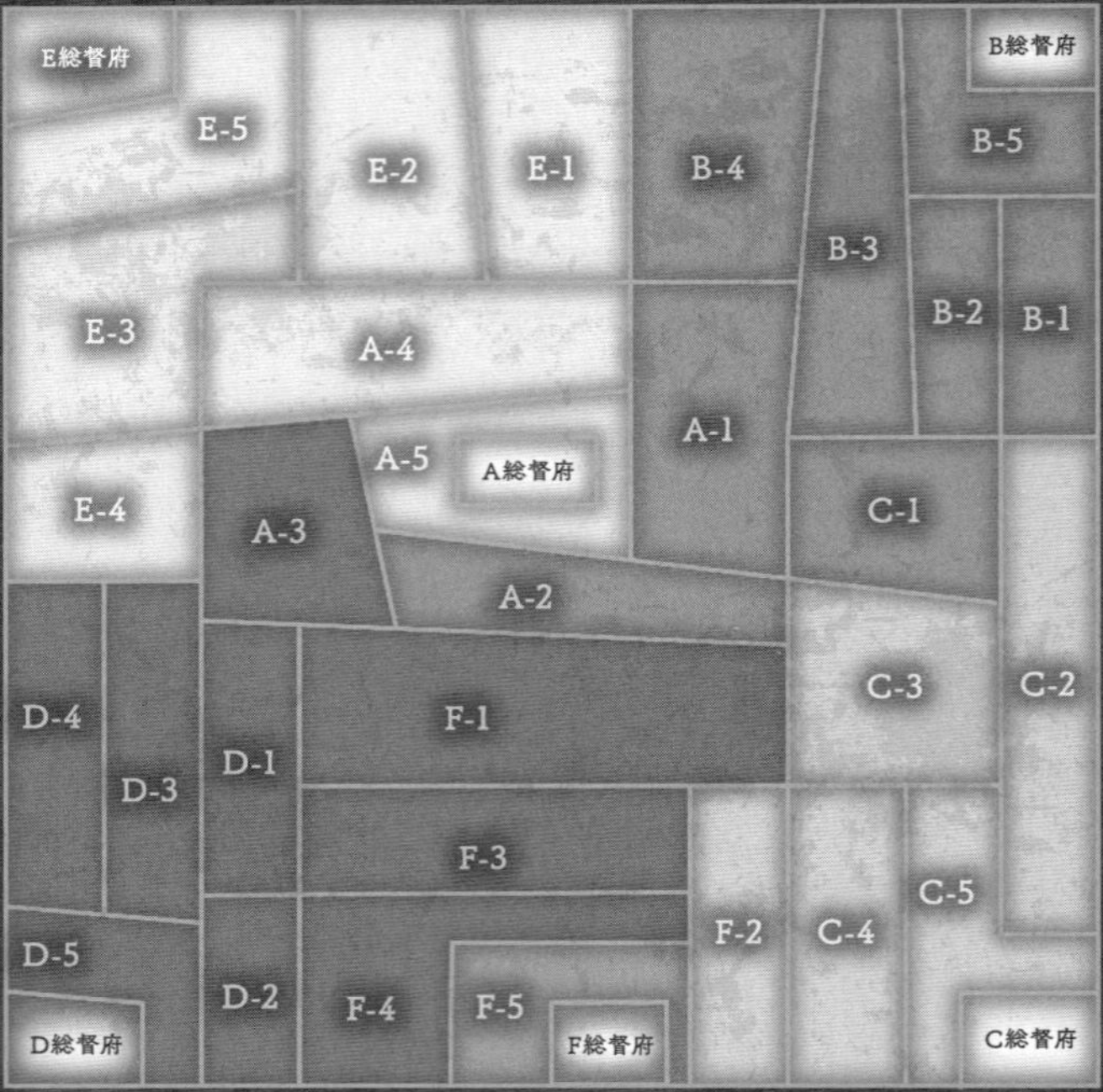

口絵・本文イラスト ねこめたる

●前回までのあらすじ

武力が否定され、あらゆる争いが遊戯《ゲーム》で解決されるようになった新時代。

国家や企業間の対立を解決する最終手段として社会の裏で行われる遊戯、《黒の採決《ブラックバウト》》で最強無敗を誇った少年、砕城紅蓮《さいじょうぐれん》は陰惨な戦いに飽き、盤上から姿を消した。

平凡な日常を求め私立獅子王《ししおう》学園に入学した彼だったが、そこは次代のエリート、遊戯者《プレイヤー》を育成する実力至上主義の学《まな》び舎《や》であった。

実力を隠そうとする紅蓮は、しかし貪欲な生徒達の勢力争いに否応《いやおう》なしに巻き込まれ、家族や知人に降りかかる火の粉を払ううち、学園の頂点に君臨してしまう。

さらには遊戯時代の調停機能――クオリアシステムの分枝を賭け、世界各国が遊戯で相争う代理戦争、《獣王遊戯祭《ベスティア》》が開催される。

表向きは学生同士の異文化交流のていを取りながらもそこは、世界各国の闇の遊戯者達が集う戦場と化した。

ロシア代表、紅蓮の『元カノ』であるミラ・イリイニシュナ・プーシキナ。

米国代表、遊戯傭兵《ようへい》部隊の急先鋒《きゅうせんぽう》、アビゲイル・ナダール。

ヴァチカン代表、数多《あまた》の奇蹟《きせき》の体現者、クリステラ・ペトクリファ。

中国代表、砕城家の造り出した『兵器』を自称する凍城兄妹《とうじょうきょうだい》。

《黒の採決》において『次の時代の最強』と目される強者達が集い、しのぎを削る舞台で、可憐《かれん》や朝人《あさと》をはじめとする獅子王《ししおう》学園生徒会一同は己の立ち回りを今一度顧みる。

一方、紅蓮《ぐれん》は徐々にその冷徹な本性を見せ始め、かつて日常を楽しんだ仲間達や日本代表が支えるべきアルセフィア王国第四王女ユーリエル・アルセフィアの心さえ自在に操り、手駒として利用していく。

すべてが紅蓮の掌《てのひら》の上で進行していくと思われたそのとき、《獣王遊戯祭《ベスティア》》に激震が走る。

優勝候補筆頭──米国代表、第一王子カールス・アルセフィアが従えるAクラスが何者かの襲撃によって敗衄《はいじく》、《獣王遊戯祭》そのものからの脱落が決定した。

彗星《すいせい》のごとく現れた白き獅子──元獅子王学園生徒会長、白王子透夜《しろおうじとうや》は愉悦に笑む。

「俺と貴様。どちらが喰《く》い、喰われるか。今度こそ決着をつけよう。砕城《さいじょう》紅蓮」

王者の帰還により、《獣王遊戯祭》は第二幕を迎えるのだった──。

●獅子王、帰還

ホワイトハウスが、陥《お》ちた。

三次大戦の惨劇を経てもなお健在。米国の権威の象徴たる大統領の邸宅。

仮想空間に再現された広大な土地、その緑の芝生には、打ち倒された兵士の骸《むくろ》。焼《や》け爛《ただ》れたクレーターから黒煙が昇り、油臭い空気が不快感をもたらす。墜落したヘリや破壊された戦車の残骸が墓標のように突き立つ大統領府の前庭で、場違いな制服姿の男が銀の髪を戦いの風になびかせていた。

「馬鹿な……何故《なぜ》、貴様がここにいる。白王子家に首輪を繋《つな》がれ、永遠の虚無に囚《とら》われていたのではないのか⁉」

上流階級、生まれながらの貴種にふさわしい整った身なりと顔立ちを絶望と油で汚し、この場の敗者――カールス・アルセフィアが叫びをあげる。

世界最先端のVRシステム。もうひとつの世界をも創造しうるとされた新世代の戦場、クオリアシステム。その応用たる無間地獄が《億年スイッチ》だ。

かつては闇の遊戯者《プレイヤー》を育成するために用いられた、その体感時間を超加速して短時間で高密度の訓練を積むための訓練装置。一日二十四時間の限界を超え、仮想空間で数千、数万、数億年を体感することができる電子の拷問は、常人ならほんの数秒で廃人と化す。

「ああ、あれか。親父《おやじ》殿も、母上も、白王子家の研究者共もそう言っていたな」

何もない虚無、純白のタイルに包まれた永遠の空白。

実時間の一秒が無限に引き延ばされたような超感覚の中、一晩で一億年の監禁に等しい孤独を、退屈を、死すら許されぬ虚無を体験させる。

「退屈、停滞、虚無。クク。なるほど確かにそれは甚大な苦痛を伴うだろう」

亡霊を見るような目のカールスを透夜《とうや》は凍てついた眼差《まなざ》しで一瞥《いちべつ》し。

「だが、俺には日常だ。物心ついてから十八年間、俺は虚無の中を漂い続けたのだから」

大昔の妄想じみた虚構を現実のものとした負の超科学を、白王子《しろおうじ》透夜は嘲笑《あざわら》う。

日本、獅子王《ししおう》学園の制服姿。わずかに陽《ひ》に焼けて深みを増した肌の色と対照的に、その長い髪は純粋な銀でできているかのように白く輝き、精緻な刺繍《ししゅう》が施された薔薇《ばら》の眼帯で片方の眼窩《がんか》を覆ってなお、ヒトという種を極限まで突き詰めたような美貌と威厳を誇る。

白銀の獅子王——そう呼ぶにふさわしいこの男こそ、電撃的な侵攻でAクラスの拠点を根こそぎ潰し、総督府すら奪ってカールスを脱落させた張本人である。

「そんな中、ただひとつの光明を得た」

砕城紅蓮《さいじょうぐれん》。

と、胸の内で密《ひそ》かにその名を呟《つぶや》きながら。

「あの男に、本物の輝きを見たのだ。奴《やつ》との対決という希望あるかぎり、我が心は永久に燃え続けるだろう」

「ひっ……!?」

カールスは灼《や》けた大地に尻をつき、度を越えた恐怖に震えていた。

かつて幼き日、表遊戯《ゲーム》の最強格と言われたチェスマスターや棋聖を共に倒した天才同士。

強く意識し、恐れた相手。

その男が、燃えている。滾《たぎ》っている。活力に満ち、言葉が炎のように熱い。

(火を点《つ》けた。どこかのバカが、この化け物に……!!)

それは誰かと問うまでもない。

砕城紅蓮——裏社会にその名を未《いま》だ轟《とどろ》かす伝説の遊戯者《プレイヤー》。絶対勝利請負人。

ヤクザのお抱え遊戯者にまで堕《お》ちた妹、ユーリエルのもとに現れたと聞いた時はくだらぬ騙《かた》りだとしか思わなかった。

しかし、それが真実だとしたら。

負けるはずのない妹との遊戯に敗れ、全クラスを敵に回して集中攻撃を受け、そして今まさに総督府すら陥《お》ちて王位継承戦から脱落した悪夢すら、説明がつく。

(馬鹿な……！　ユーリ!!　あの女、どうやってそんな化け物を引き込んだ!!)

内乱に戦略核を持ち込むようなものだ。

アメリカから歴戦の遊戯傭兵《ようへい》を招いた彼すら、卑怯者《ひきょうもの》と罵りたくなる。それが、虚《むな》しい敗者の戯言《たわごと》であろうとも。

「神など信じぬが、今はあえて信仰しよう。俺は、幸運だ」

「何が言いたい、白王子透夜」

「知れたこと。新たな出会いを得られぬまま、貴様との再会を果たしていたならば。俺は絶望の底に沈み、ふたたび永劫《えいごう》の渇きに苦しんだだろう。――かつて神童と呼ばれた男の末路は、それほどに情けなく、くだらなかった」

「何だその目は……。やめろ。そんな目で、私を見るな……！」

路傍《ろぼう》の石を見下ろすような、無関心な目。

それはかつてカールス自身が彼の妹、ユーリエルに向けた目と同じ質感を帯びていた。

「わ、私は……奴《やつ》とは違う！　他の連中とは違う！　生まれながらの貴種、天才。この国を統べる覚悟を持ち、政治力も、統率力も、学力も、遊戯《ゲーム》の力でさえ！　神から最高の才を賜り生を享《う》けたのだ！　ゆえに……ッ」

「神童と呼ばれた、か？」

「……ッ」

ろうそくを吹くような透夜《とうや》のひと言にカールスの激情がかき消される。

言葉が行き場を失い、パクパクと口を開閉させる彼に振り下ろされたのは、言葉の斧《おの》。

「哀れだな、元・神童。たかが才能に縋《すが》るその心こそ、弱者の証《あかし》だというのに」

「くっ……ぐ……」

「かつての貴様は確かに輝けるダイヤだった。だが見方を変えれば、あの日こそが貴様の人生の絶頂であり、成長限界だったとも言える。……貴様自身、それを自覚していたのだろう？」

「何を……何を馬鹿な……。この私が。神童と呼ばれたこの私が。限界、などと……！」

「ふむ。少々穿《うが》ちすぎたか？」

歯を食いしばり、言葉を絞り出すカールス。

対して透夜は世間話をするような自然体で、しかしスパイスに極上の悪意をまぶして。

「特殊な才能を持ち、努力により目覚ましい成長を遂げつつあった妹——第六区画の未来を担うであろうユーリエルとやらの突き上げに危機感を抱き、搦《から》め手《て》を用いて排除しようとした。それもこれも己の限界を自覚したが故の行動だと思っていたのだがな？」

「……う……ぁあ……ぐぐ……！」

そして透夜は、血走った目で歯ぎしりする男へと無情な現実を突きつけた。

「過去いかに輝いたダイヤだろうと、今が石ころならば価値はない。——失《う》せろ、凡俗」

「おぉおおぉぉぉぉおおおおぉぉぉぉ………っ……ああああああ!!」

髪を掻《か》き乱《みだ》し、資本主義の申し子が、かつての天才が。

才能という翼をもがれたただの猿に転落し、絶望の叫びをあげる。

焼野原となった官邸、ホワイトハウスの前庭に立ち、そのやりとりを見ていた人物が、その男に手を貸した。

「泣くんなら、ログアウトしてから泣きな、ボス。……契約が終わるまではつきあうヨ」

「うるさい!!　うるさいうるさいうるさい!!　貴様がっ……！　負けさえしなければ!!　貴様があの化け物を仕留めていれば良かったんだろうが、この無能者め!!」

「返す言葉もないヨ、負けたのは確かさ。契約通り、報酬は前金のみでいい」

成功報酬として約束された莫大《ばくだい》な金額など、転落した元王子に払えるはずがない。

手をさしのべた女、南米大陸を中心に活動する遊戯傭兵《ゲームようへい》部隊《ドギー・バナナ》、その若手トップの実力者、アビゲイル・ナダール。最終防衛線として総督府に配置されていた彼女は、白王子透夜《しろおうじとうや》の前に呆気《あっけ》なく敗北していた。

「言い訳はしネー。完膚なきまでにアタシの負けさ。悔しいとすら思わない。格上すぎて、逆に負けても仕方ないって思えちまう。……こんなのは初めてだよ」

「井《い》の中《なか》の蛙《かわず》大海を知らずと言うが、世界の遊戯者《プレイヤー》も存外に海を知らぬと見える。……俺とて、知ったのは最近だがな。やはり真実とは、自らの目で探らねば判《わか》らんものだ」

彼女を見下ろす透夜の視線に、わずかに憐憫《れんびん》が混じる。

「獅子王《ししおう》学園という檻《おり》の中、限られた空間から貧弱な才能を選別して獅子と呼んだ。かつての俺の未熟、無知蒙昧《むちもうまい》を今は恥じる。そして貴様に祝福を。かつての俺と同様、貴様もまた世界の広さを知ったのだ」

「……言うねェ。アタシが、世間知らずだってのかい？」

「ああ。俺がぬるま湯じみた平和の国で腐ったように。貴様も苛酷の惰性に冒された」

弱肉強食のスラムでの刹那的な暮らしも、治安が保たれた先進国での生活も。

視点の偏りという点において大差はない。ひとつの方向からしか見ない世界は、一定の像を結ぶのみだ。ほんの半歩足を踏み出せば違う形に気づくのに、できない。

「もっと煉獄《れんごく》を楽しめ、女。己《おの》が身を焼き、血を捧《ささ》げて賭け代とする愉悦をな」

「マゾヒズムってやつカ？　そいつは身の安全が約束された、富める者の贅沢《ぜいたく》だヨ」

「勝者となっても尚《なお》、舐《な》めた地面の味を忘れない。野生の獣ならばそれでいい。その感性こそが生存可能性を高め、動物的直感を磨く。だが——破滅を遊んでこそ、悦楽を求めし人間の在り方だ」

「……イカれてるヨ、アンタ。アンタみたいなヤツ、故郷にもいたサ」

地獄じみたスラムでも、本気で忌み嫌われる者がいる。

麻薬のブローカーや我が子の身体《からだ》すら売りさばく女衒《ぜげん》まで、口を揃《そろ》えて罵る悪魔。

地球が滅びかけた三次大戦の惨禍を知りながら、捨てたはずの暴力を握る怪物たち。

「世界の色に染まるんじゃない。アンタの色に世界を染める。兵器の代わりにクオリアを、爆弾を仕掛ける代わりに賭けをもちかけるテメーみたいな奴《やつ》は、テロリスト。さもなきゃ英雄って呼ぶのさ。人の皮をかぶった化け物サ」

「ほう。初めて出会った時の、あの男と同じ言葉で俺を評するか。面白い、遊戯の腕前は物足りんが、道化の素質はあるようだな、雌豹《めひょう》」

「くあッ⁉」

視線が重なる。睨《にら》まれた瞬間、ズシリと腹が重くなるのをアビゲイルは感じた。

これだ、と彼女は思う。このどうしようもないプレッシャー。自分はこいつに勝てない、そう骨の髄まで叩《たた》き込《こ》まれた『格』が、ハラワタにのしかかってくる。

ごくり、喉が鳴る。仮想空間上では存在しないはずの喉の渇きを覚えながら、最後の矜《きょう》持《じ》を振り絞るように、彼女は肉食獣の頂点のごとき男に向かって言った。

「日本人の遊戯《ゲーム》じゃナイ……。銃と火薬、遊戯に洗練される前の、原始的な闘争のニオイ。……どこで戦争してきやがったんだ、アンタ？」

「答えてやろう。わずかながら俺を楽しませた遊戯の対価だ」

煽情的《せんじょう》なカットジーンズが仇《あだ》となり、黒真珠のようなアビゲイルの肌に鳥肌が立つ。もはやログアウトは許されない。ハムスターなら即死しそうな重圧を受け、早くも胃がしくしくと痛むのを感じながら、彼女は肚《はら》を据えて聞くことにした。

「語り手と聞き手が逆ながら、あたかも千夜一夜物語だな、新大陸のシェヘラザードよ」

聞き手の真摯な態度が気に入ったのか、獅子王《ししおう》の語る物語は滑らかに始まった。

舞台は、日本どころか新大陸アメリカからも遠く離れた見知らぬ国――。

「中東、パキスタン。三次大戦の爪痕が色濃く残りし古戦場。未《いま》だ暴力という業から解放されぬ人類の地にて――俺は、幾億の眠りから醒《さ》めた」

＊

人生とは、退屈だ。

白王子透夜《しろおうじとうや》の半生は、ただひたすらその二文字と共にあった。

「さすがです。十歳にして学力はすでに大学レベル、もはや教えることなどありません」

「運動能力においても問題ありません。これ以上を目指すならトッププロの領域ですね。私？　そんな、私はただのコーチです。とてもとても、お坊ちゃまには……！」

「素晴らしい……。美術史における革命ですよ。お坊ちゃまには神が宿っている！」

くだらないお追従。媚《こ》びるような笑顔に、反吐《へど》が出る。

白王子透夜にとっては、家から課される帝王学、過度なまでの英才教育すら温《ぬる》すぎた。

いかなる数式も論文もただ一度目を通せば理解できたし、生まれながらの超スペックにより、肉体は驚くほど精密に、かつ超人的なパワーを兼ね備え、同年代に敵はいない。

（この程度のことが、なぜできない？　あいつは、なぜあんな顔で俺を視《み》る？）

物心ついてすぐに抱いた疑問が、これだ。

弟、白王子朝人《あさと》が自分に向ける視線――羨望と恨みの混じった卑屈な意思。

表向きは笑顔で隠されていたが、透夜の類まれな洞察力の前には無意味で、幼い少年が優秀すぎる兄に対して抱く嫉妬や敵意、諦観さえ見通してしまう。

「貴様の人生の方が、よほど楽しげに見えるがな。あんな程度の課題で四苦八苦し、己を向上させねばクリアできないとは。……なんと充実した人生か」

それが、透夜《とうや》の本音。

戦争なき世界に英雄はいらない。

凡人の世界に閉じ込められた天才にとって、世界はあまりに簡単すぎる。

驚きも新鮮味もない、色褪《いろあ》せたモノクロの環境。そんな灰色の時を過ごす彼にとって、すべてにおいて必死にならねば生きていけない弟の無能は、羨ましくさえ思えたのだ。

（これからの生涯を、どう生きれば良いのか？　成長も進歩もなく、努力も勝利も達成もなく、ただひたすら自分よりも劣る人間に貢献し、搾取され続けろと？）

腹が立つ、反吐《へど》が出る、そんな言葉では到底足りない不快感。

家柄も財産も教育も、本来透夜にとって不要のものだ。

財産？　小遣い程度の金額から投資を重ね、十億円規模の利益を上げたのは10歳の春だ。

名誉？　戯れに楽器をとり、ペンを走らせれば巨匠が涙する才能に、そんなものは不要。

匿名で応募した文学賞において絶賛を浴び、欧州の権威ある音楽コンクールを制覇。同じ時期に絵画や彫刻など芸術分野にも触れてみたが、どれも家の権力を排した匿名の活動にもかかわらず、その作品はことごとく絶賛され、無名の天才として語られる始末。

ならば学問に身を捧《ささ》げ、未知の探究に生涯を費やすのはどうか？

そう思い本腰を入れて学べば、技術をさらに躍進させる革新的な論文をいくつも発表、たちまち研究の世界最先端へ躍り出ると、天才の興味は世界を動かすシステムに向く。

「それ以上は、禁忌に触れます。ご自重ください、お坊ちゃま！」

「何故《なぜ》だ？　……何人《なんぴと》も踏み込めぬ聖域。そこに触れるためにこそ、この才能は与えられたのではないのか？」

世界システム――クオリアシステム、ブラックボックスの解体。

完全な仮想世界の構築すら可能とする構造の解明は、唯一彼が面白いと感じたものだ。

故に本腰を入れ、少しは楽しめるかと思った矢先、白王子《しろおうじ》の家人が総出で彼の研究室へと乱入し、少年の怒りに触れるのも覚悟の上で、すべての研究成果を破壊した。

三次大戦の恐怖。正確な資料すら残されぬ全面核戦争の地獄から、人々は進歩を恐れた。

科学技術の進歩は規制され、自重だの忖度《そんたく》だのというくだらない言葉を押し付けてくる。

(結局、使えんのなら。こんな才能だの、能力だのは不要ではないか)

孤高の獅子《しし》などいらない。無能な豚であることを求められる社会。

見えない檻《おり》に閉じ込められているのと同じだ。たとえ家を捨てて飛び出したとしても、社会すべてが敵となる。停滞、退屈、規制、自重――、透夜の願いは人類に敵対する。

(まだだ。まだ早い。世界は、もっと愉快であるはずだ……！)

だが、もし存在しなかったら。

世界がくだらない、つまらない法則に支配され、凝り固まって動かないとしたら？

(なら、そんな世界は。――壊れてしまえ)

それはテロリズムの萌芽《ほうが》。

社会の敵、公共の敵。史上最強の怪物が産声を上げげそうな時。

表舞台の栄冠、可能性を探求し尽くし、退屈な世界に絶望しかけていた少年に、新世界の幕が上がったのは――白王子透夜《しろおうじとうや》、15歳の時だった。

アルセフィア王国、王都中央文化ホール。

『ご来場の皆様、御覧ください！　今ここに日ア双方の未来を担う二人の神童が手を取り合い、両国の栄光、未来永劫《みらいえいごう》の発展を約束しています！』

一切の影を許さないスポットライト。曇りなき輝きの場に並び立つ少年たち。

白王子透夜は日本からやってきたらしい司会者の軽薄な声を聞き流しながら、内心ではこの愚かな茶番劇に参加する愚民を見下し、嘲笑せずにはいられなかった。

（王家王族と言えどこの程度か。結局のところ――愚民と何が違うのか？）

銀髪を煌《きら》めかせて客席を見渡す。吹き抜けになった会場のバルコニー、老いて余命いくばくもないとされる国王の姿こそないものの、その妻や王子、姫が列席している。

が、祝福されしロイヤルファミリーの席は豪奢《ごうしゃ》な調度品によってさりげなく隔てられ、すべての婦人とその子らが互いに隔離されているのが酷《ひど》く滑稽に見えた。

（ひとまとめにしておけば騒動を引き起こす。黙って座っていることすらできぬ者どもが支配者面をし、この俺を見下ろすか）

くだらない。病弱そうな少年を抱えた健気《けなげ》な母親も、その隣に座るキラキラとした眼《め》でこちらを見下ろす少女も、既得権益という安全地帯から猛獣を眺める見物人に過ぎない。

『アルセフィア王国第一王子、カールス・アルセフィア殿下！』

司会者がその名を呼ぶと、隣に立つ金髪の少年が歓呼に応え、悠々と手を挙げる。

余裕に満ちたその態度。人の上に立つ者として、ごく自然に自分を上位者だと認知し、それを周囲に実感させるカリスマじみた空気を持つ人物に、わずかな興味を覚えた。

（多少は、できる……か）

才能ある人間というものを、透夜はほとんど知らない。

弟、朝人《あさと》や白王子に侍《はべ》る侍従、家人たちすらも失格だ。己の無能を自覚するまではいい、だがその後『自分にはできない』『才能がないのだからしかたない』と諦めた時点で。

（自ら奴隷、家畜に堕《お》ちたも同然だ。貴様は家畜か、それとも……人間か？）

答えの出るはずのない、内心の問いかけ。

事前告知されたプログラム通り壇上の喝采を受け、司会者が二人の紹介を済ませた後、カールスとの簡単な対談をして終わる。それだけなら、彼にとっては退屈極まりない『日常』、テロリズムのカウントダウンがまたひとつ進むだけで終わっただろう。

しかし――。

『――さて、皆様！　お待たせいたしました！　本日のメインイベント！　カールス殿下、透夜様。二人の天才の天才たる姿を、とくと見せつけていただきます!!　――ゲストの方々、カモン!!』

「ふむ……？」

わっ、と会場が沸き、白王子《しろおうじ》の侍従達が慌てふためき席を立つ。

アルセフィア側の担当者に詰め寄り、胸倉を掴《つか》まんばかりに激昂《げきこう》する。

無理もない。それは事前予告一切なし、ほぼ完全な奇襲。三次大戦後、裏面から世界を動かしてきたもの――遊戯《ゲーム》への参戦が、極めて強引に求められているのだから。

『チェスの頂点に君臨せしグランドマスター！　かたや、将棋界の至宝である棋聖！　どちらもふたりの天才児が胸を借りるにふさわしい相手でしょう！』

会場を沸かせんと盛り上げる司会者の弁舌。対決を期待する熱狂はますます盛り上がり、たとえ白王子の権力を以《もっ》てしても、いまさら強制的に中止できる空気ではない。

「もしかして、君の家では遊戯を禁じられているのかい？」

慌てぶりを見たのだろう。隣に立つカールスの潜めた声に、透夜《とうや》は丁重に答えた。

「ええ。本家を継ぐべき立場の僕には不要なものだ、とされていましたから」

「それはそれは、遊戯によって国を建てた我が王家の方針とは真逆だね。私はチェスなら多少の心得はあるが、将棋は駒の動かし方も知らないな。君はどう？」

「どちらも存じません」

「やれやれ。いかに僕らが天才とはいえ、表舞台の最強を素人にぶつけるとはね……。先んじて謝罪しておこう、この件を仕組んだのは恐らく私の弟――ツボルグを擁立する派閥だろう。観衆の前で無様に敗北させ、天才の名を貶《おとし》めようというわけだ」

「なるほど。では……僕は、今。攻撃を受けているわけですね？」

優雅ささえ漂う穏やかな声に、突如奇妙な熱がこもる。

わずかな驚きを感じ、カールスが少年をチラリと見下ろす。

白亜《はくあ》の貌《かお》、大理石を彫り上げたような涼やかな面差しに変化はない。しかし、その眼《め》には力がこもり、瞳には玩具《おもちゃ》を前にした猫じみた、喜びに近い熱さが感じられた。

「面白い。この国を訪れた甲斐《かい》がありました。攻撃を受けるのは、これが初めてなので」

「日本の名家は伊達《だて》ではない、ということかな。正真正銘の箱入りというわけだ」

「さあ。恐らく相手も、僕に関する情報は一切与えられていないのでしょう。だからこの場に現れ、緊張感のない顔で登壇できた」

もし、一度でも会っていれば。

司会者の紹介を受け、壇上に登ってくる白人男性――グランドマスターの称号を持つ、即《すなわ》ちチェスという遊戯の頂点に君臨する者の、腑《ふ》抜《ぬ》けた顔はありえない。

天才とはいえ素人。しかもわずか15歳だ。倍以上の齢《よわい》で実戦経験と研究を重ねたプロにとって、この遊戯は勝って当然。むしろある程度手を抜かねば大人気ないと責められる。

そのくらいに考えているのだろう。にこやかに手を振る男に、透夜は微笑《ほほえ》み――

「久々に、楽しめそうだ」

そして、勝った。

＊

「何ということをなさるのですか、坊ちゃま!!」
「黙れ。喚《わめ》くな、家具」
「ッ……!!」

アルセフィア王国、第一区画。

米国資本の超高級ホテルの一室で夜景を見下ろしながら、白王子《しろおうじ》透夜《とうや》はただ一言命じた。

それだけで、日本からついてきた侍従——長年彼に仕えてきた執事が黙る。これまでは彼の要望などハイハイと聞くふりをしながら、坊ちゃまと持ち上げてきた男が、だ。

遊戯《ゲーム》の前と後でガラリと変わった声と態度。それまでの透夜は時折鋭さを見せるものの、教育係から授けられた方針に逆らうことなく、淡々と受け入れてきた。

侍従やメイドに対してもそうだ。常に礼節を保ち、丁寧な言葉遣いを心掛け、君臨してもひとりの人間に対する敬意を忘れない。名家の継承者たるにふさわしい存在に、家が望む形に自らを合わせ、特に希望もなかったが故にそうしてきた……が。

「坊っちゃ……いえ、透夜様。何が……あの対決の何が、貴方《あなた》をそこまで変えたのです!」

まるで別人ではありませんか、そのようにお育てした覚えは……ありませんぞ！」

「育てられた記憶もない。それが、どうした？」

そう、透夜は何も変わっていない。ただ、諦めるのを止《や》めただけだ。

これまでの人生は退屈だった。心躍るものなど何ひとつなく、味方もなく、敵もない。あるのは本音を隠して媚《こ》びへつらう、人間未満の家具と牙を剥《む》く覚悟もない身内のみ。

が、これからは違う。

自らの退屈を打ち破る、唯一の真理を見つけたのだから。

「勝負そのものは、さして愉快でもなかった。隣で指していたあの男——カールス・アルセフィアと言ったか？　むしろあの男のやり口に興味が湧いたほどだ」

ド素人に負けるはずがない。生意気な天才とやらをこらしめてやろう。

そんな邪念が混じった打ち筋。駒の動かし方すら知らなかった人間に負けるはずがない。

そんな見下した考え、驕《おご》りからくる隙が見え見えで、突くのは容易《たやす》かったからだ。

（なのに。震えるほどこの身が昂《たか》ぶった。なぜか？　そう、これが。俺の前に現れた最初の敵だったからだ。俺を傷つけ、殺さんとする存在との……！）

戦いは、喜びだ。この頭脳を、肉体を、持って生まれた天賦の才を極限まで振り絞り、心底大切なものを……たとえば誇り、たとえば金、たとえば地位。

人によって異なる、その人間の魂、尊厳を賭けて戦い——。

「血で血を洗う戦いの果て、互いの臓物を掴《つか》み出し、骨肉を食《は》むがごとき地獄を越えて。

互いが互いを全力で狩らんとしたその果ての勝利にこそ悦《よろこ》びがある」

永劫《えいごう》の渇き、退屈。どれほどの課題を達成しようが、どれほどの偉業を成し遂げようが、満たされることがなかったのも道理。己自身との戦いに勝者はなく、喜びもない。

「絶対強者として君臨し、俺を狩るべき獲物としか認知していなかったあの男が。形勢を逆転され、チェスマスターの誇りを盤上に賭けるハメになった時の恍惚《こうこつ》たるや、貴様にはわかるまい、家具。あの時、ヤツはあの遊戯《ゲーム》に己《おの》が半生を賭けていたのだ」

素人に負けるチェスマスター。未経験のド素人に敗れる最強。

そんなものなど許されるはずがない。観衆がただの接待プレイ、エキシビションを盛り上げる演出と受け取ったとしても——本気で指し、敗れたという事実は心に刺さる。

「……、でしょうな。シモン・ホワイトはつい先ほど緊急入院措置が取られたそうです。公表されておりませんが、滞在先のホテルの窓から転落寸前のところを保護されたと」

それは遠回しな死の宣告。

敗北を恥じ、自ら死を選ぼうとして果たせなかった男へ、透夜《とうや》は平然と言ってのける。

「敗北により、あの男は死んだ。覚悟もないままにその命を賭けて敗れたのだ。取り立てるつもりはないが、遊戯に真摯であればあるほど敗北から目を逸《そ》らせない」

「だから、あのような、嬲《なぶ》るような勝ち方を……。最後まで王を取らず、あらゆる駒を虱《しらみ》潰《つぶ》しにして、徹底的に屈辱を与えて？」

「そうだ。わざと負けた、子供に花を持たせた——そんな言い訳など通用せぬ無残な敗北。

それこそがヤツの心を真に殺すと考えてな。しかし、あの男は……」

カールス・アルセフィアという名を、透夜は記憶した。

これも本来なかったことだ。名を覚える価値のある人間など、せいぜい弟くらいのもの。両親どころか婚約者の名すら興味はない、そんな彼が。

「あれは俺とは異なる方法で、対戦相手の心を突き刺した。マイクに聞こえぬよう慎重に立ち回りながら、毒を含んだ言葉で責める手管は、俺のノウハウに存在しない」

故に、評価する。

自分にはない技能を。非効率かつ迂遠《うえん》、己で実行しようとは思わない。

だが、それだからこそ、敵とした時楽しめる。カールス・アルセフィアが敵となった時、あれはどのような言葉で自分を責めるのか。ありきたりの中傷や罵声など一切通用しない、弱点らしい弱点など自己診断でも一切存在しない。そんな自分を追い詰める魔法の言葉を。

「ヤツならば、見出《みいだ》すのかもしれん。そう思うだけで、なかなかに笑える。これまで無能と切り捨ててきた者の中にも、そうした特技、異能とも称すべき何か——俺を楽しませる才覚を持つ者がいたのかもしれん」

そう思うだけで、ささやかながら胸が躍る。心が震える。

「確かめねばならん。ヤツとはいずれ直接対決するとしよう。それに既存の人物評価にも、修正が必要だ。俺の敵たり得る存在、俺を殺さんとする者どもがいるならば」

「い、いけません！　カールス氏はアルセフィア王国の第一王子、最も次期王位に近いと言われる人物ですぞ。それとさしたる理由もなく争うなど、白王子家《しろおうじ》に……！」

「迷惑がかかるとでも？　当然だ、そうすると言っている。親父殿《おやじ》や母上が何と言おうが、知ったことか。この俺の決意を翻させんとするならば、遊戯《ゲーム》を以《もっ》て決着せよ」

「！　そ、それは……！」

「どうした。それこそがこの世を統べる法なのだろう？」

初老の執事が脂汗を浮かべ、言葉に詰まる。すかさず透夜《とうや》は絶景を描くガラスに映った執事の姿を睨《にら》みつけ、声を荒らげることなく――しかし的確に追い詰めていった。

「どうした。武力を廃絶した世界において、軍事力の代替として執り行われる闇の遊戯が存在する……。そう政治学のカリキュラムで俺に語ったのは貴様ではないか？」

「……はい、申し上げました。しかし、坊ちゃま。それでは……！」

「その呼び名も止《や》めろ、不快だ。貴様のごとき家具家畜など、生物として認めん。敵対する覚悟もない肉人形が、醜く囀《さえず》るな」

「……で、ですが……！」

白王子透夜にとって、覚悟なき存在は人間ではない。

本音をぶつけ、殺意を磨き、挑んでくるものこそ人間だ。これまで白王子家の庇護《ひご》の中、出会ってきたすべての人間は――すでに新たな基準では、失格と裁定されている。

「進学先を変更する。獅子王創芽《ししおうはじめ》が運営する遊戯者《プレイヤー》養成校、獅子王学園にな。確か朝人《あさと》が進学する予定だったな？　俺が先に入学したとて問題あるまい」

「しかし、御当主は……。白王子の当代は、透夜様が遊戯に関わるのを許さぬと仰せです。それらは影たる朝人様に任せ、貴方様《あなた》は表舞台から日本を統べよと……！」

「なればなおさら、遊戯至上主義の世界において、遊戯者たる実力を得ずにどうする」

白王子家の教育は矛盾している。

本来、日本の最高教育機関といえば文句なしに獅子王学園だ。

かの日本政界の黒幕、獅子王創芽がクオリア分校を誘致して造り上げたエリート校は、絶大な権力を約束する支配階級への登竜門。が、透夜の両親、白王子本家は透夜の進学先として獅子王学園ではなく、旧来の名門校を選ぼうとしていた。

「表舞台から日本を奪えと命ずるなら、獅子王学園の制圧は最初の課題だ。わざわざ遥《はる》かに劣る他校を選べと言うからには理由があると思っていた」

それは、封印。

遊戯者養成校たる獅子王学園に透夜を送り込み、その心に火を点《つ》けるのを恐れたが故。

あふれる才能を持て余し、使いどころを求めていた彼を縛り付けるための策！

「これが最後の警告だ。父母に伝えよ、俺の進学先は獅子王学園だとな。又、独自に遊戯関連のデータ収集、自己研鑽《けんさん》を開始する。これらの活動に異を唱えるならば、遊戯を以てせよと。今後、俺は本家の指示には一切従わん」

「そ、それを……私めが、当代に申し上げるのですか!?　ヒッ！　こ、殺される……！」

「勝手に死ね。どうせ価値などない命だ」

腰を抜かして老醜を晒《さら》す執事へ、そう冷酷に言い放ち——帰国した透夜《とうや》は、その意思を通さんと動きはじめた。

（遊戯《ゲーム》を見出《みいだ》して以来、俺の世界は鮮やかに色づいた。飢えのあまりつまらん勝負に手を出すこともあったが）

本来、白王子《しろおうじ》家は当主候補に遊戯教育を施さず、下々を統べる指導者として教育する。選ばれた存在である透夜を除く白王子の子弟、中でも才能ある者は虐待まがいの教育を受け、将来《黒の採決《ブラックバウト》》に勝てる駒、遊戯者《プレイヤー》となるための徹底した訓練を受ける。

その訓練内容——これまで無関心だった透夜が確認したそれには、失望した。

「本家は大道芸人を育てているのか？　くだらん。これが何の役に立つ」

たとえば被験者を地下牢《ちかろう》に捕らえ、難解な数学パズルを解かせる。問題をクリアせねば食事は与えられず、極限状態からの集中による潜在能力の解放を狙う訓練だ。

幼い弟がそれを受け、かりそめの婚約者たる分家の娘——聖上院姫狐《せいじょういんひめこ》に食事を恵まれるさまを監視カメラのログで確認しながら、透夜は弟の才すら半ば見限っていた。

「この程度の問題、何の捻《ひね》りもない数学パズルを解くのに三日がかりだと？　我が弟ながら、同情したくなる。興醒《きょうざ》めだな、敵にすらならん」

だが、これまでの方針……基準に満たない人間を見限るのをやめ、再評価する流れを止める気もない。必要なのは殺意だ。なりふり構わず、兄の首を狙う覚悟が欲しい。

今は無理だ。力の差がありすぎて面白くない。だが人間は、化けるもの。追い詰められ、己《おの》が命よりもなお大切なものを賭け、破られた時の絶望を見る愉悦たるや。

（さぞ滑稽な見世物となろう。万一俺の予想を裏切り、我が首を刈る力を得たなら。熟成された不満、蓄積された怒りのもたらす味はどれほど芳醇《ほうじゅん》になることか）

死を実感させる強豪との遊戯。死の際で感じる尊い生の実感。

すべてを失った敗者の滑稽なさまを笑い、自らに迫る存在を探して潰す、その愉悦。

（朝人《あさと》を煽《あお》るためだけに、聖上院にカルタの相手をさせたこともあったが――）

白王子の分家であり、奴隷じみた忠誠心を持つのが聖上院家だ。服従の意思は文字通り骨身に染みるまで教育され、本家の次期当主たる透夜を相手に抗《あらが》えるはずもない。

おどおどと震え、姫狐はカルタの一枚も奪うことなく敗北した。

（しょせんは家具か。牙を失った飼い犬に期待するだけ無駄……ということだ）

ここに至って、白王子家内部の遊戯に面白みは失《う》せた。

強引な進路の変更や勝手な遊戯教育も黙認され、透夜の思惑を阻むため両親が遊戯者を送りこんでくる、などという楽しげな展開も起こりそうにない。

（やはり《黒の採決》か。世界の裏面を調停する疑似戦争に、俺の戦場はあるのか？）

それも、獅子王《ししおう》学園進学を選んだ理由のひとつだ。

ＧＰなどという点取り遊びやランキング制度に興味はない。

だが卒業後、もしくは在学中でもかまわない。参入のチャンスがあれば逃がさぬため、そして万が一にも在校生の中に自分を超える者、挑む者がいればそれも狙う。

……しかし、獅子王《ししおう》学園進学から数か月が呆気《あっけ》なく過ぎて。

一年在学中に当時の三年生、二年生を壊滅。ほぼ連日の遊戯《ゲーム》によりSランク1位に君臨、生徒会長の座を奪うまで、ほぼ最短。初年度、一年生にして学園の頂点を極めてしまった後は、望んで進学した獅子王学園すら、愉快なものではなくなっていた。

(弱すぎる……。多少は見所のある者を集めはしたが、雛鳥《ひなどり》どもが俺をも喰《く》らう猛禽《もうきん》となるまで、何年かかることやら。遊戯の世界も、この程度のものなのか……？)

Sランクの頂点へ駆け上がるまでに遭遇した、多少は牙を隠し持っていそうな者たち。佐賀臣仁《さかとみじん》、大星大成《おおほしたいせい》、由留木由良《ゆるぎゆら》、御嶽原静火《みたけばらしずか》とその妹水葉《みずは》、時任《ときとう》ミミ、フラヴィア・デル・テスタといったメンバーを集めた。ただし、味方としてではない。

在学中にこの者たちが自分を狙い、全霊をこめて挑んでくるのを期待して。

《獣王遊戯祭《ベスティア》》の開催を裏面で推し進めたのもそうだ。

すべては『退屈』を打破するために——。

クオリア分枝という大きすぎる餌を出し、それこそ《黒の採決《ブラックバウト》》で第一線を張るような大物が現れることを希望して。

が、その願いは異なる形で叶《かな》うこととなる。

（砕城《さいじょう》、紅蓮《ぐれん》。これほどとは。これほどとは!!　この出会い、もはや……運命!!）

突如現れた転校生、砕城紅蓮。その実力を目の当たりにした時、透夜《とうや》は歓喜した。

（やはりだ。やはり、俺の希望は叶った。世界にはまだ見ぬ強者が眠っている……！）

退屈を吹き飛ばすような敵。希代の天才たる透夜が全身全霊を傾けて立ち向かうに能《あた》う存在が、ついに目の前に現れたのだ。それはまさに砂漠で見出《みいだ》した一滴の水のごとく。

（まさに、甘露。足りぬものはただひとつ……殺意だ。全身全霊を以《もっ》て俺を狩り殺さんとする決意がヤツに、砕城紅蓮にありさえすれば。——《獣王遊戯祭》を待たずして、俺は至上の喜びを得るだろう！）

故に、自分にできるあらゆる手段を使い、砕城紅蓮を挑発した。

時任ミミの暴走を見逃し、御嶽原水葉の策略を知りながら生徒会選賭《せんきょ》を実行し、最愛の妹を人質にするような恥知らずなマネさえしてのけ、GPや己の身分さえ賭けて。

文字通りのオールイン。すべてを賭けた大博打《おおばくち》こそ、白王子《しろおうじ》透夜の求めるモノ。

（紅蓮との対決を実現させ、至上の快楽を味わい——かの男を従え、手駒として《獣王遊戯祭》を征し、裏の遊戯をも制覇する）

むろん一筋縄でいくとは思っていない。むしろ苦難失敗をこそ望んでいた。

屈強なる怪物を真正面から打ち倒すのが好きだ。我こそは無敵、そう驕《おご》り高ぶる巨人にそれ以上の暴力を叩《たた》きつけ、ねじ伏せた時の顔ときたら。己《おの》が信じてきた世界が崩壊し、心砕《くだ》けた時に見せる哀れな表情の滑稽さたるや、いかなる喜劇にも勝るだろう。

圧倒的な巨人が地に伏す瞬間、どれほどの絶望に襲われるのだろう？　嗚咽《おえつ》を漏らし、みっともなく泣き叫ぶのだろうか。それともグランドマスターのごとく、自ら死を選ぼうとするのだろうか？　わからない。だが、わからないが故に心が躍る！　それほどの大舞台、我が積年の希望が叶《かな》いかけたその矢先――。

（まさか、かつてくだらぬと切り捨てた足元。――白王子《しろおうじ》本家に邪魔されるとはな）

念願叶い、紅蓮《ぐれん》との直接対決寸前。

飛び込んできた横槍《よこやり》、前時代の暴力によって煽《あお》られた怒り。その熱い血の滾《たぎ》りときたら、これまでいかなる遊戯《ゲーム》でも体験したことのなかったレベルだ。

怒りも憎しみも悲しみも、希望も絶望も娯楽にすぎぬ。退屈極まりない世界で、真剣に、必死に、我が身を盾にしてまで己《おの》が願いを守らんと足掻《あが》いたのは、得難い経験だ。

（俺の血をあそこまで熱く滾らせるとはな。白王子の部隊も、横槍を入れてきた者どもも、家令か親父《おやじ》殿か母上か判《わか》らんが――ようやく、俺に牙を剥《む》く覚悟ができたか）

歓迎だ。退屈なる世界を掻《か》き乱《みだ》す存在は。雑魚《ざこ》でも巨大でも卑小でも、いればいるだけ楽しめる。このくだらない牢獄《ろうごく》を抜け出した先に、希望の星はいくらあってもいい！

――自らを傷つける者、脅かす者に対する賛美。

それが、白王子透夜《とうや》という男の異常性であり――数億年の拷問の中無限に想起され続け、擦り切れるどころか鮮やかさを増す。飢えは、憧れは、届かぬほど燃え、滾るもの。

かの生徒会選賭《せんきょ》、透夜の拉致からしばらく後。現実では紅蓮をはじめとするメンバーが、獅子王《ししおう》レジャーランドにて選抜戦を行い、道化師の乱入を招いた頃。


舞台は、中央アジア――。

旧パキスタン国境、熱核兵器の爆心地へと移る。

＊

高濃度汚染が残る砂塵《さじん》が舞い、嵐となって吹き荒れる最果ての地。

かつて地方軍閥が占領していた貴重な水場を囲む旧軍事基地は、再開発名目で日本企業に買い上げられて以来、厳重な機械警備により、現地人も近寄らない場所となっている。

この地が何を目的に使われているのか、知る者はいない。周辺に住民もおらず、ただ稀《まれ》に防毒マスクを装着した隊商が通りかかり、砂嵐の彼方《かなた》に影を見るのみ。

「……ここまでする必要があるんですかね、しかし？」

呆《あき》れ顔でそう言うのは、とうの昔に滅びた戦士の匂いを漂わせる男。

基地内レクリエーション・ルーム。白王子が誇るクオリア端末と繋《つな》がる特別回線により日本との通信が可能な唯一の拠点で、筋骨逞《たくま》しい身体《からだ》を椅子に預けてギシリと鳴らす。

「こんなご大層な設備、奥多摩《おくたま》あたりでいいでしょうに」

「それはできないんだよ。砕城《さいじょう》家と、砕城紅蓮《ぐれん》の約定のせいでな」

そう答えるのは、薄くなった頭髪に防毒マスクを被《かぶ》った白衣の男だ。

白髪交じりの頭髪や艶《つや》を失った皮膚から、そうとうな高齢なのだろうと戦士は推測していた。が、実際の年齢は彼が外見よりも遥《はる》かに若く、その白髪も皺《しわ》も、ただひとりの少年に敗れたが故に刻まれた、絶大なストレスによる傷痕であることを、彼は知らない。

白衣の男が提供するシステムこそが、この基地の存在意義。

「闘争本能のロックを外す処置を施した白王子《しろおうじ》の私兵を、警備に配置してる。万が一ヤツに発見されても最低限の時間は稼げるだろう。まだ、私の研究は終わらない……！」

ブツブツと、防毒マスクの奥で呟《つぶや》き続ける研究者。

（イカれてやがる。まあ、給料や待遇に文句はねえが……気味の悪い野郎だぜ）

戦士の面影をもつ男――日本、獅子王《ししおう》学園に突入し、白王子透夜《とうや》拉致部隊を指揮した人物は、手元の端末を操作して、VRポッドで眠る仲間の状態を確認する。

（環境自体は悪くねえ。仮想空間で美女を抱くことも、美食に舌鼓を打つこともできる）

次の休暇でしたいことを妄想し、男がにやりと笑った時――。

「――ん？」

研究者が、不意に声を上げた。

「どうかしましたか？」

「白王子のアクセスキーを使用して、外部端末から何者かがクオリア端末にログインしたようだ。これは……？」

訝《いぶか》しげに己《おの》が歯を噛《か》みながら、研究者が端末を操作する。

さまざまな図形やソフト、アプリ画面が開いては閉じていく目まぐるしい画面。凡人には理解できないインターフェイスに、取り残されたような顔の戦士が映る。

「接続先は獅子王レジャーランド？　それも客室から簡易ログインだと？　しかも白王子の端末……《億年スイッチ》への強制アクセス!!」

「なっ……!?」

その言葉の意味に、戦士は顔色を変える。

飛びつくように白衣の背中に張り付き、理解できぬまでも熱をこめて画面を睨《にら》んだ。

「遮断できないんですか、そいつは？　拘束してるバケモノに影響は!?」

「ない、と思うが……。以前にも数回、遊戯《ゲーム》教育用の体感時間加速に利用されているな」

彼らは知る由もない。獅子王レジャーランドにおいて行われた『特訓』――桃貝桃花《ももがいももか》が聖上院姫狐《せいじょういんひめこ》の手引きによって、加速した時の中で訓練を重ね、砕城紅蓮に挑んだことを。

その時の負荷は問題にならなかった。加速の倍率も低く、行われた遊戯も特別な演出や操作が必要ないチェス中心のもので、クオリアの処理能力を食う心配はない。しかし。

「今回は完全な遊戯モード。加速倍率は最大級……！」

それは獅子王レジャーランド、道化師を排除するために紅蓮が行った遊戯。

すべての端末——精神を繋《つな》いだ数百の肉体に宿る意識を破壊するため、加速時間による一億年の連続遊戯《ゲーム》により、絶対公平かつ最終的な決着をつけた。

「ここまでハイレベルな演算能力。《億年スイッチ》の同時接続者の居場所を特定するために使われたら、この拠点が暴かれかねん！」

それは、あまりにもまずい。

白王子透夜《しろおうじとうや》への拷問のみならず、廃棄されたはずの軍事教育プログラムが発覚すれば、テロをもくろむ犯罪集団と断じられ、根こそぎ社会の敵とされかねないのだから。

「どうします？　本家のオーダーは、確か一度完全に心を壊せって話ですが」

「すでに体感時間は四十億年超だ。白王子透夜ほどの超人だろうと、すでに廃人と化しているだろう。少し予定が早まるが……仕方あるまい。一度接続を切るとしよう」

「了解。なら、バケモノは普通の檻《おり》に入れてきます。２人ばかり起こしてください」

「頼む。まったく、なんということだ……！」

ブツブツと愚痴をこぼしながら、《億年スイッチ》の停止と戦闘員の覚醒を進めていく。

監視カメラを操作して、解放されたクオリア筐体《きょうたい》——白王子透夜が、偽りの四十億年を過ごしたそれが開くのを確認すると、手早く準備を整えつつある実行部隊に指示を出す。

「《億年スイッチ》停止を確認。至急、被験者を確保すること」

『了解』

早くも出発していた男たちが、監視カメラの映像に映り込む。

ＶＲと現実のギャップに感覚が混乱し不快感を引き起こす、いわゆるＶＲ酔いを起こしている者もいるが、隊長格の男を筆頭に、合計３人が行動を開始していた。

『……確認。こりゃひどい、ハハッ。あのバケモノも、こうなりゃ楽なもんだ！』

基地内を監督する監視室に移動した研究者の耳に、戦士――隊長からの通信が響いた。

クオリア筐体が安置された部屋を映すモニター内では、眠っていた少年が引き出され、乱暴に両手を抱えて立たされている姿が見えたが、その様子は以前とはまったく違う。

四十億年の虚無。数週間にわたる監禁と超加速状態で脳にかけられた負荷は、常人ならそのまま死んでもおかしくない。ログイン中の食事や排泄《はいせつ》などはポッドが自動的に介護を行うため、簡素な手術着には汚れもなく、清潔感を保っているものの――。

『…………』

ぐったりと力なく垂れ下がる腕。自分の足で立つことすらできず、抱え上げられた少年。長い前髪でその表情は隠れているが、逞《たくま》しく健康的だった肉体はひどく痩せている。

クオリアシステムが提供する最低限の生命維持システムでは、カロリーの補給が追い付かなかったせいだろう。強制的に眠ったままダイエットを課せられたようなものだ。

『死んじまったりしませんよね？　やりすぎました？』

「いや、それでいい。最悪の場合身体《からだ》さえ生きていればね。親類が後見人となり、当主は飾りとして入院させたまま遺伝子のみ提供か、精神治療を施して不要な情報を削除してから復帰させる予定だ。……そのまま病室に運びたまえ」

『了解。……おっと！』

戦士の腕から、少年の身体《からだ》がこぼれ落ちる。

慌てて抱き留めるが、力なく垂れた腕が床に触れ、ジャリッと音をたてた。

『……。……。――。………』

『すまない。……ん？　何か言ってるな。寝言か？』

砂漠の基地だ。入念な防塵《ぼうじん》処理は施されているものの、わずかなチリは換気孔から入る。宿直として残っていた戦士のブーツに付着していたそれが、細かく床に散っている。

力なく倒れたように見える、入院着姿の白王子透夜《しろおうじとうや》。

だが床に広がった銀の髪、その奥からごくわずかに聞こえてくる声に、集まった男達は好奇心のままに耳を澄ませ、内容を聞き取ろうとしてしまう。

『……熱核兵器の爆心地となった地は砂漠化する。その砂は超高熱により熔《と》けてガラス化したものが混じるため、擦《こす》り合わせると独特の異音が生じる……』

キュッ……！

いつのまにかその指が動き、耳障りな音を立てている。

親指と人差し指で挟むように擦った砂、高熱でガラス化した石英が擦れる音だ。

『故に、ここは日本国内ではない。ならば、どこか？　ここまで乾いたきめ細かい砂塵は欧州にはない。アフリカ、北米、南米も除外だ。となれば三次大戦の激戦地――中国大陸と欧州をつなぐ主戦場、中央アジアと推測できる。ずいぶん遠くへ運んだものだな』

『なっ……!?』

そのあまりにはっきりした声音に、両側から透夜の腕を掴《つか》み、拘束しかけていた部下達が怯《ひる》む。四十億年の虚無を経て廃人と化したはずの人間が、まさか！

『そして、先ほど聞いた声には覚えがある。俺を拉致した部隊の者――。旧世代の遺物、旧軍事カリキュラムの復活など絶対の機密。万一漏れれば白王子の破滅につながりかねん。先ほどの情報と合わせれば、人里離れた死の砂漠だな？』

『この限られた情報で、そこまで読むか。……とんでもないな。おまけに加速時間の影響もほとんどないように見える。なあ、次期当主様。どんな手品を使ったんです？』

隊長格の男の疑問が、マイクを通じて流れてくるに至り。

ハッ、と遠く離れた部屋から現場を監視していた研究者が状況に気づき。

「いかん！　何をしている、離れたまえ!!」

『……は？　ぐほお……ッ！』

力強く、素足が床を踏みしめる。

爆発的な力が屈強な腕を振り払い、両側に立つ二人の男――その脇腹めがけ、透夜の掌《てのひら》が突き刺さる。両腕を胸の前で交差させ、右と左の標的を完全同時に打ち抜いた。

『がぼっ……！　ぐげっ……がっ!?』

ただ一撃。それだけで即席とはいえ、科学的に生産された兵士が悶《もだ》える。

『白王子の拷問、《億年スイッチ》の存在は知っていた』

驚くほど平静な声。反吐《へど》を吐きながら、白目を剥《む》いた男たちが床に倒れる。

その肉体をゴミのように踏みつけると、入院着の少年は汚れた上着を脱ぎ棄《す》てた。

『ゆえに対策も簡単だ。摩耗する精神のプロテクト、虚無の時間に押し潰されぬよう記憶を想起し続けながら、加速した時をやり過ごす』

ゴキリゴキリと指が鳴る。強張《こわば》った関節がほぐれ、痩せたことで精悍《せいかん》さを増した上半身を晒《さら》して――銀の獅子王《ししおう》、白王子透夜《しろおうじとうや》は獲物を視《み》る目で残る一人、自分を拉致した部隊の隊長を睨《ね》めつける。

『手加減はしておいた。が、早めに医者に診せるがいい。死にはせんが、地獄だぞ？』

ニヤリと、余裕すら感じさせる怜悧《れいり》な笑顔。

自分こそ虚無に閉じ込められ、桁外れの拷問を受けたばかりだというのに。

『ありえん……。一年や二年ならともかく、四十億だぞ!?　星の寿命にも匹敵する長い時間を、どうやってやり過ごしたと言うんだ!?』

『脳内で数多《あまた》の真理を解き明かすには、むしろちょうどいい時間だ。随分と鮮明に世界が視えるようになった』

『ヒイッ!!　く、来るな、こっちへ来るなあああああっ!!』

「！　よせ！　衰弱した今、麻酔銃の使用は命に関わる！　よ……！」

モニターに掴《つか》みかかるように、研究者が制止する。

だが、動き出した戦いが止まるはずがない。ＶＲ訓練で染みついた動作により、隊長は

ホルスターから拳銃型の麻酔銃を抜き放つと、迷わず少年に向けて引き金を引く。

火薬式ではない。より威力が低く音も小さな圧縮空気により発射された弾丸は、透夜《とうや》の頭部を狙い飛んでいった。が……それは、擦り抜けるように虚空へと消えた。

『は⁉　な……弾丸が、すり……⁉』

『着弾点を見極め、身を躱《かわ》しただけだ。さて、それで終わりか？』

もっと。もっと。もっと。もっと！

『さあ、俺はここにいるぞ。四十億年ぶりの復讐《ふくしゅう》戦が、弾丸一発で終わるなど興醒《きょうざ》めにもほどがある！　抗《あらが》うがいい。さもなくば俺の番《ターン》だ！』

『あ……あああああああああああああああああああああああっ‼』

完全にパニック状態となった、叫び声。

もやは戦士の面影はない。ただそこにいるのは追い詰められた動物だ。

携帯していたナイフを抜き放ち、挑む隊長を見届けて——顔を真っ青にした研究者は、慌ててデスクを立つと、逃げ道を求めて廊下へ飛び出す。

「に、逃げなければ……！　殺される！　ええい、警備ドローンを導入していれば‼」

通信量の増大を招き、発見されるリスクを考えて警備を人力に頼ったのが間違いだ。

未《いま》だ娯楽室で仮想世界にいる隊員を覚醒させるのは難しい。クオリア筐体《きょうたい》ならともかく、それに劣る一般システムでのログインでは、感覚の慣らしに時間がかかるのだ。

「ばかな……ばかなばかなばかなばかな、ありえない……っ‼」

薄くなった頭髪を掻《か》き毟《むし》り、老人じみた研究者は叫ぶ。

プチプチと音をたてて髪が千切れ、醜く廊下に散らばっていく。だがそんな自分の醜態を振り返る暇もなく、彼は自分が生き延びるために走り続けた。

（緊急用のヘリコプターが用意してある……！　あれを使えば！）

まだ眠っている部隊員は見捨てる形になるが、我が身の安全には代えられない。

自分さえ生き残れば、遊戯者《プレイヤー》研究は継続できる。白王子《しろおうじ》の、砕城《さいじょう》の……所属は関係ない。

かつての最高傑作、御嶽原水葉《みたけばらみずは》を容易《たやす》く打ち破り、破滅を招いたあの怪物を。

人類の鬼子。究極の怪物、砕城紅蓮《ぐれん》を超える存在を生み出すまでは……！

「死ぬものか！　死んでたまるか!!　ヒヒッ、フヒヒ……ヒャハハハハハハ！」

外見に不釣り合いな若々しい叫びをあげながら、彼はガレージへ飛び込む。

ヘリコプターと言っても、無人機だ。行き先を設定して乗り込めば離陸も着陸も自動、GPSで位置を測定し、正確にそこへ運んでくれる。

乗り込み、ドアを閉めた。その時。

「……え……!?」

満面の笑みを浮かべた白い男が、駆けてくる。

拳を返り血で赤く染め、拘束から逃れたばかりとは思えぬ獣じみた素早さで。

「ひいいいいいいいいいいいいいいいいいいいいいっ!!」

恐怖のあまり、自ら掻き毟った頭髪が白く変わってゆく。

操縦用のタブレットをとり、離陸を指示する。ローターが回転し、わずかに機体が浮く。これなら間に合う。逃げられる。あのバケモノは、届かない！

「やった！　生き延びた！　生き延びたぞ!!　ははっ、はははは……はあっ!?」

「逃がさぬ」

離陸しかけたヘリめがけ、少年が跳躍する。

隊長からはぎ取ったと思《おぼ》しき強固な軍用ブーツの靴底が民生用ヘリの強化ガラスを容易《たやす》く打ち砕《くだ》き、透夜《とうや》の身体《からだ》が飛び込んでくる。

衝撃にヘリが回転し、斜めに傾いたかと思った、その瞬間。

「あ……？」

地面と接触した機体が砂にメリ込み、破裂した緊急用エアバッグの直撃が、ボクサーの顔面パンチとほぼ同等の勢いで研究者の鼻をヘシ折ると、その意識を刈り取っていった。

＊

「……つまらん奴《やつ》だ。ろくに抵抗もできんとは、日頃の行いがよほど悪かったと見える」

ヘリの残骸から引きずり出した研究者は、完全に鼻骨が折れているが他に外傷もない。

近代のドローンは旧世代と違い、ガソリンなどの燃料を使っていない。墜落したところで爆発もせず、透夜ほどの身体能力があれば無傷で脱出することなど、容易い。

「とはいえ、脱出の遊戯《ゲーム》はなかなかに震えた。長い長い虚無の果て、反撃のカタルシス。──この愉悦を味わえた礼として、命だけは助けてやろう。生き延びて、いつか再び俺に牙を剝《む》くといい」

ヘリの残骸を蹴散らすように、白き王は悠然と砂煙漂うガレージに立つ。

錯乱した隊長を仕留め、その耳に嵌《は》められたイヤホンからモニタリングしている存在を察知。脱出手段があることを悟って奪うために急行したものの、やりすぎた。

奪うつもりのヘリが、まさか飛び蹴りひとつで粉砕されるとは。

「さすがに加減がわからん。相手のいない仮想空間では試しようもないしな」

そこは今後の課題、といったところだろう。

若い肉体に血潮が滾《たぎ》る。覚醒したばかりの大立ち回り、負担は大きかったものの、疲労など忘れてしまえるほどに、今彼の精神は充実し、奇妙な力に満ちていた。

「これで親父《おやじ》殿と全面戦争か。砂漠を越えて人里へ出るには食料や物資も必要だが……」

やらねばならぬことがある。倒すべき敵がいる。そして行かねばならぬ場所がある。

「さて、俺はどれほど眠っていた？　偽りの四十億年の間、現実の時はどれほど経《た》った？《獣王遊戯祭《ベスティア》》はどうなった？　我が獅子王《ししおう》学園に、あの男はまだいるのか？」

王者は堂々と、勝利者として歩き出す。

ヘリの墜落でひしゃげたガレージの扉。

外気と共に流れこんでくる汚染された砂塵《さじん》と月光。舞い上がるその砂塵を従えて。

それは囚人の脱獄ではなく、覇者の進軍。

「待っていろ、宿敵よ。砕城紅蓮《さいじようぐれん》よ。——今、征《ゆ》こう」

解き放たれた獅子《しし》の咆哮《ほうこう》を、ただ異国の星だけが聞いていた。

●放浪の獅子王《ししおう》、最弱姫の遭遇

白王子《しろおうじ》透夜《とうや》解放より五日——中央アジアパキスタン、辺境の村落にて。

三次大戦を経て、支配者の顔ぶれが移り変わろうと、人の営みが変わることはない。

かつて核の洗礼を受け、草一本生えぬ窪《くぼ》んだ焦土となった砂漠の地。太古の昔から住み続けてきた土着の民は、父祖の墓が残るこの汚染された地でなお生きている。

裏世界の遊戯《ゲーム》ですべてが決まる現代社会において唯一。そう、唯一、クオリアシステムの管理下にない、法と権力の及ばぬ地である。

インターネット通販企業のロゴがついた巨大トレーラーが、芋虫の群れのように進み続ける大通りを一本脇へ逸《そ》れると、裏路地に見つかるのは前時代的な古びた賭場。

古典的なギャンブラーの集う、酒場であった。

「勝ち続けてる野郎がいる、だと？」

「ああ。昨晩から居続けで五十連勝だ。……やべえぞ、最悪だ」

かつて周辺部族の長《おさ》が集まり宴《うたげ》を催したような、毛織の絨毯《じゅうたん》が敷かれた中東式の酒場。

その最奥。最もレートが高い場で、この場所を根城とする遊戯者《プレイヤー》たちに囲まれながら、カードを操る銀髪の男——その異様な風体に、現地の男たちはみな戦慄した。

「ウチの最高額……5千ルピー相当の金貨を、あんなに積み上げてやがる」

「とんでもねえ奴《やつ》だ。あれが、噂《うわさ》の……《白貌の吸血鬼》か!?」

それはここ数日、街の遊戯場《ゲーム》を荒らし回っていると評判の賞金首。

「……せめて、床に座ったらどうだ？　貴様のその態度、あまりにも傲慢に過ぎる」

負け続け、支払った金貨の山を恨めしそうに見る壮年の男。

男が指した絨毯《じゅうたん》の一角、参加者が車座になって描く輪から《白貌の吸血鬼》は外れていた。

「笑わせるな。手を変え品を変え、死力を尽くしても一勝すら得られぬ雑魚《ざこ》が、この俺に同列に座れ、礼儀を守れとほざくのか。この俺に対し礼に倣えと言うならば、勝利を捧《ささ》げてみせるのが最低限の礼儀であろう」

現地の言葉を、現地人とほぼ変わらぬ完璧な発音であまりに傲慢に言い放つ。

土足で上がることを前提に敷かれたため土埃《つちぼこり》で汚れた絨毯に直接、あるいはクッションを敷いて座るのが常識の場において、ただひとり豪奢《ごうしゃ》な椅子に座った男。

身にまとうのは制服。脱出してきた基地に隠されていた日本、獅子王《ししおう》学園のそれを身に着けてはいるが、その佇《たたず》まいに学生と侮れるような隙は無い。

「さあ、どうした遊戯者《プレイヤー》ども。さっさとカードを取るがいい」

「……!!」

未《いま》だ古《いにしえ》の風習が色濃く残るこの地において、地元の男たちが遊戯場で敗北し続けるなど、一族の恥——他部族に嘲笑《あざわら》われる恥ずべき事態だった。

（……なぜだ、なぜだ!!）

必勝の策を練ったはずだった。クオリアシステムを介さない原始の遊戯——。

だからこそ、野には必勝のための手練手管が存在する。たとえばカードの傷や折れ具合から内容を特定する『ガンづけ』と呼ばれる技法、仲間内での視線の動きやサインにより互いの手札を伝える伝達のテクニック、ゆったりとした服にカードを忍ばせる隠し技。

さらには部族特有の裏技まで使ってみせた。

絶対勝利が約束された、ポーカー勝負。店すべてを敵に回しながら、《白貌の吸血鬼》は彼らの常識を遥《はる》かに超えて、連勝を積み上げていた。

「さ、最初は……我々が、勝っていた……！」

昨晩から夜を徹して行われた遊戯の流れを、ターバンを巻いた長い髭《ひげ》の老人が振り返る。

その窪《くぼ》んだ眼《め》には絶望の色が浮かび、玉座に座る絶対者を見上げていた。

「なのになぜ、勝てぬのだ!?　いつのまにか逆転され、勝てぬようになり……。ずるずると、まるで砂に飲み込まれるがごとく……あああ……部族の、財産が……！」

「ちょ、長老。しっかり！」

「なんてこった！　こんなことなら、こんな化け物が相手なら……ッ！　一族の名誉など捨てて、逃げるべきであったわ……！」

さめざめと泣き始める男たち。完全に心折れ、反抗の力すら失った砂漠の民を見下ろすや、白王子透夜《しろおうじとうや》は軽蔑しきったような満足と共に告げる。

「哀れだな。己《おの》が手で仕込んだ毒に、自ら冒されたことにも気づけぬとは」

「な……ど、どういうことだ……!?」

「俺の勝ち筋を親切にも教えてくれたのは、貴様ら自身ではないか？　あれほどまで接待されてしまえば、負ける方が難しい」

「ま、まさか……いや、そんなはずがない」

何故《なぜ》なら。

「ゲームの度にサインの内容を変えているから、か？」

「……ッ!?」

「貴様らのイカサマの本質は単なる『通し』に過ぎん。互いに互いの手を教え合い、又、カードにつけた傷から俺の手の内を推察、確実に仕留めにいくありきたりなイカサマ」

退屈そうに相手の罪を詳《つまび》らかにしていく透夜《とうや》。それだけならば素人の当てずっぽうでも指摘可能なことだが、一瞬前に彼の口から出た言葉が、その推理に別の意味を持たせる。

それは、すべてを看破しているのだという、断罪者の圧。

「あたりを見回せばテーブル等いくらでもあるだろうに、何故そんな薄汚れた絨毯《じゅうたん》の上を舞台に選ぶ？　何故、貴様らはカードを触るたび、わざわざ部族のみに伝わる古代文字を裏面に刻み、汚している？」

「ぐ……ぐぐ……！」

「しかもご丁寧にも独特の暦――日本で言う十二支にあたるもの。そうした部族にだけ通ずる共通理念で順番を設定し、同じ文字で毎回異なる意味を持たせた暗号を用いた」

「馬鹿な……何故だ。何故、そこまで……！」

白髪の若者は明らかに異国の民だ。

未《いま》だクオリアの傘の下にない無法地帯を訪れ、調停者のいない際限なきギャンブルに身を浸し、溺れようとする外国人は大勢いる。

そうした無謀な人間をカモにするとき、地元部族の人間が使うイカサマが、今回彼らが使用した業《わざ》だった。

ただでさえ理解の浅い異国の言語。その言語圏においてさえ『古代文字』とされる、失われたそれを暗号に使う。さらに地元の民しか知らぬ暦を基準に、1ゲームごとに記号の意味さえずらしてみせた。

だというのに。この入念な罠《わな》を、《白貌の吸血鬼》は看破してみせたというのか。

「――最初は気が昂《たか》ぶった。公平公正な遊戯《ゲーム》を是《これ》とする現代、こうまで露骨な外法《げほう》を以《もっ》て勝利を貪らんとする群れが存在するとは。如何《いか》な手段を用いたとしても、この俺に傷を負わせたことそれ自体が評価に値する。なかなかに楽しめた、が――」

それは白王子《しろおうじ》透夜にとって最大限の賛辞であった。が、語る彼の顔には微《かす》かな笑みさえ浮かんでいない。

「貴様の血はもう、飲み飽きた」

遊戯場に足を踏み入れた当初、爛々《らんらん》と輝いていた透夜の瞳は、今では凪《なぎ》のように穏やかだ。目の前の部族の遊戯者《プレイヤー》たちへの興味を完全に失い、深く背もたれに背中を預ける。

これが《白貌の吸血鬼》——白王子透夜《しろおうじとうや》の遊戯《ゲーム》。

遊戯者にとっての、血。磨き上げた技、手練手管、生まれ持っての才能、限界まで振り絞った知恵、努力。そういったあらゆるものの結晶をすべて吐き出させた末に、恐るべき学習力で瞬時に能力の本質を看破する。

対峙《たいじ》した遊戯者はまるで全身の血を吸われ、己の身すべてを支配され、眷属《けんぞく》に堕《お》とされたかのような錯覚に見舞われるのだ。

「……そんな、そんな……馬鹿な……あぁ……!!」

撒《ま》き散《ち》らされたカードを拾い集め、遊戯者たちが嘆く。

皆のその顔は葬儀の席ですらありえないだろう悲しみに染まり、10歳も老けたかのごとく、ガックリと肩を落として動かない。

「さあ、まだ抗《あらが》える者はいないのか？　絶望の中から這《は》い上《あ》がり、なお立ち向かう者は？　折れた剣を手に、地獄に進む者はいないのか!!」

——……………。

白き獅子《しし》の咆哮《ほうこう》に、答える者はなく。

「……………つまらん。この集落はクオリアの傘から外れた強者——《黒の採決《ブラックバウト》》にすら姿を現したことのない知られざる遊戯者が潜むと噂《うわさ》を聞いたのだが」

失望のままに吐き捨てられ、静まり返った場で、ただ長い髭《ひげ》の長老のみが呟《つぶや》いた。

「……あの女。あの異国の女めが、妙な情報を吹き込まねば……このような破滅は……」

「女、だと？」

ピクリと片方の眉を上げ、透夜は遊戯場を見渡す。いるのはほぼ全員が彫りの深い顔立ちの、中東系の男ばかり。だがその中にただ一人、民族衣装でスッポリと全身を覆い隠した女が、伝統的な装束に似合わぬ最新の携帯端末を手に、カメラを透夜へ向けていた。

「…………！」

視線に気づいたのか、その女は端末を服に隠し、群衆に紛れて姿を消す。

「なるほどな。……女、か」

「我らの財産は、それですべてだ。吸血鬼よ……。足らぬ分は家畜と、妻や娘を売ろう」

「そうか、ならば黙れ、愚図《ぐず》ども。勘違いするな、俺が貴様らに求めるものなど何もない。財貨も女もその命すら、この俺が奪う価値あるものは、ここには存在せん」

「ああっ!?」

ジャリィン……ッ！

重い音をたてて、金貨が飛び散る。推定10万ドルはあろうかという金貨の山を蹴散らし、もはや何の興味も持たぬといった顔で、慌てふためく遊戯者たちを見下しながら。

「拾うがいい。そして己《おの》が敗者であるという事実を未来永劫《みらいえいごう》その身に刻み、苦痛と恥辱にまみれて生きろ。――それこそが『惰弱の罪』に対する罰だ」

「おおおおおぉぉぉおぉぉ……ッ!!」

徹底的に誇りを踏みにじられ、遊戯者《プレイヤー》たちが涙をこぼす。

もはや誰ひとり、二度とカードを取ることはあるまい。それができるほどの恥知らずは、誇りという中世で失われた概念がなお生きるこの大陸では生きられないからだ。

手足を切り取られるよりなお残酷な、名誉の処刑。

それを為《な》した吸血鬼は、絶望に伏す男たちに一瞥《いちべつ》すらくれず、遊戯場《ゲーム》を後にした。

*

遊戯場のある裏路地を、民族衣装を着た女が歩いていく。

長い袖に端末を隠し、レンズの眼《め》で狙うは吸血鬼の背中。白王子透夜《しろおうじとうや》の真っ白な風貌は夜の人混みでも目立ち、尾行や追跡の容易な標的だった。

猥雑《わいざつ》な街をポテポテと歩く。

大柄で濃い顔つきが多い中央アジアの裏路地にあって、その体格は女性にしても小柄だ。路上で水浴びをしている中年男の裸や、市場へ連れていかれる羊の群れ、山岳地帯への輸送のためのいまだ現役の荷馬などにいちいちビクビク反応し、カメラがぶれる。

臆病で好奇心旺盛なネズミの動き。

矛盾すら感じる所作で、つま先立ちで背伸びしながら吸血鬼を追う、その女を――。

「なぜ俺を尾行する、女?」

「ひゃわっ!?　え、なんで!?　まえにっ……」

「あれは囮《おとり》だ。あの店の人間はほぼ奴隷に等しかったからな。白く塗りたくったウィッグをかぶせ、歩かせた。——さぞ追いやすい背中だろう?」

屋台の陰から姿を現した白王子透夜。

砂塵除《さじんよ》けのマントを被《かぶ》って潜み、女を待ち伏せた彼は、慌てふためくその顔面をヴェールごと、有無を言わさぬ勢いで鷲《わし》づかみにした。

その拍子に女の手からカメラが落ちた。ガシャンと壊れる音がして、女は悲鳴を上げる。

「ああっ!?　なけなしの国家予算で買った機材がーっ!?」

「国家予算だと……?」

「うう、接着剤、接着剤。常備しといてよかったぁ~」

透夜の疑問は混乱にまぎれて耳に入っていないようで、ヴェールの女はポケットから取り出した瞬間接着剤であくせくとカメラを直そうとしている。

「精密機械をそのような原始的な手段で、か」

「あっハイ私おっちょこちょいでして。よく物を壊すんで、接着剤は欠かせないんです。おかげで家具家電から日用品に車まで、ちょっとした破損だったらすぐに直せるようになりました。いやあ日本産の接着剤って、よくできてますよねぇ。あ、ご存知《ぞんじ》ですか?　……木材みたいな凸凹したやつより、滑らかな金属の方が早くガッチリくっつくんですよ。……って、私のどうでもいい雑学とか興味ないですよね、ごめんなさい埋まります……」

「…………。愚かなのか、愚者を装っているのか。いずれにせよ、正体も明かさずコソコソと嗅ぎまわるとは、礼儀をわきまえない女だ」

訊《き》きたいのは接着剤の薀蓄《うんちく》でもなければ、情けない自己嫌悪と謝罪の言葉でもない。

——その厚い面の皮を曝《さら》け出せ。

言外の意図とともに、透夜《とうや》は荒くつかんだそのヴェールを、強引に剥ぎ取ってみせた。

「…………ッ⁉」

「俺の遊戯《ゲーム》を動画で配信し、周辺部族や遊戯者《プレイヤー》グループを挑発したのは貴様だな？　その行為、俺への供物としては悪くないが、どうせならもう少し歯ごたえのある者を連れてこい。退屈しのぎにもならん」

「う、うわぁ〜……。聞いてた以上の俺様気質……。怖っ……。近寄りたくない、絶対にお近づきになりたくないタイプです、すいません……」

露《あら》わになった顔は——『地味』だった。

驚くほど華がない、かといって醜くもない。整った顔立ちとは際立った個性がないものだが、そうした特徴のない美しさとも無縁の、評価するなら『可』としか言えない顔だ。

髪型は中途半端。長くも短くもない。

前髪だけ伸ばして目元を隠すように覆っているが、特徴といえばそれだけだ。意図したミディアムというより、長くする覚悟も短くする思い切りもなく放置したような。

「…………」

「む、虫を見るような目で見ないでください……。いえ、ひょっとして虫以下……？」

「正解だ、凡夫。才ある者を俺は愛《め》で、求めてきたが――貴様のような存在は初めてだ。軽蔑し、排除を決めるほど愚鈍でもなく。かといって煌《きら》めくような才能とも縁がない」

どんな人間にも長所があり、短所がある。本当に平凡、凡人、弱者と言ってもどこかに必ず個性が生まれ、基準となる判定が下されるものだ。

しかし――突如現れたこの奇妙な娘。かなりの童顔だが、透夜より年上だろう。そんな齢《よわい》まで生きていながら、正真正銘本当の意味で、特筆すべき点がない。

「遊戯者どもや部族を煽《あお》る知恵はある。端末を操り、情報を操る手管もある。が、それを活《い》かす知恵はなく、いともたやすく囚《とら》われる。……何がしたい、貴様？」

「は、はいいっ……！　あの、とりあえずご、ご挨拶から……」

透夜の手を離れるや、女は身にまとった民族衣装を脱ぎ捨てる。

その下から現れたのは、地味なスーツ。そこらの日系企業のＯＬです、と言わんばかりのスタイルで、彼女はほぼ直角に腰を曲げると、両手で一枚の紙を差し出した。

「わ、私、こういうものです。あのっ……王位に興味とか、ありませんか!?」

そんな、駅前でアイドルかモデルをスカウトする営業のような。

中東の裏路地にはまったく似つかわしくない言葉と共に差し出された名刺には――

『アルセフィア王国　第二王女。欧州連合折衝役　エーギル・アルセフィア』

これもまた、平凡極まる明朝体《みんちょうたい》で、そう書かれていた。

＊

「それでですね、今ウチの国は王位継承戦、《獣王遊戯祭《ベスティア》》というものの開催を予定して、いろいろ準備を進めておりまして。勝った兄弟の誰かが王位を継ぐ形に――」

「知っている。開催を決めたのは俺だからな。小国の王位継承を名目とした大国間によるクオリア分枝争奪戦争――その辺りは飛ばせ、時間の無駄だ」

「ふぁっ!?」

裏路地を離れた市場。

地元の人間が家畜や野菜、食料品などを売買するバザーの片隅に、エーギルの珍妙な声が響き渡る。絨毯《じゅうたん》が敷かれた茶店の奥に陣取って、透夜《とうや》と彼女は向かい合っていた。

食卓に所狭しと並べられたのは、炭火で焼いた羊肉の串やひよこ豆のカレー、長粒種の米を使ったビリヤニ、カリカリの魚フライ、デザートにはミルク団子であるラスグラなど、インドが近いだけあって香辛料をふんだんに使い、スパイシーな香りが強いものだ。

透夜は握り拳ほどもある羊肉の串焼きにかぶりつくと、ギュッと詰まった肉質の弾力を味わうように食いちぎり、ゴクリと飲み込んだ。

「死せる大地にほど近い辺境にしては食える味だ。……《獣王遊戯祭》に集う者どもも、この程度には楽しませてくれればいいがな。ククク」

「……えーと、つまり、来てくださるということでよろしいのでしょうか？」

「貴様が拒むなら首をへし折ってでもついて行くが」

「折らないでください死んでしまいます。はあ……。で、ですが、透夜さん。……その、正直に申し上げますが、私の陣営に勝ち目はありません。そこはご了承ください。後で話が違うとか、その……怒らないでくださいね？」

ぼそぼそと、一番小さな皿に少しずつ料理を取り分けて、一口ずつ味わう。

ちまちまとした小動物のような食べ方をしながら、エーギル・アルセフィアは、自らの陣営が陥った状況について、タブレット端末にデータを表示しながら説明した。

「ええと……私は、王位継承者6名の中では、欧州系の派閥に支持されています。ですがうちの陣営は三次大戦以前の難民問題や宗教対立、そして戦災による復興事業がいまだに継続中でして、他の強豪国……日本、アメリカ、中国のような介入はありません」

「つまり、期待されていないのだろう？」

料理を口にしながら、透夜はバッサリと切り捨てる。

「貴様に冠を得る可能性があるのなら、欧州のハゲタカどもは放っておいても支援を厚く押し付けてくる。そうならんのはとてもその見込みがない、ということだ」

「……はい。そうなります。わかるんですよ私も、向いてないなあって。他の兄弟姉妹が王位についたら、地方の郵便局あたりで細々働かせてください……って希望を書面で提出したんです。……けど、そういうわけにもいかなくて……。あ、私のことなんてどうでもいいですよね、すいません。省略します」

「貴様の就職に興味などない。他国の介入について話せ。どの国が参戦する？」

「……ええと、すいません。一応確認しますね、間違ってたらいけませんので。はい、間違いありません。《獣王遊戯祭《ベスティア》》予選突破国は、アメリカ、日本、中国、ロシア、それと欧州連合で確定しました。……ええと、遊戯《ゲーム》についても連絡が来てますね」

　何度も何度もタブレットを見返し、慎重過ぎるかつ臆病な態度で彼女は告げる。

「第一王子カールスはアメリカ、第一王女リングネスには中国資本に雇われた日本の遊戯名家から、《黒の採決《ブラックバウト》》にも参戦する遊戯者《プレイヤー》が。ええと、あと第三王女のヌグネがヴァチカン、ツボルグ兄さんがロシアと協力の姿勢を見せてまして……」

「残る参戦国は欧州連合。貴様がもともと折衝役を務めていたなら、遊戯者を招く程度は可能だろう。なぜそうせず、中央アジアの辺境などをさ迷っている？」

「……シンプルに申し上げまして、それでは勝てないからです……ごめんなさい」

　ペコリと頭を下げて、エーギルはタブレットに指を走らせる。

　表示されたデータは、欧州連合が国際的な場での譲歩を迫られたニュースの記事、国際競争力の低下、企業間訴訟の敗北などで――。

「欧州連合は現在、《黒の採決》において日米中の遊戯者に敗北し続けています。ロシアとはあまり揉《も》めていないのでデータがありませんけど、奇蹟《きせき》系の遊戯者を抱えるヴァチカンを別枠とすると、ちょっと任せて安心はできないかと……」

「ほう……」

「いえ、貶《おとし》めるつもりはないんですよ？　でも、予選で当たった国々は遊戯後進国と言いますか、正直クオリア慣れしていない素人さんなので……。選ばれた遊戯者も国営カジノのディーラー見習いさんとか、若いTVショーの手品師さんとかで、ごめんなさい」

「なぜ謝る。その者どもを信用しない理由は？」

「あ、はい……。すいません。『勝ちたい理由』がないからですね。顔合わせはこっそりしましたけれど、国の要請だから、お金が欲しいから、みたいな理由で。自分から勝ちにいこうという感じがありません……。なので、あの人たちでは、負けると判断しました」

わずかに見直し、透夜《とうや》はこの臆病な王女をまじまじと観察した。

（やはり才能の色はない。ただの臆病で姑息《こそく》な凡人、そうとしか言えんな）

だが、それだけに。ネズミにはネズミの、牙がある。客観的なデータの集積に基づき、思考停止して欧州連合の乏しい支援のまま遊戯に挑むのを避ける程度の判断力が。

「いえ、欧州連合が弱いとか頼りないとかそういうわけじゃないんですよ……！　その、気を悪くすると嫌なのでこのくらいにさせてくださいね。それで、将来のお金や利権と引き換えに欧州には遊戯者派遣を諦めて頂き、資金と情報――強い遊戯者を探し、雇うためのサポートをお願いしたんです」

だが、世界の強豪はほぼすべて《獣王遊戯祭《ベスティア》》に参戦し、予選によって篩《ふるい》をかけられている。

予選敗退国から精鋭を募ることは、規約上不可能だ。ならば、どうするか？

「クオリアに接続していない、三次大戦による復興が最も遅れたこの地域。旧インド国境、パキスタン含む中央アジア一帯——クオリアの空白地と言えるここでは、独自の遊戯《ゲーム》文化が存在し、頻発する紛争の調停に使われている、という情報が……」

「それは、つまり。クオリアの把握していない、文字通り未知なる強豪が。この国に眠っている……そういうことか？」

「ええと、はい。すいません、そうなるかと……。で、到着して早々《白貌の吸血鬼》の噂《うわさ》を聞いて、本物ならこれはスカウトさせてもらいたいな、と。ご迷惑かもしれませんが、謝罪も賠償も十分させて頂きますので、軽くテストをと……」

喋《しゃべ》りながら何度も頭を下げる。ペコペコと卑屈に詫《わ》び続けるその姿は、とても人の上に立つ存在ではない。誰かを使う者、王侯貴族のオーラが文字通り感じられないのだ。

（偽物ではあるまいに。身分証明付きの名刺はクオリアの承認を得た本物だ。ならば——

これは、何を考えている？）

そもそも矛盾がある。本来、エーギル・アルセフィアに王位はいらない。

それこそ誰かが勝った後は地方公務員になる、などという凡夫だ。それが勝つために、己の基盤である欧州連合に砂をかけてまで強い遊戯者《プレイヤー》を探しに、それも工作員や諜報員《ちょうほういん》を派遣するでもなく、ビクビク怯《おび》えながらも己《おの》が身ひとつで乗り込んでくるなど。

(行動が矛盾している。心底臆病に震えながら、大胆な動き――。臆病者が弾《はじ》ける理由。それは、それ以上の恐怖しかありえない)

そこまで思考を巡らせて、透夜《とうや》は即座に打ち切った。

「どうやら、凡夫は凡夫なりに理由はあるようだ。勝ち残り、貴様はどんな王となる？」

「すいません。なりたくありません」

きっぱりと、これだけは迷うことなく。

エーギルはそう言い切ると、タブレット上に表示した地図を拡大する。

「王になりたくなんかないです。そんな責任背負えません。現金書留の重さすら、私には少々荷が重いです。自信ありません。任せるなら誰かに任せたくて任せたくて震えます」

「それでも、勝つために動くと？」

「はい。ええと、詳しくは申し上げられないです、ごめんなさい。けど――そうしないともっと酷《ひど》い目に遭うから。特に何かがしたいわけじゃないですが、いつか見つかるかもしれないから……まだ、生きていたいです。ごめんなさい」

死にたくない。死にたくない。生きていたい。理由はない。ただ、ただ、ただ。

「だから、抗《あらが》うことに決めました。……浅ましくて、すいません」

「そうだな。浅ましくて汚い。こびりついた汚物のような女だ、貴様は」

「ひどっ……。そ、それはちょっと傷つきます……あ、いいえ、いいんです。汚物です」

ただひと睨《にら》みされただけで罵倒を受け入れる第二王女。

醜態を目の当たりにしながらも、白王子透夜《しろおうじとうや》は。

「抗《あらが》う、か。この俺の前でよくぞ言ったものだ、凡夫風情が。その呆《あき》れるほどの無能ぶり、《獣王遊戯祭《ベスティア》》に挑むすべての王子姫君の中でまさに最弱。実に情けなく、動機すら醜く華がない。最後に残る人徳のような美点、人として褒めるべきものすらないままに、ただ私利私欲のために生き足掻《あが》く。——だが、それがいい」

「え？」

思いがけない言葉に、エーギルが震えた。

木の匙《さじ》が皿に転がる。用意された食事をあっと言う間に食べ終え、米粒ひとつこぼさぬ完璧なマナーを見せつけながら、白王子透夜は驚くほど熱い気配を放ちつつあった。

「最弱最悪の条件だ。日本、獅子王《ししおう》学園の精鋭を率いるより遥《はる》かに劣る。だが、だからこそ面白い。この圧倒的不利を覆し、勝利をもぎ取る。——成し遂げた時、俺は一段上の高みへ至ることだろう。喜べ、凡夫。この俺の力、貸してやろう」

「は、はいいっ！　す、すいません！　ありがとうございます！　ごめんなさい！」

どちらが主でどちらが従か。

言うまでもなく、透夜が主で従が王女だ。ほとんど臆病な室内犬のごとく絶対服従の姿勢を露《あら》わにしながら、卑屈に平伏した姫は透夜の眼前にタブレットを差し出す。

「に、日本、獅子王学園での選抜戦は、もう終わっています。参加者はアルセフィア入りし、遊戯《ゲーム》は始まっていますが——」

　手は打ってあります、と表示したのは、電子化された全権委任状。

「わ、私の代理人にこれを預けてありまして……。本戦開始から、何日かその人物に場をもたせてもらう手はずになってます。どうしても遊戯が必要な場合は、欧州連合から一応遊戯者《プレイヤー》を出してもらえますが、勝ち目はほとんどないかと……すいません」

「さらに時間的ハンデまで負わせてくるか。本当に足を引っ張ってくれるな、凡夫。クク。わかっているではないか。……気に入ったぞ」

「あれ？　怒られないどころか喜ばれてる？　……すいません可笑《おか》しくないですか」

「どこがだ、たわけ。他のメンバーなど必要ない、俺一人で十分だ……と言いたいところだが、わざわざ中央アジアまで足を運んだのだ。他に戦力の当てがあるのだろう？」

「あ、はい。ええと、このあたりはクオリアを中心とする近代ネットワークは不通です。けど、大昔、二十世紀に敷設された携帯電話回線がまだ生きてまして……」

　通信量、速度ともに現代のそれとは比較にならない。

　もはや技術の化石と言うしかないシロモノ、だが現地の人間はそれで情報を得ている。

「欧州系ＩＴ企業の検索エンジンや情報閲覧権をお借りしてネットワークを調査。リアルタイムで現地ＳＮＳやチャットのデータを閲覧しまして……すいません、犯罪です。が、必要だったもので、それでいくつかの地域に絞り込みました」

《白貌の吸血鬼》——白王子透夜が暴れた、物流の中継点。この名もなき街と。

「それより前から、いくつかあるんです。強い人間の噂《うわさ》が……。地元から動きませんが、稀《まれ》に外から遊戯《ゲーム》を挑まれると現れ、地元側を勝たせる人たちが。すいません、具体的な情報はまだつかめてませんが……ここと、ここ。この一帯ですね」

す、す、す、とタブレットに表示した地図を示す。

赤い丸で表示された範囲はかなり広大だ。まともな判断力があるのなら《獣王遊戯祭《ベスティア》》の佳境に間に合うよう、いるかどうかも定かではない実力者探しなど諦めて帰国する。

が、そんなセオリーは、この男には通用しない。

「面白い。裏世界にも知られていない未知の強者、か――。よし、まずこの地域へ向かう、足を調達するとしよう」

「へ？」

不敵に笑む透夜《とうや》に、ついていけず瞬《まばた》きするエーギル。そして、一時間も経《た》たぬうちに。

「ひいいいいいいいいいいいっ！　死ぬ！　死んじゃう！　死ぬんだあああ！」

「黙れ凡夫。漏らすなよ、俺の服をわずかでも汚したらそれこそ命はないと思え！」

「そ、そう言われましても！　せめて車！　すいません車でお願いします、トヨタとか！なんでこんなどデカい暴れラクダに乗るんですかあ⁉　死ぬでしょ〜〜！」

透夜が用意した、ラクダ2頭。1頭には旅に必要な物資や水を乗せ、もう1頭に乗って先導する透夜は、泣き喚《わめ》く女を抱えて悠然とラクダを走らせた。

「車などつまらん。この方が面白かろう？」

「『楽しそう』以外の行動基準を作りましょうよ～……！　あ、すいません。生意気言いました、ごめんなさい！　だから落とさないでくださいお願いします！」

泣きながらしがみついてくるエーギルを鬱陶しげに押し返しながら、白王子透夜《しろおうじとうや》は、陽《ひ》も暮れかけた砂漠を駆ける。一路、強者を探し求めて――……。

＊

遊戯《ゲーム》ですべてが決まる《村》――。

中央アジア付近の草ネット、国家や企業が手を引いた後も地元民によって細々と維持、貴重な情報手段として使われている界隈《かいわい》に、まことしやかに語り継がれる噂《うわさ》がある。

場所はごくごく辺境。大陸と中東の闇が交錯する中央アジアの物流ルートからも外れ、旧イラン、アフガニスタン方面に近い草原地帯にある、ごく普通の田舎。

二十一世紀どころか、十九世紀の息吹すら漂う辺境は、今や全世界を網羅した世界地図に載っていない。何故《なぜ》なら、ここは近隣諸国どの政府の支配も受けていないからだ。

三次大戦終結後の混乱期。

各国が国境線を引き直す最中《さなか》、ポツンと残った空白地を埋めんと、各国の遊戯者《プレイヤー》がこの地を訪れた。ごく普通の田舎に支配することの旨味などありはしない。

ただ、遊戯がすべてを決める新時代において、『我が国はこれほど強いのだ』と自らを誇示するためだけに、我こそはという勢力が屈強の遊戯者を送り込んだのだ。

「中には《黒の採決》《ブラックバウト》の遊戯傭兵《ようへい》を雇った勢力もいました。周辺諸国の政府から近在の部族まで、己《おの》が強さを誇るためだけに送り込まれた武器なき軍勢は、村の酒場を舞台に戦いを演じ──ただ一夜で壊滅した、と言われてる……そうです」

街を出て二日。ラクダに乗り荒野を進みながら、二人の旅人が語り合う。

「アメリカの遊戯傭兵に勝つ、か。なぜ、それほどの逸材が《黒の採決》にも参加せず、埋もれている？」

「なんでも、その村の人達には、欲がないとか……。暮らしは二百年以上前からほとんど変わらず、畑を耕し家畜を飼い、ほぼ村のみで必需品が賄えるようです」

「つまり、金は要らぬ、と？　出世や権力への興味も」

「だ、そうです。彼らはただひたすら遊戯を続け、『誰が一番強いのか』を競うのみ……。ふええ。そんなストイックなの、絶対ムリです……！」

その村の者達は周辺国から選ばれた精鋭を倒し、傭兵すら相手にならなかった時点で外への興味を失い、各国および周辺の部族すべてに不干渉を命じたという。

故に米国が未《いま》だ特権を保有するネットワーク系の大企業、その超巨大検索エンジンから除外され、衛星地図からも村の存在は抹消されたのだ。

「不干渉の契約がある以上、同意した部族、国家、企業はすべて沈黙の義務があります。

それには傭兵の誘いや契約も含まれ――」

古《いにしえ》よりの地名すら消され、ただ『遊戯村《ゲーム》』とのみ呼ばれる空白が完成した。

「どうも村に入ることは許されてないっぽいんですよね……。村の者が外に出るのはＯＫだけど、契約に反する以上会話も許されないという」

「クク……。あの砕城紅蓮《さいじようぐれん》が聞いたら、さぞ喜びそうな地よな。文字通り遊戯によって己《おの》が自由と独立をもぎ取った、強者の楽園か」

白王子透夜《しろおうじとうや》は楽しげに笑う。

「当然、その契約とやらには日本やアルセフィアは関わっていない。俺や貴様が入るには問題あるまい？」

「はい。……行く価値はある、と思います。心底恐ろしいですけど……！」

「凡愚にはそうだろうな。俺は悦楽の予感しかせんが」

獅子王《ししおう》学園生徒会、彼が選んだ円卓の獅子にすら『甘え』があった。

砕城紅蓮に敗北し、情けなくも助けを求めてきた佐賀臣仁《さかとみじん》。

泣くばかりだった由留木由良《ゆるぎゆら》、敗北と隷属を手段とするフラヴィア・デル・テスタ。

（特にフラヴィアだな。敗北をも手段として利用する、隷徒に堕《お》ちて内より蚕食を狙う）

それができるのは、『次がある』と確信しているからこそだ。

獅子王学園は、隷徒からの復活劇『下剋上《げこくじよう》チャレンジ』を設定している。だからできる。

が、そうした制度の存在しない社会において、敗北とはすなわち逃れられない死だ。

（その点、思考停止に陥ったあの女、御嶽原水葉《みたけばらみずは》はリアルと言えるやもしれんな。死ねば何かを考えるなど、二度とできぬのは当然のことだ）

近代社会の温《ぬる》さ、『常識』という呪縛が闘争の覚悟を妨げてしまう。

フラヴィア、そして透夜にしても、そうしたセーフティが存在することを無意識に受け入れ、それが果たされるものと認識してしまう。が、荒野にルールは存在しないのだ。

戦争の熱を遊戯の時代に持ち越した、この地では。

「遊戯が戦争であることが常識だ。くだらんオブラートを剥がす手間をかけることなく、勝負に己の命や存在を賭けることが前提となっている」

三次大戦、人類を滅ぼしかけた戦いが、ここでは未《いま》だ続いている。

「あの、ご高説伺いましたけれど……。とてもそんな空気じゃないですよ？」

荒野が変わりつつあった。

村へ近づくにつれて、整備された麦畑が見えてきた。

牧歌的な景観の隣に整然と並んだソーラーパネル。横に設置された給電エリアには数台のドローンが待機しており、先進国と同等のＡＩ農地管理が導入されているのがわかる。

「なんと言いますか……すいません、田舎のイメージが壊れるハイテクですね」

「何を言う。むしろ期待が高まるのを感じるぞ？」

小規模とはいえコミュニティを維持するには労働が必要だ。

特に外部からの補給に頼らず、独立性の高い自給自足を続けるには、それこそ朝から晩まで働き続け、食料を生産しなければ間に合わない。

「つまり、普通に考えて遊戯《ゲーム》などやってられん。しかしＡＩ農地管理を導入していれば食料生産に割く労働力を削減できる。……『時間』が作れるということだ」

近代人と中世人の差は何か？

それは『時間』であると識者は言う。

機械の発達による必須な労働時間の削減により、一人一人が自由になる時間を多く得た。その余った時間を有効に活用できる者こそが、近代社会で伸びてゆく。

農村に似つかわしくない自動化の背景にそれがあるとしたら？

「降りるぞ、凡夫。ここよりは歩く」

「え？　まだけっこう距離がありますが……すいません、よろしいのですか？」

「構わん。俺の見立てが正しいのか、それともただの買《か》い被《かぶ》りか。じっくり見定めてこねばなるまい？　ラクダを繋《つな》いでおける場所を探せ」

整えられた農道の端、立ち木に繋がれたラクダは、悠然とあたりの草を食《は》む。

そんな家畜に「ご苦労」と労《ねぎら》いの言葉をかけてから、白王子透夜《しろおうじとうや》は制服の上に羽織った防砂マントを翻し、『遊戯村』と呼ばれる集落へと乗り込んでいく。

おっかなびっくり、おどおどと。２歩ほど離れた位置から手荷物を抱き、警戒するようにあたりを見回してついてくるエーギル・アルセフィア。

王女でありながら高貴さのかけらも残っていないその仕草は、まさに下僕のようで——

迷わず先頭を歩く透夜の威風堂々たる態度と合わさり、まるで主従のようだった。

「あ、子供が遊んでますよ。あっちではお爺《じい》さんが将棋を指してて……。平和ですねえ。のんびりしていて、争いごとの気配なんてぜんぜんないといいますか」

「凡夫の眼《め》にはそう映るか。その程度の観察しかできぬ眼ならすぐにも抉《えぐ》り取って眼病に悩む有能な者にくれてやれ。……わからんか？　あの『遊戯』の気配が」

日干し煉瓦《れんが》を積み上げて作られた建物が並ぶ、乾いた街並み。

土地の広い風土なせいか、庶民の家でもかなりゆったりとした造りで、中庭に果樹などを植えてあるのが一般的だ。人気者なのか、五、六人の老人たちが集まって将棋を指す家、そして甲高い声をあげてじゃれ合う子供たちの姿に、透夜は『見』の眼を向ける。

「へへっ、逃がすかよ！　……足、タ～ッチ！」

「あちゃ～……！　これで俺も鬼かあ。くそ、歩きづらいんだよなあ……」

鬼役の子に捕まった子が、まるで傷を負ったように足を押さえながら他を追い始める。

ただの鬼ごっこではない、『傷鬼』――鬼に選ばれた者が逃げ回る相手を捕まえる時、必ず身体《からだ》のどこかを指定しなければならず、その部分は『傷』とみなされる。

手ならば手を、足ならば足を押さえ、『傷』をかばうように動かねばならない。

手、足、頭、体、どこでもいいが、捕まえた敵は未来の鬼、すなわち仲間だ。その後の追跡に大きな支障が出るような部位を指定するのは、鬼側にとって不利となる。

「なら、足を指定したのは間違いじゃないですか？　歩きづらいですよ、絶対」

「確かにな。だが、俺が言いたいのはもっと根本的な話だ。傷鬼は日本でも珍しいルールの『遊戯《ゲーム》』だぞ？　このアジアの辺境で自然に知るなど、まずありえまい。ついでに言えばそこで将棋を指している年寄りの集団も、だ」

一見すると涼しい午前中、中庭に集った老人たちが戯れているように見える。

しかし、その場に並ぶ無数の駒は――。

「対局が行われているのは日本式の将棋だ。ギャラリーも距離を保ち、集中を乱さぬよう棋譜を取りながら見学している。それだけではない、散らばった駒の意匠を見よ」

見事な象牙細工の駒は、歴史に埋もれてルールすら忘れられたインド式チェス、チャトランガ。重厚な西洋式チェスの駒や東洋の碁石、リバーシの盤まで揃《そろ》っている。

古今東西のアナログ遊戯が取り揃えられ、指は震え、頭脳も衰えたであろう老人たちが、異様な鋭い眼《め》で盤駒を手にする。それは、あらゆるルールに対応する遊戯の研究だった。

「極めてアナログな手法だが、異国のルールに至るまで研究する手法は、クオリアが行う《黒の採決《ブラックバウト》》――即興でオリジナルゲームを創作し、習熟による有利不利を消して地力を競うやり方に似ている」

「すいません、全然わかりません……。それじゃあのご老人方、強いんですか？」

「俺が貴様の国に招かれて対局したグランドマスターや、お前の兄が倒した棋聖とやらと大差ない。手筋を観察しての評価だが、大きく外してはいないだろうな」

「……え？」

白王子透夜《しろおうじとうや》の端的な評価に、思わずエーギルは硬直する。

ただの田舎。中庭で遊戯に興じる老人たち。その一人一人が世界最高峰という事実は、彼女の理解のキャパシティーを遥《はる》かに超過していた。

「棋譜を視《み》ろ。あれは俺が日本にいた頃、タイトル戦で初めて指された新手だ。一か月程のラグはあるようだが、情報を得ているのは間違いない。――ご老人」

「ほ？」

透夜に声をかけられ、対局を注視していた老人、そのひとりが振り向いた。

その中にあって、盤を囲む者たちは視線も向けず、ただ盤駒の動きにのみ集中している。その鬼気迫る形相、勝負に没頭するあまり歯ぎしりさえ鳴らすほどだ。

「あんた、外の人かね。すまんが対局中じゃ、邪魔はせんでもらえるかの？」

「それは失礼。この村は遊戯者《プレイヤー》の村と聞いているが？」

「ほほう。それを知ったうえで来なすったか。見たところ日本人と、そちらのお嬢さんはアルセフィアの方とお見受けする。契約を破って来たというわけではなさそうじゃな」

「え？　す、すいません。なぜ、わかるんですか……!?」

見破られ、怯《おび》えたように言うエーギル。

すると老人は山羊《やぎ》のような長い髭《ひげ》を整えながら、カラカラと明るく笑う。

「そちらの少年は我らの言葉を巧みに使うが、言葉に若干の日本訛《なま》りがあるよ。お嬢さんに至っては簡単じゃな、一見地味じゃが背広の襟のブランドマークはアルセフィア王国のトップメーカーの特注品。直営店のみで受け付け、国内にしか出回っておらん品じゃ」

「…………！」

ただの田舎者という認識を破壊する、異様なまでの知識。

それも村一番の物知りだの長老だのといった特別な存在ですらない。

どこにでもいそうな年寄りが、ほんの少し見ただけで二人の正体を看破したのだ。

「驚きました。……当たってます。あの、どうして、そんなことまでご存じなので？」

「好きだからじゃよ。この村は遊戯者《プレイヤー》の村、などと呼ばれちゃおるが……。つまるところ業の深い趣味人の集まりみたいなもんじゃ」

好きだから、学ぶ。好きだから、努力する。好きだから──強くなる！

「わしは服が好きじゃ。仕立て屋の隠居だからのう。故に古今東西のファッションの流れ、メーカーの株価から先週のショーで発表された最新スタイルまで、ひと通り目は通しておる。ま、だから何をするというわけでもないがの？　この田舎町でぐだぐだ言うだけじゃ」

「失礼ですが……クオリアと切り離されたここで、旧通信網のみで、ですか!?」

「使い方次第じゃよ。三次大戦以前の通信網が生きておる場所はちょくちょくあるでな？　他にも古今東西の美食に通じた者、日本のプラモデルマニアやコミック好き、趣味それぞれに専門家がおる。が、好みは人それぞれ、それで上下の序列は決まらん」

ただ、この村では。

「『遊戯《ゲーム》』に強い者こそが尊敬される。旧通信網の使用権を優先的に得、己《おの》が趣味の情報をいち早く手にし、外部との取引においても望みの品を手に入れられるわけじゃ。故に村の序列は順位戦、条件が公平となるようありとあらゆる遊戯種目をクジで選び、それで競うことによって決まる。ま、つまらん田舎の風習じゃよ」

つまらんで済まされてはたまらない、とエーギル・アルセフィアは唇を噛《か》む。

(旧通信網の利用？　それも国境を越えてリアルタイムの情報を……!?　冗談じゃありません。国家交流や情報流通が規制されているこの時代に、いち早く最新情報を手に入れられるとしたら。……それは、とんでもなアドバンテージになります)

クオリアシステムを介した近代情報ネットワークは超高速かつ堅牢《けんろう》無比。

人類の情報技術の頂点ともいえるシロモノだ。しかし、主要先進国での難民問題や宗教対立、文化対立、歴史認識の差などが情報を共有した結果浮き彫りとなり、開戦に至った三次大戦の教訓から、国境を隔てた情報交換にはＡＩによる規制が行われている。

たとえ速度は比べ物にならないほど遅く、鈍かったとしても――旧インターネット通信網を未《いま》だこの村は使用でき、国境なき情報を手に入れているとしたら。

「異様な能力の発達もあり得る、ということか。わざわざ足を運んだ甲斐《かい》があった。中東のガラパゴス。異常進化を遂げた者どもの巣、というわけだ……！」

「そんなに物騒なもんではありゃせんがのう。で、何の用じゃね、お若いの？」

怪訝《けげん》そうな老人に、透夜《とうや》は知人が見れば目を剥《む》くほど丁重に。

そう、子供時代を思わせる言葉遣いで訊《たず》ねた。

「これは失礼。順位戦を行っていると聞きましたが、現1位はどこに？」

「村の広場。大きなナツメヤシの木が生えた傍《そば》に酒場がある。この村は酒を禁ずる教えは奉じておらぬでな、そこが会場で──ちょうど、1位と2位の順位戦が行われておるよ」

「ありがとう、ご老人。感謝します。それでは」

老人と別れるや、透夜《とうや》は優雅に、かつ急いだ足取りで広場へ向かう。

ポテポテと鞄《かばん》を抱えてその後ろをついて歩きながら、エーギルは不思議そうに言う。

「あの、すいません、透夜様。その……ずいぶん腰が低いと言いますか、王女の私より、さっきのお爺《じい》さんの方に丁寧だった気がするんですが……いえ、いいんですけど」

「なら余計な口を叩《たた》くな、凡夫。コミュニケーションの円滑化は無駄手間を減らす。敵地で無用な反感を買う必要があるか？」

それに、とエーギルの答えより早く言葉を繋《つな》ぐと、その怜悧《れいり》な美貌に笑みが浮かぶ。

「番外、序列外の隠居ですらあの知識、棋力を誇るのだぞ？　それだけで平均レベルの高さは知れよう。その中で1位と2位の順位戦など、果たしてどれほどの強者が喰《く》い合っているのか、楽しみでたまらん。見逃す手はない」

「……あ、ちょっとでも早く見たいからチャッチャと会話を切り上げたんですね、はい。別にお年寄りに優しいとかそんな人じゃなかったわけですね。すいません」

「当然だ。俺が人間を判定する基準は遊戯者《プレイヤー》としての強弱のみ。貴様がたとえ生まれてこの方虫も殺さぬ聖人だろうと、その凡愚ぶりでは虫ケラ以下だ」

人格など関係ない。ただあるのは『強いか、弱いか』という絶対基準のみ。

悠然と、しかし万感の期待を込めて。白王子《しろおうじ》透夜とエーギル・アルセフィアが村の広場に到着し、ナツメヤシの木陰に建つ酒場の扉をくぐったのは、それから数分後だった。


「ほう、ほう、ほう……！」

「ひえええええ……。ごめんなさい、ごめんなさい……！」

視線の『圧』に涙目となったエーギルが、ビジネスバッグを盾にしゃがみ込む。

開いた窓からサラサラと、ヤシの葉が擦《こす》れる音がする。ＢＧＭらしいものは何もない、素っ気ない土壁の建物だ。いかにも地元民御用達《ごようたし》らしい飾り気のない室内に、男女を問わず二十名ほどの村人たちが集まって、ミルクたっぷりの紅茶と果物をつまんでいる。

いかにも平穏な昼下がり。昼食には早すぎるティータイム。そんな場にふさわしくないものが、ただひとつ――店で最も大きなテーブルを占有して行われる、とある『遊戯《ゲーム》』だ。

「イギリス製のミニチュア戦争ゲームか」

「おっ、わかるのかい？　こりゃ話のわかるお客さんだ。どうしたの、観光かな？」

あっけらかんとした、どこまでも明るい声がした。

総勢１００体を超える金属製フィギュア。そのひとつひとつに手の込んだ改造を施し、色を塗り、丁寧に仕上げてようやく始まる、英国製ミニチュア戦争ゲーム。

二十世紀から続く伝統のコンテンツだが、卓に並んでいるのは現在も流通している最新製品ではなく、かなり古いモデルだ。デフォルメの効いた二十世紀末、90年代のコミカルなデザインで作られた戦士の人形を片手に、少年は透夜《とうや》を歓迎する。

「オッス。オレ、カムラン！　旅人さん、いい時に来たね。歓迎するよ！」

ニッ、と尖《とが》った犬歯を褐色の唇から覗《のぞ》かせる少年。

いかにも元気で爽やかな印象を与える風貌だが、中東系らしい彫りの深い顔立ちを彩る銀の髪、屈強な体格は、ただのお気楽な好青年というより若き戦士を連想させる。

大きな宝石のついた指輪が目立つ右手を大きく振り、迎え入れるように微笑《ほほえ》む彼と違い、周りにいる村人たちはどこか胡散臭《うさんくさ》いものを見るような目で、鋭い視線を透夜とエーギルに送っている。

そのひとつひとつ、たとえば母親らしき美女に手を引かれた子供や、伸ばした髪と髭《ひげ》でほぼ全身が隠れた行者風の老人に至るまでが、凄《すさ》まじい遊戯者《プレイヤー》の『熱』を放っていた。

「確かに、実にいい時に来たようだ。――白王子《しろおうじ》透夜だ、日本から来た」

「へえ、日本!?　こりゃ珍しいお客さんだね。なら契約に反するわけでもない。みんな、そう怖い顔をするなって。せっかく来てくれたんだし、厚くもてなしてやろうじゃん!!」

「そう甘く考えるのもどうかと思うのだけれど。……ほら」

カラカラカラ……！

ダイスが転がる音がする。カムランの向かいに座る人物が、深い青、宝石のようなガラスの器に獣骨のそれを数回掌《てのひら》で転がしてから放り、静かに卓に伏せた。

「……『5』。不慮の事故を暗示する凶兆の数よ……？　それにそちらの殿方は日本人かもしれないけれど、隣の女性は違うのではなくて？」

出目をつまみ、物憂げに言うのは――美女だった。

目を見張るほど豊かな胸と腰。薄手のサリーを羽織り、顔の半分を半透明のヴェールで覆っているが、それが逆にアーモンド形の眼元《めもと》の美しさを際立たせ、魅力を高めている。

生唾を飲み込むほど魅惑的な美女。だが、その肌艶や瞳の輝きは、驚くほど彼女が年若いことを示していた。年齢は、そう、いまだ十代の後半だろう。

それを読んだか読まざるか。ほとんど反射的としか思えない仕草で、エーギルは直角に腰を折り、過剰なほど丁重に名刺を差し出す。

「あ、はい、申し遅れました、すいません！　私、こういうものです、はい。……えーと、怪しいものではありませんので」

「名刺？　まあ、ビジネスマン……！　本物、初めて見たわぁ」

「アルセフィア王国の第二王女？　へー！　お姫様！　とてもそうは見えねえなあ！」

「あ、はい、夢を壊してすいません……。ええと、それでですね、今日は遊戯者が集うというこの村を見に来たんですが……」

「いいとも！　外からわざわざ来るなんて、何年ぶりかわかんねーぞ！　まあ、見に来たって言われても、オレたちがどれだけ強いかどうかなんてわからねえ。そりゃあ遊戯《ゲーム》は好きだし、身内で競っちゃいるけど、ぶっちゃけさぁ……」

カムランは言い、どこか探るように目線を流して。

「外のヤツらは弱すぎて、相手にする価値がねーと思ってるんだ。外の世界の栄冠や金をいくら積まれるよりも、この村でトップを維持する方がずっと価値があるんだぜ？」

「ほう。大言を吐いたものだ。その口ぶり、貴様――」

逃げはしない。真っ向から探るような目線を大上段に見下ろし返して。

「――村の順位戦、っそれは、貴様と思っていいのだな？」

「おっ、知ってたか！　そうさ、オレ、カムラン・マリクが今の遊戯村《ゲームっ》1位。そこにいる幼なじみのモナ・ラナ――たった今俺が戦って、勝った女が2位だぜ」

不躾《ぶしつけ》とも言える透夜《とうや》に、すげーだろ、と言わんばかりに胸を張るカムラン。

底抜けの明るさ――今の言葉も挑発ではなく、ただの本心だと感じさせる。

「だからさぁ、もしアンタらがオレたちを外の世界の諍《いさか》いに利用しようとしに来たとして。オレたちの平和な暮らしを、みんなが本気で熱く遊戯を楽しむ村の生活を壊すヤツならさ。

――そういうヤツは、ギリギリまで痛めつけて草原に捨てるって決めてんだぜ」

「……ほう？」

透夜の眼《め》がスッと細まり、鋭利な殺気が迸《ほとばし》る。

「言葉に迷いがない。己の正義を信じ、疑いのカケラも持たぬ強さを感じる。カムラン・マリクとか言ったな。その残虐も光明も、どちらも貴様か。己《おの》が信じる法、正義のためならば虐殺すらも厭《いと》わない。暴力の臭いを感じるぞ？」

「ははっ、そうか？　オレもさ。トーヤ、だっけか。おまえとはすげえダチになれるか、さもなきゃ殺し合わなきゃ気が済まねえかもな」

危険な言葉に殺意が籠る。立ち上がりかけた少年の袖を、美女モナが軽く引いた。

「ちょっと。……止《や》めなさいよ、お客相手に。もてなすと言ったのは貴方《あなた》でしょう？」

「ああ、言った。けどな、モナ。たぶんトーヤに普通のもてなしは無駄だぞ」

それは拳銃の撃鉄を起こし、ナイフの鞘《さや》を払うがごとく。

風除《よ》けのマントを払い、獅子王《ししおう》学園の制服を露《あら》わにした白き獣から片時も目を離せない。

それはいつのまにか、酒場に集う群衆すべてがそうなっていった。

その不敵な態度、尊大な気配は決して好感を誘うものではない。むしろ逆、反感を煽《あお》り、怒りをかき立て、何よりも闘争というガソリンに火種を飛ばすが如《ごと》きモノ。

「トーヤはさ、オレと戦いたくて仕方ねえんだ。そうだろ？」

「ああ。俺も貴様と同じでな、外界の雑魚《ざこ》共は喰《く》い飽きた。本命たる男に逢《あ》いに行く前に、この心臓の疼《うず》きを、喉の渇きを獲物の血で潤さねばとてもいられん」

「物騒な例えだなあ……。楽しもうぜ？　遊戯をさ、お互いのかけがえのないものを、命や誇りをガッツリ賭けて、この戦争を——楽しもう」

「クク……！　クハハハハハハ!!」

確信。哄笑《こうしょう》。この遊戯村、平和の地でもなければ楽園でもない。

「やはりか。村の住民すべて、文字通りの戦争中毒《ゲーム》。銃火器をダイスやカードに持ち替えただけ、己《おの》が故郷、生活、文化を守るためなら殺戮《さつりく》をも是とする！」

「────ッ！」

酒場に集う遊戯者《プレイヤー》たちが、思わずニヤリと笑みを刻む。

ここに集まっているのは村の精鋭、遊戯《ゲーム》村の中でもトップクラスの二十名。

その全員が、透夜《とうや》の言葉を否定しない。それどころか行者じみた老人が、赤子を抱えた母親が、果実をつまむあどけない幼女までもが、同意するかのような殺気を放っていた。

「ひっ、ひぃいいいいいええええええ〰〰〰〰〰……!!　こっ、怖っ!!　挑発しないでくださいよ透夜様、殺されちゃいそうですよ、死ぬですよ、これ!!」

「ぬかせ、だからいいのではないか。──聞け、煉獄《れんごく》の悪魔どもよ。お前たちはこのままで満足か？　表舞台から隠れたままで、牙を研ぎながら朽ちるのを待つ。正直になれ。己の欲求を自覚しろ。──欲しいのだろう、敵が!!　その力をすべてぶつけ、思うがままに蹂躙《じゅうりん》し、叩《たた》き潰《つぶ》す。その極上の快楽を、殺戮の美酒を味わいたくはないか!?」

欲求。快楽。何らかの道を志し、求めるものが必ず抱く願望。

「己を試したくはないか!?　この村の先人たちが米帝の遊戯者どもを、驕《おご》り高ぶった近隣部族の者どもを蹂躙したと聞く。それは村を守り、己《おの》が文化を守るためであったろう。それは正義の戦いであったろう。そして、それはどれほどの悦《よろこ》びであっただろう!!」

……ゴクリ。

誰かの喉が鳴る音がした。

白き獅子王《ししおう》の演説に欲望を煽《あお》られ、胸に潜んだ種火が燃え上がる。喉の渇きを覚えても、誰ひとりグラスに手はかけない。ただ、彼らはこの奇妙なよそ者から目が離せなかった。

「迎えに来たぞ、悪魔どもよ。お前たちより遥《はる》かに邪悪な男を俺は知っている。五年間、地獄のような《黒の採決《ブラックバウト》》で絶対勝利の果実を独占し、陰から己の色に世界を染めた最強の遊戯者を。無敗に敗北を刻む最初の栄光、聖戦の一翼を担うがいい！」

「……何を、言ってるのよ。バカげているわ、貴方《あなた》。……ねえ、カムラン？」

「あ？　……ああ……うん、悪《わり》ぃ、モナ」

「カムラン！　ちょっと……!?」

袖を引き、制止するかのような仕草を見せるモナ。

だが、彼女はそこで気づいた。幼馴染《おさななじみ》の少年が浮かべた、これまでにない表情の意味を。

小気味よくバッサリと刈り揃《そろ》えた銀の髪、その額に浮かんだ激怒の証《あかし》。

ヒクヒクと震える血管と、血走った目。そしてそれ以上に深く深く、真っ白な美しい歯を見せた満面の笑み。怒りと喜び、相反する感情に満ちた、それは……！

「この村は、遊戯ですべてが決まる村だぜ。……わかってんだろ、トーヤ？」

「当然だ。俺と来い、獅子よ。この村で最も強き男よ。――俺のモノとなれ」

「いいぜ。ただし、オレが勝ったら」

カムランは親指を刃《やいば》のごとくピンと立て、己が喉笛をカッ切るがごとく横に引いた。

「村の平和を乱すお前を、オレは許さない。外の世界へオレたちを誘った者はこれまでもいた。けど、そいつらはみんな口ばかり……実力もないくせに大きな事を言う『悪』だ」

噂《うわさ》を聞きつけ押し寄せた、遊戯村《ゲーム》の戦力を利用することしか考えない輩《やから》。

その誘いをことごとく遊戯によって叩《たた》き潰《つぶ》してきた。釣り合わない相手と手を結びはしない。遊戯村の精鋭、魔界の住人がごとき戦士を従えんとするならば、当然——。

「オレたちより強くなけりゃ話にならない。遊戯村序列1位、カムラン・マリク。トーヤに遊戯を申し込む。オレが勝ったら、その命を捧《ささ》げろ」

「ヒッ……!?」

それは死闘《デスゲーム》への誘い。

冗談ではないことがその貌《かお》で解《わか》る。この男は殺《や》る、なんの迷いもなく。

なぜならそれは正義だからだ。それだけの実力もないのに村を誘惑し、誘おうとした。

それだけで命を奪うに値する罪であり、屍《しかばね》を晒《さら》して鳥に食わせても一切胸は痛まない。

まさに修羅。戦争の風を現代になお漂わせている一族の、若き戦士の覚悟。

「良かろう。種目は？」

「村の習わしじゃあ、クジを引いて決めることになってる。不正がないか検《あらた》めてくれ」

カムランが差し出したのは、ごくごく普通のクジだ。

素っ気ない木の箱に、大人の手が入る程度の穴が開いている。そこに小さな木札を入れ、それに書かれた古今東西世界各国、ありとあらゆる遊戯のひとつを選ぶのだ。

ジャラッ……！

酒場の卓に無数の札が山を作る。何十、何百あるかわからない木札には、すべて違う名が記されていた。チラリとそれを一瞥《いちべつ》し、透夜《とうや》はフッと笑みをこぼす。

「検めよ、凡夫。箱、木札、ひとつひとつをすべてだ」

「え!? わ、私がですかぁ……!? ごめんなさい、すいません、そんなの……!」

「やれ。貴様もまた、この遊戯に関わる者だ。俺が敗れれば貴様の首もこの草原で、ハゲタカの餌食となるだろう。そう思い、その小さな肝をせいぜい活《い》かして励むがいい」

「ひぃえええええええええええぇぇぇぇぇ……死ぬぅ……死ぬんだぁ……!!」

完全に涙目。ガクガク震えながら、エーギルはそれでも進み出る。

箱の中を確かめ、隅々まで探る。ポケットから取り出したハンカチで全体を拭き、札をひとつひとつ確かめてから入れていく。カタンカタンと乾いた音が響いては、消え……。

「確認、できました……。不正はありません、はい。札にも箱にも細工はないです」

「よし。どちらが引く?」

「挑戦者の側だな。トーヤに引く権利がある」

「ふむ。では――これだ」

白き獅子王《ししおう》の手が、木箱から引き抜いた札。

そこに書かれた種目とは。

「【ファイブ・ミミック】――これが、俺達の運命を決める遊戯の名だ」

ファイブ・ミミックとは?

準備フェイズ

1. 両プレイヤーはそれぞれ5つずつの宝箱を持つ。

宝箱の中身は1つは**「ラピスラズリ」★**で、残り4つは**「何らかの罠」?**である。

2. A、B、C、D、Eの5か所に
好きな順番で宝箱を設置する。

チョイスフェイズ

3. 先攻プレイヤーは相手の持つ宝箱から**1つ選び、宝箱を奪う**。その際、相手プレイヤーに対して1つだけ**「YES」**か**「NO」**で答えられる質問をしていい。相手プレイヤーはそれに対して**真実で答えてもいいし嘘で答えてもいい。**

4. 後攻プレイヤーは相手の持つ宝箱から**1つ選び**、宝箱を奪う。その際、相手プレイヤーに対して**1つだけ質問していい**。相手プレイヤーはそれに対して**真実で答えてもいいし嘘で答えてもいい。**

オープンフェイズ

先攻プレイヤーのターン

5. まず先攻プレイヤーが、奪った宝箱を開くか、開かないかを**10秒以内に選択・実行**する。

開いた場合

6. 中身が**「ラピスラズリ」なら勝利。「何らかの罠」**であれば、**罠が発動する。**罠の内容は開くまでわからないが、中には命にかかわる危険な罠もある。**罠によって死亡したら敗北。**死亡しなければ後攻プレイヤーのターンへ。

開かなかった場合

7. 宝箱を入手した状態で、ターンを終了。**後攻プレイヤーのターンへ。**

後攻プレイヤーのターン

8. 後攻プレイヤーが、奪った宝箱を開くか、開かないかを10秒以内に選択・実行する。

開いた場合

9. 中身が**「ラピスラズリ」なら勝利。「何らかの罠」**であれば、**罠が発動する。**罠の内容は開くまでわからないが、中には命にかかわる危険な罠もある。**罠によって死亡したら敗北。**
先攻・後攻を入れ替えてチョイスフェイズへ。

開かなかった場合

10. 宝箱を入手した状態で、ターンを終了。**先攻・後攻を入れ替えてチョイスフェイズへ。**

ファイブ・ミミック終了条件

11. 上記、どちらかが宝箱を開けて**「ラピスラズリ」を手にしたらゲーム終了。**
あるいはどちらかがゲーム**続行不能となったらゲーム終了。**

12. オープンフェイズで開かなかった宝箱は、次ターン以降、オープンフェイズの度にどれか一つだけ開くか開かないかを選択できる。(入手時点では開けず、後で開けるのはOK)
両プレイヤー共、**嘘をつけるのは全ゲーム通して1回だけ。**
2回以上嘘をつき、それが発覚した場合はペナルティを受ける。

「理解した。――では、死合おうか」

「盗掘者は宝物の毒牙にかかって死ぬ。オメエみたいな悪党には、打ってつけだな？」

「あ、あのぉ～、盛り上がってるところすみませんがぁ～……審判役はどちらが？」

達人の間合いで睨《にら》み合い、一触即発の気配を漂わせる二人へ小動物が口を挟む。

おずおずと投げかけられた疑問は、しかし核心を突くひと言であった。

裏世界の遊戯《ゲーム》を公平たらしめているのは絶対の調停者・クオリアシステムがあるがゆえ。

ならばその支配下にない遊戯村では、誰が中立者として立ち合い、遊戯を仕切るのか？

至極当然の疑問に応えたのは、モナ・ラナ。

「私、しかいないかしらねぇ。……カムランのやんちゃに付き合うのは、癪《しゃく》だけれど」

「モナがやってくれるなら絶対公正、安心安全だな！　オレはいいぜ！」

「俺も構わん」

「えええええぇぇぇ～～～!?　だだ、駄目に決まってるじゃないですかぁ～～～～!!」

抗議の意思が大いに籠る血走った目を透夜《とうや》に向け、エーギルは甲高く異を唱える。

当然だ。透夜にとって、遊戯村は敵地。

カムランと幼なじみであるモナ・ラナが公正な審判など下せるはずもない――……。

そう思うのも、無理からぬことだった。

が、そんなエーギルの凡人に相応《ふさわ》しい常識的な発想を《白貌の吸血鬼》は一笑に付す。

「たわけが。このモナという女が……私情で遊戯を曲げる女に見えるか？」

「そ、そぉんなのわからないじゃないですかぁぁぁ！」

「わからぬから貴様は凡夫なのだ。──モナとやら。先のクジ引き、よもや俺の趣向に合わせて、デスゲームのみを収めた特別な箱を用意するなどと、粋《いき》な忖度《そんたく》をしてくれたわけではあるまい？」

「いいえ？　正真正銘、この村で普段から使われているクジよ」

「だろうな。──それがいい、答えだ、エーギル・アルセフィア」

「え……え？　えぇ……？」

「命を賭けた遊戯さえ日常の遊びの範疇《はんちゅう》。互いに絶命のリスクを承知しながら、ただ純粋に腕を競い合う。……これほどの無垢《むく》、純真。それを裏付けるのは、遊戯に対する絶対の信仰……ッ！」

ゆえに、不正など犯すはずがない。

身内の命欲しさにルールを捻《ね》じ曲《ま》げるなど、神への冒涜《ぼうとく》に等しく。その方が死ぬよりも何倍も苦痛を感じかねないのだから。

「もっとも、俺の宗教に照らし合わせれば……。不正、不平等、むしろ大歓迎だがな？」

「あぁー……追い詰められた状況からの方が楽しめる的な……。透夜様の性癖は何となく理解できてきた今日この頃ですが、この勝負には私の命も懸かってることもほんのちょびっとでいいので思い出してもらえると……」

「知らん。勝手に死ね」

「ひ、ひどすぎますぅ～……っ！　私のばかぁ～！　どうしてこんな人に命を～！」

「――というわけで、こちらに異論はない。仕切れ、女」

「うふふ。賑《にぎ》やかで愉快なお客様ねぇ。ではこの遊戯《ゲーム》、私モナ・ラナが責任を持って与《あずか》るわ。――宝物をここへ」

酒場にたむろしていた遊戯者《プレイヤー》たちは互いに顔を見合わせ、その中から、一名。恭しく頭《こうべ》を垂れ、奥の倉庫へ遊戯道具を取りに行った。

勝者は主、敗者は従。

村で二番手の遊戯者たるモナは、この場のすべての遊戯者を顎で使える存在なのだ。

虐げられることなき奴隷の手で運び込まれる、白が五つ、黒が五つ、色以外はすべてが同じ見た目の、合計十個の宝箱。

白黒それぞれ一個だけ、宝箱はその口を開け、青い輝きを漏らしている。

世界各地で『聖なる石』と崇《あが》められ、時に『天を象徴する石』、時に『七宝』と、名を変え役割を変え語られてきた最も古き歴史を持つ石の一つ――……。

「ラピスラズリ、か。……なるほど、面白い」

「あら。宝石はお好き？」

宝箱に収められたそれを指でつまみ上げ目を細める透夜《とうや》に、モナは小首をかしげた。

「いや、そうでもないな。ただ、随分と皮肉が効いていると思ってな」

「……？　と、透夜様？　どーしてそこで私を見るんですか？　嫌な予感がしますよ？」

「かのツタンカーメン王の棺《ひつぎ》を最も多く飾った宝石が、このラピスラズリだと言われている。虚弱、軟弱で名の知れた王の末路——。まるで貴様の行く末を暗示しているようではないか。クク」

「わ、わー……面白い冗談ですねー……。ほ、本当に勝ってくださいね？　ぜ、絶対ですよ……!?」

保存状態の良好なミイラのごとく真っ白な顔のエーギル。

臆病者の反応に顔をしかめかけた透夜……だったが、ふと悪辣な笑みを口元に浮かべて彼女に宝箱を投げ渡した。

「えっ、あっ、ちょっ、ほわっ!?」

「不安と言うならば、貴様が検《あらた》めろ。奴《やつ》らに細工をされていないか、しっかりとな」

いきなり放られたエーギルは、わたわたとお手玉し、そしてガシャンと落とす。

カメラと違って宝箱は、その程度の衝撃で壊れたりしない。

けれどもどうしようどうしようとパニック状態で地面に這《は》いつくばりながら宝箱を拾おうとするエーギル。

そんな彼女と顔の高さを合わせるように屈《かが》んで、透夜は、その耳元に。

「……聞け。貴様にやってもらうことがある。この遊戯における、必勝法。それは」

遊戯を勝利に導くための布石を。

他の誰にも決して聞かれぬ話法を以《もっ》て。

「――――――――――――――――――――――――……………………………………」

囁《ささや》いた。

「え……っ⁉　ちょ、そんなの無理っ……‼」

「思考もせず無理と断ずるから貴様は凡夫なのだ。己が手札のすべてを使い、運命に抗え。できぬなら死ぬだけだ。以上」

困惑も反論も許さず告げると、透夜《とうや》はエーギルの顎を乱暴につかみ、雑に突き放した。

ふえ、と間抜けな声を漏らし、勢いのままにしりもちをつく彼女から完全に興味を失ったように立ち上がる。

「……女に乱暴か？　そいつ、仲間じゃないのかよ」

「ん？　どうした戦士よ。随分と血気盛んな顔になっているが、さっきまでのよく笑う顔は、偽りの仮面か？」

怒りを昂《たか》ぶらせるカムランへ、挑発的な眼差《まなざ》しを向ける透夜。

「……黙れ。オメエみたいな態度や肩書きだけ強そうなフリして弱い男を大勢見てきた。弱いくせにオレ達を利用し、平和を脅かそうとする奴《やつ》は悪人だ。そんで弱いくせに自分よりも弱い奴には今みたいに強く当たる。最低最悪の悪人野郎だ。だからオレは――」

「――悪を裁くのみ、か。……面白い。凡夫、よこせ」

「も、もうちょっとだけ時間を……は、はい、どうぞっ‼」

透夜が求めれば、王女であるはずの女が慌ただしくも恭しく宝箱を差し出す。

不快と指摘した傲岸不遜、主従逆転の様をこれでもかと見せつけられ、カムランの闘志が弾《はじ》けた。

「すぐに笑えなくしてやるよ。極悪人……ッ!!」

「やってみせよ。歓迎するぞ、戦士よ？」

ガチンと音を立て、両者ラピスラズリを収めた宝箱の口を閉じる。

猛獣が骨を噛《か》み砕《くだ》く音にも似たそれこそ、遊戯《ゲーム》に挑まんとする戦意の合図だった。

獅子王《ししおう》学園の頂点に君臨した男、《白貌の吸血鬼》白王子《しろおうじ》透夜。

表舞台の裏側、強者だけの楽園で頂に立つ男、カムラン・マリク。

互いに装飾ひとつない無骨な男の手で五つの宝箱を持ち、遊戯台を挟んで睨《にら》み合う彼らの放つ洗練された闘気は、その場にいるすべての人間に生唾を呑《の》ませた。

そして……死闘が、始まる。

＊

「アウェイのトーヤにせめてもの情けだ。先攻は譲ってやるよ」

「生意気にも俺に貸しを作ると言うか。貴様のオープンフェイズなど、回ってこないやもしれんぞ？」

「……御託はいい。いいからさっさと選べよ」

愉快げな透夜《とうや》に合わせることなくカムラン・マリクは冷えきった態度を崩さない。中東の戦士特有の闘気漲《みなぎ》る目が吸血鬼の顔を射抜く。

五つの宝箱を並べる間も物音ひとつ立てずに慎重に並べ、緊張感を保ち続けていた。箱を手の中で乱暴に振り、ガラゴロと下品な音を立てていた透夜とは対照的だ。

貴族的な振る舞いが目立つくせに、宝石の扱い方がなっていない。

あるいは、貴族だからこそか？

ラピスラズリ程度、道端の石ころと同じだと言いたくて雑に扱ってみせているのだろうか。

――疑問はあるが、どちらでもいい。

(遊戯《ゲーム》は楽しいモンだ。みんなで笑い、競い、高め合う。サイコーにおもしれーモンだ)

だがそれは、強者を相手にするときこそ湧き上がる想《おも》い。

村に住まうすべての人間が何らかの得意分野を持ち、誰もが何かのナンバーワンである特殊な環境。だからこそ、とびきりの才能に恵まれながらもカムランは、己の実力に驕《おご》ることも他の者への尊敬を忘れることもなく、切磋琢磨《せっさたくま》を続けられた。

彼の望みは、彼の悦《よろこ》びは、遊戯村の中で強者とたわむれることにこそある。

(外の世界のよえー奴《やつ》に利用されるとか、つまんねーのはダメだ)

白王子《しろおうじ》透夜。この男のようなビッグマウスは過去にもいた。たいした実力もないくせに大言壮語を吐き散らし、そして無様に敗れていった。

そんな過去の弱者と比べれば、透夜の纏《まと》う闘気はまだしもマシだが――……。

「貴様にいいことを教えてやろう。俺は、宝石の匂いを嗅ぎ分けられる」

「…………ッ!?」

「ゆえに。――質問権など、使う価値もない」

迷いや淀《よど》みなど微塵《みじん》も感じさせないごく自然な動作で、透夜は宝箱へ手を伸ばす。

「これか？　いや、それともこれか。……クク。まるで順番に部屋のドアをノックする、死神の気分だな？」

Aの宝箱を掴《つか》み、持ち上げ、放し――次はBへ。さらにCへ。

表情を探ろうとでも言うのか、目を細めてカムランの顔を見ながらCの宝箱を持ち上げた瞬間。

「見つけた」

――最初からそこにあることなどわかっていた。

そう言いたげな、悪辣な透夜の笑み。

彼は確信に満ちた表情のままCの宝箱をその手中に収めた。

「クク。これで終わりだ。……余興にもならん、つまらん遊戯だったな？」

だがカムランはというと、選び取られた宝箱を目視した途端に落胆の息を漏らしていた。

「……やっぱり、こんなモンか」

「おや、ここでわかりやすい反応を示すか。いささか迂闊《うかつ》だな？」

「悪いことは言わない。その宝箱はハズレだ。オープンしない方がいい」

「ほう……斬新な命乞いだ」

あくまでも強者の余裕を保とうとしている透夜《とうや》の姿はあまりにも滑稽に見えた。

事実、たったいま彼が掴《つか》んだ宝箱の中にラピスラズリは入っていない。その真実が変わらない以上、透夜のどんな発言も単なる虚勢だ。

むしろハズレを引かされる前後で態度が変わらないことこそが、透夜の傲岸不遜な振る舞いがただのポーズであることを証明してしまっている。

ガッカリだ。やはり外の世界に強者はいない。

肩を落としながらカムランは、気を取り直して自らの宝箱選択フェイズに臨んだ。

透夜の前に並ぶ、五つの宝箱を凝視して——……。

「質問だ、トーヤ」

「好きに訊《き》くがいい。俺は素直で正直な男だ。存外、あっさりと宝石の場所を吐くかもしれんぞ」

「A、B、C、Dの中に、ラピスラズリは入ってるか？」

「それに答える前にひとつ、俺の質問に答えろ」

「……ッ」

突如差し込まれた質問にモナの眉がピクリと動く。咎《とが》めるような眼差《まなざ》しを透夜に向けながらも彼女の口はピタリと閉じたままである事実が、そのタイミングでの質問がルールの範疇《はんちゅう》だと物語っていた。

「……あきれたな。質問権など使う価値もないんじゃなかったのか？　すぐに前言を撤回するってのは、気骨がねえ奴《やつ》の特徴だ」

「何、貴様があまりに凡庸な問いを投げるのでな。すぐに勝負がついてしまったら、俺の好奇心が満たされぬまま遊戯《ゲーム》が終わってしまう」

「好き放題言いやがって。いいぜ、悪あがきに付き合ってやる。質問しろよ」

「ならば遠慮なく――」

通常であれば宝箱選択のヒントを得るために使う質問権。それをあえて今使ってみせる手管は、天才ゆえの理外というよりはむしろ無謀者の荒唐無稽な妄言に思える。

そして。九割の失望と残り一割の僅かな期待を胸に待つカムランへ投げた透夜の言葉は、この場にいる全員を絶句させるに充分なものだった。

「そこのモナ・ラナという女は、真に未来予知の異能を有しているのか？」

「…………ッ」

強い眼力を維持したまま、かろうじてモナの顔を見る失態だけは避けた。

危ない。それは、真実を露呈させる動作だ。

（……単なる口だけホラ野郎ってわけじゃあ、ねーってことか？）

脳内で無数の選択肢が目まぐるしく巡《まわ》る。

どこだ？　どこでその推測に至った？

透夜《とうや》とエーギルが酒場に入り、最初に会話した際、モナは確かに占いを話題に出した。

だが科学で様々な事象が解明された現代、歴史から断絶された遊戯村《ゲーム》の中にさえ無条件にオカルトを信じる奴《やつ》などいない。

現に、本当に未来を視《み》る力を持つにもかかわらず、モナはごく最近遊戯の順位を上げてみせるまでは誰にも信用されていなかったのだ。

先進国の一部では、異能、超能力のたぐいを科学的に研究しているなんて話もあるが。

まさか目の前の男は、そういった知識に長《た》けているのか？

「質問権をオレとの勝負ではなく、次にモナと戦う時のための情報集めに使うってか？

……ハハ。おもしれーや、アンタ。んで、オレもナメられたもんだ」

「安心しろ、戦士よ。俺はこれでも、十全にこの遊戯を楽しんでいるとも」

「どうだかね。……オーケー、答えるよ」

モナは村の仲間だ。

切磋琢磨《せっさたくま》し、時に蹴落とし、時に協力し、だがお互いにただ遊戯を楽しむために生きてきた。

そんな仲間の持つ特性、遊戯における絶対のアドバンテージを他人に教えるか？

答えは簡単だ。遊戯村第1位の男が魂に誓う行動原理はただひとつ。


「YES。モナの未来予知は、本物だぜ」


——目の前の遊戯を、真摯に戦うこと。

たとえそれが仲間の情報であろうとも、全力で今そこにある遊戯を戦い、楽しむことができないならば、戦士たる資格はないのだ。

質問に対して嘘《うそ》で答えるという遊戯中ただ一度しか使えない特権を勝利に関係ない質問で消費するなど、遊戯に対する冒涜《ぼうとく》。村の遊戯者《プレイヤー》なら誰もがそうする。逆の立場ならモナも同じ道を選んだだろう。

（今の質問で確信した。トーヤは今までの弱い奴らよりは、ちぃっとばかし手強《てごわ》い。嘘をつくメリットがすこしもねえ質問で、次に戦うかもしれねー相手の情報を手に入れやがった）

警戒度を強めた視線が注がれるのにも気づいた様子を見せず、透夜はそうかそうかと、カムランの答えに満足げに頷《うなず》いていた。

「ならば俺も答えよう。先の質問——『AからDの中にラピスラズリは入っているか？』

——その答えは、ＹＥＳだ」

「……ならオレはＥの宝箱を取る」

回答を聞くや否や躊躇《ちゅうちょ》なくそれを選んだ。

意外とアッサリ決めたものだと透夜《とうや》は嘆息していたが、カムランからしてみればこんな選択、どちらでも良かった。

ただ普通にまっすぐ遊戯《ゲーム》に向き合えば、目の前の男は勝手に自滅する。

それこそ未来視じみた確信だ。

外の世界の遊戯者《プレイヤー》とやらはみんなそうだった。

強者を装って大きな戯言《たわごと》を叫ぶ奴《やつ》に限って、策を弄するつもりで策に溺れ、欺こうとしすぎてドツボに嵌《は》まる。

否、そういうタイプの人間が嵌まる罠《わな》を、仕掛けておいた。

「オレは揺らがず、どこまでも鋼の意志で己の遊戯を貫く。それがオレの——強さだ！」

「暑苦しい男だ。俺の周囲に意外といなかったタイプだが……なかなかどうして悪くない」

「二人とも選択を終えたわね。では、オープンフェイズに入るわ。まずは、トーヤ——」

「当然、オープンだ」

「え……ええええええええええぇぇぇぇぇ〰〰〰〰〰〰〰〰〰〰!?」

審判に促されるまでもなく、一秒未満の超速で決断してみせる白王子《しろおうじ》透夜。

冷静な判断力を根拠に思考したとは思えないその有り様に、仲間であるはずのエーギルが悲鳴とともに異を唱える。

「てて、適当は困りますよ!?　ここでオープンしなくても、次に新しい質問を投げれば、もーちょっと確かな情報が集まるでしょうにっっっ」

「黙れ、凡愚。矮小《わいしょう》な鼠《ねずみ》の分際でこの俺に意見するなど、恥を知れ」

「あ、はい……ごめんなさい……駄目な姫で本当にすいません……」

「案ずるな。言ったはずだぞ。――俺には宝石の匂いがわかる、とな?」

絶対者の余裕から溢《あふ》れる託宣の如《ごと》き言葉。

それは果たして勝者を讃《たた》える瑠璃色《ラピス》か、愚者を裁く魔物《ミミツク》か。

「刮目《かつもく》せよ!　これこそが至宝の輝き!　勝利をもたらす女神の光!!」

バチン!　と音を立てて錠が弾《はじ》け、透夜の手の上で宝箱が勢いよく開く。

置口《おきぐち》の隙間から溢れる『光』――それを見るよりも、カムランの瞑目《めいもく》の方が早かったと一体この場の何人が気づいただろうか?

すべてを見届ける審判役であるはずのモナが武術の達人の如きさりげなさで、わずか数センチ、透夜から遠ざかるように後ずさったと認識できただろうか?

二人の行動の意味するところを、白王子透夜は直後に知ることとなる。

閃光《せんこう》と、爆音と、――耐えがたき激痛によって。

「ぐ…………ッ…………あぁぁぁぁ――――――――――あァ…………ッ…………ッ!!」

「と……透夜《とうや》様ぁぁぁ～～～～～～～……ッッッ!?」

無様な悲鳴を喉奥に飲み下したのは、傲慢なる王としての瀬戸際の矜持《きょうじ》か。

突然の爆発四散。蓋を開けた途端に弾《はじ》け飛んだ宝箱。火薬と金属片の合わせ技で敵兵士の生命を容赦なく削り取っていく、旧時代の兵器じみたそれは、まさしく宝物のフリをして盗掘者を絶命に至らしめる魔物《ミミック》そのもの。

その毒牙に貫かれれば、さすがの透夜も平常ではいられないのだろう。膝をつき、顔面を握り潰すように掴《つか》みながら背中を震わせている。

力が入り血管の浮き出る逞《たくま》しい腕を伝い、ポツリポツリと地面に垂れるのは、彼の血だ。

「なる……ほど……!!　これ、が……痛みか……ッ!!」

絞り出すように言い、ふらりと立ち上がる。

余裕を演出しようとしているのか口元に笑みを浮かべているが、明らかに重傷だ。顔の半分、特に目には大きな傷がついている。

「とと、透夜様、その目」

「ああ。――何も見えん」

無謀者の末路だ。

根拠なき全能感を抱き、何度でもやり直しできる、自分だけは大丈夫、そう信じて危険を冒した者が向かう先がこの地獄。

ハッタリ。強者らしい演出。あるいは悲しき勘違い。

いずれにせよ白王子《しろおうじ》透夜という男は、そんなくだらない何かのために片目の光を永遠に失ってしまったのだ。

「続行不能でいいかしら？　その目では、とても遊戯《ゲーム》なんて続けられないと思うのだけれど」

モナが言う。

さりげなく元の審判位置に戻っているあたり、やはりさっきの巧みな後ずさりは、宝箱の爆発を未来視したための回避行動だったんだろう。

「モナの言う通りだ。アンタやっぱ強くねーよ。この一発で引けずに一生モンの傷を負っちまった。運ゲーって、人は言うかもしんないけどさ。そりゃーつまり、よえーってことなんだ」

「勝つ資格がなかった、だから不幸が訪れた。『不幸とは無能の証明である』……私達の村に古くから伝わる教えよ」

蔑みを込めた二人の言葉を浴びながら、《白貌の吸血鬼》と呼ばれた男は、その顔を今は血の赤に染めて無言のまま荒い呼吸を整えていた。

彼は降参宣言をするべきだ。Cの宝箱——最もわかりやすい罠《わな》にかかった時点で、頭脳の限界は知れているのだから。

宝箱に収められた宝石を探す遊戯《ゲーム》に挑む時、多くの人間はまず視覚に頼り、次に聴覚に頼り、最後に嗅覚に頼ろうとする。カムランとてこの遊戯は初めてだが、絶対にその順番であろうと即座に理解していた。

人間なのだから、そうなるはずだ。この遊戯そのものが初めてだからといって、本質を見抜けないわけじゃない。

視界の封じられた夜に森で狩りをするとしたら、どうする？

音なき洞窟を歩くとしたら、何に頼る？

想像し、野生を研ぎ澄ませる。そうすれば、どんな初見の遊戯だろうと対戦相手の取る行動のパターンは予測できる。

透夜《とうや》はしきりに音を確認していた。宝箱の中身を当てるには、ラピスラズリの入った箱を振ったときのガラゴロという下品な音を聞き分ければ良い。そう解釈して、カムランの箱が鳴らす音にも注意を払っていた。

……ように見せていたのだから、それはブラフだ。

「トーヤさ。もう勝負は決まったよ。手口がわかってるから教えるけど、アンタの必勝法さ、残念ながらこの遊戯じゃ使えないんだ」

「何……だと……？」

「重さ、だろ？」

「……ッ。何故《なぜ》、それを……」

「宝箱の種類は全部同じなんだ。てこたぁ中に入ってる物次第で重さが変わるわけでさ。持っただけで正確に重さの違いを量れるなら、どれが正解かなんて一目瞭然！　だろ？」

視覚を封じられたら聴覚を、聴覚を封じられたら嗅覚を使う。嗅覚も駄目なら味覚。

だが人間の持つ感覚情報はそれだけじゃない。

指先、手、体――すべてで感じる重さ、そのもの。

「……よくぞ、その結論に至ったな。ブラフも仕掛けておいたのだが……」

「音をガラガラ鳴らしたアレか？　オメエ馬鹿だなぁ。本当にそれが本命なら、わざわざあんなことするわけねーだろ」

「あからさますぎた、か。……しかし妙な話だ。重さが正しかったのであれば、この宝箱は正解のはずだが」

「ああそうだな。宝箱の種類は同じでラピスラズリの重さも、まあオレのとそっちので、ほぼ同じっぽかったもんな。――でも不幸だったな、トーヤ。どうやらこっちとそっちで宝箱の罠の中身は違うみたいだぜ」

「……！　正解と同じ重さの宝箱が含まれていたのか、貴様に配られた五つには……！」

「命の危険を伴う罠が仕掛けられてる、とはルールにあったが、その種類まで両者同じとは明記されてなかったろ？　──ルール通りだけど、何か文句あんのか？」

「……フ、フフ……ハハ……！　あるわけがない。貴様の言う通りだ。……俺の温《ぬる》さ、甘さが、俺から半分の光を奪ったわけだ。フハハハハ……まったく、我ながらあきれるほど……滾《たぎ》る!!」

　堪《こら》えきれないとばかりに肩を震わせ、透夜《とうや》は笑った。

　何笑ってんだコイツ？　とカムランは肩をすくめる。

「状況、理解してるのか？　今の発言の意味、わかってんのか？」

「当然だとも。貴様もできるのだろう？　己の手だけで、重さを量れる」

「ああそうだ、トーヤ。オメエのできることはオレにもできんだ。つまりその必勝法を、オレも再現できるってこと。──勝ち目はないぜ？」

「ふむ、なるほど。そうなるのか」

　獣じみた超感覚はカムラン・マリクの標準装備だ。数多《あまた》の紛争や闘争の歴史を繰り返してきた砂漠の戦士としてのDNA、それを最も濃く引き継いだ最強の戦士が彼なのである。こと身体機能において、先進国の天才如《ごと》きに劣るはずもない。

　勝負あり、だ──。

　そう思い、敗者を置き去りに立ち去ろうとした背中を、透夜の『言葉』が縫い留めた。

「なるほど。……指輪か」

「……へえ？　遅すぎるけど、気づいたのか」

「今はAからCまでの宝箱しか確認していないが、仮に残りのDかEの中に正解――同じ重さの宝箱があるとしたら、貴様の思考として可笑《おか》しな話だ。二者択一で正解を引き当てられる可能性もあったはず。果たしてその道を潰さず、放置しておくか？」

否、と、透夜は無事な方の目をぎらりと輝かせた。

「正解の宝箱に細工をしたはずだ。貴様の手――俺が酒場に入ったときには厳《いか》めしい指輪をつけていたが、今は装飾ひとつなく、ただの無骨な男の手がそこにあるだけ。……いつの間に外した？　指輪は、どこへ消えた？　……重さを偽装するために、ラピスラズリと共に収めたのではないか？」

「目ん玉と引き換えにすこしは知恵がついたってワケか。さっきまでよりも随分とヤれる奴《やつ》の顔つきになった」

素直な賞賛を口にし、返事の代わりとした。

多くの言葉を交わすまでもなく当事者同士、透夜はカムランの手管を読み解き、そしてカムランは暗にそれを認める。ただそれだけで遊戯者《プレイヤー》の会話は成立するのだ。見抜かれた業を覆い隠そうと言い訳を重ねるのは、美しくないと思えた。

「……ッ!!　二人とも。男同士で盛り上がってるところ悪いのだけれど、早く遊戯《ゲーム》を切り上げて目を治療した方がいいのではなくて？」

「そ、そそそそうですよ透夜様！　今すぐ病院に行けば、失明まではしなくて済むかも」

男たちの会話を、女たちが遮った。

エーギルは涙目で透夜《とうや》にすがりつき、モナはやや前のめりで宝箱を回収しようと手を伸ばしている。

モナの動きが妙だなとカムランは訝《いぶか》しんだ。臆病者の王女がテンパっているのは理解できるが、遊戯者《プレイヤー》がまだ正式な敗北宣言をする前から撤収の準備を始めようとするなど彼女らしくない。

「おいモナ。それは、駄目だろ」

「カムラン……。いえ、でも、その傷で続行は不可能よ。トーヤ・シロオージを一刻も早く病院へ――」

「馬鹿を言え、女。貴様如《ごと》きがこの俺の遊戯《ゲーム》を阻むなど許さんぞ。――続行だ」

「な……ッ。あなた、自分の状況がわかっていないの⁉」

「人生初の痛苦に表情を歪《ゆが》め、無様を晒《さら》した非礼は詫《わ》びよう。だが、そう。眼球を貫かれるこの痛み。仮想世界の話とはいえ奇《く》しくもあの砕城紅蓮《さいじょうぐれん》が、御嶽原水葉《みたけばらみずは》との遊戯で経験したものと同じ。ククク……俺は今、奴《やつ》の味わった快楽を時と場所と相手を変えて追体験できているのだ。極上の悦《よろこ》び！　至上の快楽！　邪魔立てすれば、飢えた獣の牙でもって、貴様の喉を食いちぎってしまいかねん……！」

「……で、でも……」

「おいモナ。おまえなんか変だぞ。イカサマしてんなら話は別だが、ただ立ち会ってるだけの審判に、遊戯者の意志を咎《とが》める権利はねえ」

「……わかっているわ。ええ」

自分を納得させるようにそう言って、宝箱に伸ばした手を引っ込めるモナ。

(何、焦ってんだ……?)

遊戯村第2位、自他共に認める実力者であるモナにしては、あまりにも冷静さに欠いた態度と言える。

……幼なじみの様子は気にかかるが、あまりそちらに注意を割くわけにもいかない。

自信満々にハズレを掴《つか》んだ体たらくは失笑ものの失態だが、片目を潰されても尚《なお》、強者を騙《かた》れるならばそれはもう虚勢ではなく本物だ。

侮っていい相手じゃない。

「さあ貴様のオープンフェイズだ、カムラン・マリク。開くのか、開かないのか。選べ」

「…………」

己の手の上にあるEの宝箱を見つめる。

体感する重さは、彼が正解と読んでいる重さと限りなく一致している。だが。

(さっきのやりとりを、どう判断するべきか)

『……!　正解と同じ重さの宝箱が含まれていたのか、貴様に配られた五つには……!』

『命の危険を伴う罠《わな》が仕掛けられてる、とはルールにあったが、その種類まで両者同じとは明記されてなかったろ?　――ルール通りだけど、何か文句あんのか?』

透夜《とうや》が宝箱をオープンしたのは、ラピスラズリ入りの宝箱と同じ重さの宝箱は他にないと判断したから。

——本当にそうなのか？

もしも透夜の発言が嘘《うそ》であり本当は両者の宝箱の中身がすべて同じだったとしたら、手の中にあるのはさっき透夜を失明に至らしめた爆弾である可能性も否定できない。

だが、同じ重さの宝箱が二つあると知りながら、軽率に宝箱を開けてみせるだろうか？

答えは、否。

あまりにも非合理的で、非現実的な選択だ。

（……が、どうにもクセーんだよなぁ）

透夜の目的がただ勝つだけならばあえてリスクを取る理由は何もない。

だが、通常とは違う勝利条件を自らに設定していたとしたら？

たとえばラピスラズリを引き当てて勝つのではなく、カムランを絶命に至らしめることでのみ勝利すると、己に誓っていたのだとしたら。そのために、片目さえ犠牲にしてみせたのだとしたら。

「——へへ。ちったぁ面白くなってきたな」

「クク。それは幸甚《こうじん》。……さあ選ぶが良い。開くか、開かぬか」

「開けない。宝箱を持ち越したまま、次のターンへ行く」

「……本当にそれで良いのだな？」

「んだよ文句あんのか？　どんだけ煽《あお》られてもオレは誘導されたりしねーぞ」

「煽り？　違うな、これは忠告だ。——その選択をすれば貴様の敗北は約束される」

「へえ、そこまでしてオレを隻眼仲間にしてえのか。何を言われても選択は変えない」

「……クク。そうだな。貴様は強い。俺の甘言になど、耳を貸すはずもないか」

肩を揺らす透夜の表情からその内心は見えない。

だがカムランの意志は変わらず、ブレず。それこそが勝者の態度だと、言わんばかり。

遊戯《ゲーム》において上級者が陥る罠《わな》のひとつ。豊富な経験と卓越した洞察力、裏の裏まで見抜かんとする用心深さが仇《あだ》となり思考の蔦《つた》に搦《から》めとられる——。

すなわち、『考えすぎ』である。

思考時間が長引けば長引くほど、敵の囁《ささや》きが……。甘い毒が……。入り込む隙が増える。

それは結果的に選択を他人にコントロールされる結果に繋《つな》がり、死を招く。

だからこそ、鋼鉄の意志を持つ者は。戦士は。

ブレず、己の決定に純粋に従えるがゆえに、強いのだ。

白王子《しろおうじ》透夜とカムラン・マリク。

どちらも遊戯を愉《たの》しみ、闘争を求め、命を削る戦いを娯楽とする男。

だが二人は決定的に違う。

どこまでも燃え上がり傷を顧みず突き進み続ける悪鬼羅刹が透夜だとすれば、カムランはその逆。娯楽だからこそ、愉《たの》しみたいからこそ、圧倒的な「論理」と「頭脳」を以《もっ》て限界ギリギリの間合いを測りながら、決してブレない。

本物の戦士とは無謀な猪突猛進《ちょとつもうしん》で身を滅ぼしたりはせず、理知的で冷静な判断を下し、戦場を立ち回る者のことをいう。

「さあ、2ターン目。開始と行こうぜ、トーヤ……！」

＊

アルセフィア王国第二王女、エーギル・アルセフィアはこの死闘において、完全無欠に無知の一般人だった。強者と強者の戦いを解説するのは訳知り顔の老人（隠れた実力者）だと相場が決まっているが、この人物はガチでただの人である。ゆえに。

（とととと透夜《とうや》様は何を考えてるんですかぁ〜〜〜〜!?　全然、わからない。何が起きてるのか、1ミリもわかりませんっっっ）

透夜が偽の宝箱を掴《つか》まされ、片目を失った。しかしカムランや透夜本人の言動を見ていると、一概に負けているとは言い切れない雰囲気を感じる。

（そもそも必勝法とか言って私に『あんなこと』をさせたのに……完全にやられてるじゃないですか。ここ、これのどこが必勝なんですか〜〜〜〜!?　そもそも『あんなこと』したのがバレたら絶対タダじゃ済みません!!　バレる前に、バレる前に決着を〜〜〜〜っ!!）

どちらが優勢なのか？　劣勢なのか？

（ううう……正直お腹《なか》が痛いですが、とにかく第2ターンです。先攻後攻を入れ替えて……次は、カムランさんが引く番……どうか正解を引き当てませんように……私のっ、私の命がっ、かかってますゆえ～……！）

王女が必死の祈りを捧《ささ》げる一方で、遊戯《ゲーム》の当事者たる透夜の口元は笑みに歪《ゆが》んでいた。

それは余裕からか。それとも痛みに耐え、歯を食いしばっているからなのか。

エーギルには理解できようはずもなかった。

（お相手の遊戯者《プレイヤー》や、審判のモナさんなら……実力者なら……今の透夜様の本心も、見抜けているんでしょうか……？　いや、見抜けてたら困るんですけど。はい……）

視線で人を殺せるような眼力で宝箱を見つめるカムラン。

ビキリとこめかみに血管を浮き立たせ、しばし静寂の時間を経た後——彼はようやく、重い口を開いた。

「トーヤ、お前、宝箱に何か細工をしたか？」

（あああああ終わったああああ——ッ！　これ完全にバレてるやつですう——ッ!!）

「答えはNOだ。……安心せよ、戦士。小細工を弄するのは弱者のみ。真の強者ならば、不正にこの手を汚す必要などない。——ゆえに指輪を仕込んだ貴様は……弱者、だ」

「勘違いすんな。宝箱にラピス以外を入れちゃいけないってルールはないし、審判も咎《とが》めてない。遊戯の神を愚弄するような真似《まね》は、一個もねえ」

不快げにそう訂正してからカムランは難題に向かう学者の如《ごと》く目を細めた。

「でも、おかしいな。そうか、回答は、NOなのか」

「予想外か？」

「ああ。オレの推理が正しけりゃトーヤは二度、嘘《うそ》をついてることになるんだ。おかしくないか？　ルールじゃあ嘘をついていいのは一回だけなのにさ」

「随分と傲慢な名探偵だ。節穴なだけではないか？」

「うう～ん。正解は1ターン目に引いたEの宝箱のはずなんだけどなぁ。一番それっぽい重さだしさぁ」

カムランはしきりに首をひねる。そしてすぐに何か思い至ったように、ああ、と納得の声を上げた。

「そーゆー狙いか。なるほどなぁ」

「ほう。読み切った、と？　推理を聞こうか」

「トーヤ。お前さ、遊戯《ゲーム》のペナルティが即発動しないのを逆手に取ってるだろ？」

「――流石《さすが》の切れ者だな」

感嘆の息を吐き賞賛する透夜《とうや》。

複雑な駆け引きに疎いエーギルにも、今の二人のやり取りの意味は理解できた。

クオリアシステムの遊戯はＡＩが遊戯全体を俯瞰《ふかん》し、絶対公正のジャッジを下す。たとえば嘘の回数に制限が設けられている今回のような遊戯では、遊戯者《プレイヤー》の言葉の正誤を即座に判定し、ペナルティを実行できる。

だがそんな法の傘の下にないここでは、正誤を判定するのは人間であるモナ・ラナのみ。嘘を嘘と確定できるのは遊戯が終了した後なのだ。

「だからさ、トーヤはただ勝てばいいと思ってない。オレを殺して、終わらせる気だ」

「……ッ」

「失格勝ちしても、死んでる時点で負けだかんな。オレだけを仕留める戦略としちゃあ、悪くないけど――」

わずかに眉をピクリと動かすモナをちらりと見て、それから見物していた遊戯村の住人たちがにわかに殺気立つのを横目に、カムランは言う。

「――他のみんなをナメすぎだ。オレが死のうが関係なく、ペナルティは科される」

「クク。素晴らしい。常に命を狙われ、寝首を掻《か》かれかねない逃亡生活。是非ともそんな環境に身を浸してみたいものだ」

(何言っちゃってるんですかこの人――ッ！　私は絶対イヤなんですけどぉぉぉぉ!!)

「ま、オレもただ殺されるつもりはないさ。……Dを取る。もっとも、オレが開けるのはEの宝箱だけどな」

内心も表情も恐怖と緊張でビクビク震えるエーギルをよそに、カムランは淡々と遊戯を進行し、新たな宝箱を手に取った。

(まったく吟味する様子がない……。と、透夜様。これ、完全に読まれてますよ……!?)

縋《すが》るような目で透夜《とうや》を見る。

だが当の透夜には事の深刻さがまるで感じられず、愉《たの》しげな笑みを浮かべたままだ。

否、それだけならまだよかった。彼が次に取った行動に、エーギルは失神しかけた。

「A。俺はそいつを頂く」

「の、ノータイムうううううううううううううう!?」

質問なし。思考時間、ゼロ。

あまりにも軽率な選択に弱者代表のエーギルでさえ、黙っていることはできなかった。

「な、なな、何考えてるんですかぁ！」

「何、だと？　俺は常に勝利しか見据えていないが？」

「だったらなんで質問しないんですか!?　テキトーに選ぶんですか!?　さっきそれで片目を吹っ飛ばしたばっかりなのに、どど、どうしてそんなことできるんですか!?」

「喚《わめ》くな。耳障りだ」

「喚きたくもなりますよ！　私の命も懸かってるんですよ!?」

「喜べ。貴様は今、この俺と同じ娯楽を特等席で愉しんでいるのだから」

「なんでそんなに自信満々なんですかもおおおおお!!」

何を言っても微動だにせず。王女の涙の訴えにも透夜は選択を変えることなく、宝箱をぐわしと掴《つか》んで手元に引き寄せた。

「さあ、最後のオープンフェイズだ、カムラン・マリク。まずは貴様から――」

「――オープン。Ｅの宝箱」

「「……ッ!?」」

こちらも思考時間ゼロ。透夜の促す声を最後まで聞かず、カムランは即座に答えた。

二人の女がそれぞれ別の理由から背筋を震わせ、顔を青ざめさせる。

エーギルは、もう駄目だ、死んだ、という恐怖から。

そしてモナ・ラナは――……。

「このターン、オレが先攻って時点で遊戯《ゲーム》は終わってた。さあ、ラピスラズリのお目見えだぜ、みん……な……ッ!?」

宝箱を開けようとしたカムランの仰々しい掛け声は、途中で切れた。

――宝箱が、開かない。開かなかったがために。

「どうした、カムラン・マリク？　開けるがいい。確かに貴様は見事正解を引き当てた。勝利の瑠璃《ラピス》はその手の中にある。……開けられれば、の話だがな？」

「くっ……う、お、ぉ、お、ぉおおおお……!!」

ビキリとこめかみに青筋を立て、腕の血管を浮き上がらせ、カムランは力を込める。

だが宝箱の口は貝の如《ごと》く閉じたまま。

「くそっ!! 開け!! 開けよ!! うおおおおおおおおおおおおおお!!」

「貴様の手腕は見事だった——」

声を荒らげ何度も何度も宝箱を床に叩《たた》きつけるカムランとは正反対に、白王子透夜《しろおうじとうや》は極めて冷静だ。

「——俺と同じく宝箱の重さで正確に中身を判定する動物的センス。あらかじめ俺が不正を仕込むことを読み、ラピスラズリ入りの宝箱よりもほんのわずかにだけ重い宝箱にあたりをつけた推理力。俺の特性を瞬時に読み、意思決定に反映してみせた対応力。いずれも戦士の名にふさわしい、素晴らしき『力』だ」

「開け!! 開けぇ!! 開けっつってんだろおおおおおおおお!!」

ガツン! ガツン! ガツン!

くるったように宝箱を床に投げつけ続ける。ヤケクソのように見える行動。

しかし透夜の目にはカムランへの失望の色は灯《とも》らない。

「——そしてハメられたと気づいた今でさえ、瞬時にどんなカラクリでハメられたのかを理解し、最も適した対応策を講じている。その直観力! 冷静さ! 最後まで勝利をもぎ取らんとする意志! すべてが尊い!!」

そう、ただ暴れているだけに見えるカムランの行動は、その実、極めて理性的な一手なのだ。何故《なぜ》なら——。

「——瞬間接着剤で接合された金属を剥がすには、強い衝撃を与えるのが最適解。よくぞ一瞬で判断できたものだ。賞賛に値する！」

「うおおおおおおお!!」

雄叫《おたけ》びとともに、何度目かの衝撃を与えられた宝箱が――。

かぱぁ、と。跳ねるように、開いた。

「や、やった!!」

「……っ」

乱暴にこじ開けられた宝箱の中から、瑠璃《ラピス》色に輝く宝石がこぼれ落ちた。ラピスラズリ。

この遊戯《ゲーム》において勝者にのみ拝むことが許された、輝き。

正解を引き当てた。

その事実に、カムランは無邪気な少年の如《ごと》くガッツポーズで喜んだ。

「オレの勝ちだ！」

「……いえ。残念だけれど、違うわ」

「えっ？」

モナ・ラナの声が、カムランの勝《か》ち鬨《どき》を打ち消した。

彼女は辛《つら》そうに首を振ると、手に持っていた、先進国では最早《もはや》ほとんど見ないアイテム
――前時代的なストップウォッチを掲げてみせる。

「14秒。……宝箱を選択し、開くまでの持ち時間は10秒以内。それが、オープンフェイズ
のルールだったはずよ」

「あ……」

この場の神。審判役のモナの言葉に、カムランはポカンと口を開けた。

たとえ村の仲間だろうと。幼なじみだろうと。

ルールこそが至上。遊戯《ゲーム》の結果を捻《ね》じ曲《ま》げるような無様は晒《さら》さない。その鉄の掟《おきて》を今、彼女は証明してみせたのだ。

「しかし14秒か。なかなか紙一重だったな。1ターン目に開かれていたなら、もうすこし接着が甘かったかもしれんな？　ククク」

接着剤はその仕組み上、強く接着するまでに多少の時間経過が必要だ。もし1ターン目にオープンを選択していれば、結果は違っていたかもしれない。

だが、戦士は過去を悔悟しなかった。

「——へっ。そんなこと言って、それを選べないようオレの思考を誘導したんだろ？　そのために、片目をぶっ壊した」

「ああ。まさか光を半分失う結果になるとまでは予想していなかったがな。盛大に自爆した男の姿を見て、貴様の脳裏を過《よぎ》るのは失望半分、警戒半分。2ターン目で充分刺せる雑《ざ》魚《こ》か、安直に1ターン目で攻めたら危険な強者か。貴様は判断しかねた。……ゆえに、どちらにせよ次で刺すという決定で問題ないと結論づけた」

「……オレの思考まんまだ。すげえな、トーヤ！」

カムランの声が弾む。気づけば、数分前までの殺気は消えていた。

（あ、あれ。何か良いムード……で、でも、いいんですか……？）

エーギルは首をすくめて思う。

彼女の予想では、こうなるはずではなかった。

「トーヤはすげえや！　――トーゼン、嘘《うそ》を2回ついてることにも、納得のいく説明があるんだよなっ？」

（――そう！　それですよそれ!!）

AからDの宝箱の中に正解はあるか？　――回答、YES。実際はEに入っていたので嘘。

宝箱に何か細工をしたか？　――回答、NO。実際は細工をしていたので嘘。

嘘を2回。それが露呈したら、失格。ペナルティだ。

10秒以内に宝箱を開けられなかった以上、この時点でカムランが勝利宣言することはできないが、Eが正解の宝箱である事実は露呈された。……弁明できなければ、透夜《とうや》の失格負けに他ならない。

「2回の嘘とは何の話だ？　俺は嘘は1つしかついていないぞ？　――何せ、宝箱に細工をしたのは俺ではなく……そこの凡夫なのだからな」

「え……えええええええ!?」

指をさされたエーギルが悲鳴を上げた。

「わ、わ、わ、私を売る気ですか透夜様!?　私だってこんな不正やりたくなかったんですよっ!? でも透夜《とうや》様が『どうにかしてアイツを勝てない状態にしろ』って言うから仕方なく、この愛用の瞬間接着剤で～！」

「自白ご苦労。流石《さすが》は凡夫。保身のために説得力ある言い訳を並べ立ててくれると予想してはいたが、百点だ」

「へ？」

よく物を壊すため常に持ち歩き、つい最近もカメラを直したばかりの瞬間接着剤。それを高々と掲げたまま、エーギルはきょとんとした。

透夜は満足げに愚かな王女から視線を外す。

「モナ・ラナよ。現場は確認できていないだろうが、この状況。宝箱に細工をしたのは俺自身ではないと、そう判定するに充分だと思うが？」

「ええ。……そうね」

「ど、どういうことです？　わ、私は実行犯かもしれませんが、提案したのは――」

「――俺だが、それがどうした？」

「え？　え？　え？」

「思い出してみよ。カムラン・マリクの質問を」

『トーヤ、お前、宝箱に何か細工をしたか？』

「この質問の仕方では、俺自身が細工をしていない以上NOと答えても嘘《うそ》にならん。百歩譲って計画したのが俺だとしても、俺は『宝箱に細工をしろ』などと指示していない。それは、凡夫が勝手にやったことだ」

「そ、それは確かにそうですけどもっ。『己《おの》が手札のすべてを使い、運命に抗《あらが》え』なんて言われたら、私が持ってるものなんて接着剤ぐらいしかないわけで……」

「だが、それを使って宝箱に細工をするという発想に至ったのは貴様自身だ。俺はただ、カムランが勝てなくなるなら何でもよかった。故に、どんな論理をひねり出そうとも、あの質問の答えはNO。そこに異議を唱えることなどできまい？」

「……ええ。貴方《あなた》の、言う通りね」

悔しいけど認めざるを得ない、とモナは諦めの息を吐《つ》く。

詭弁《きべん》だ、とエーギルは思う。

宝箱を渡され、カムランが勝てなくなる方法を考えろ、己の手札を使えと言われたら、宝箱が開かなくなる細工を考えるに決まってる。透夜は意図的に誘導したのだ。

これは詭弁。

しかしこの詭弁は、誰にも文句のつけようがない。

（こ、こんなことって……！　ルールを破らず、ギリギリの際を突くことで強者の頭脳を刺す……それも、初めての遊戯《ゲーム》。即興で。人間業じゃありません……！）

エーギル・アルセフィアは《白貌の吸血鬼》の背中へと畏怖の眼差《まなざ》しを向ける。

遊戯《ゲーム》の説明をされた刹那、今の論理を組み立て、実行した。敵がどんな質問をするか、敵がどう仕掛けてくるかまでは読めていなかったはずなので、その先は自分の仕掛けた罠《わな》の方向に誘導しながら臨機応変に対応した。

恐ろしい。初見殺しへの泣き言など許されぬ《黒の採決《ブラックバウト》》でも十全に戦える力。

圧倒的な頭脳が、ここにある。

「は、ハハハハ。なあ教えてくれよ、トーヤ。オレをハメた方法はわかった。じゃあ次は、それだ。今お前が持ってるその宝箱。そいつが正解だって、どうして言い切れるんだ？」

「……これか？　これは一番簡単だった」

透夜《とうや》はAの宝箱を人差し指の上に載せ、バスケットボールのようにくるくる回す。そして、青ざめるモナ・ラナに近づいた。馴《な》れ馴《な》れしくも肩を組み、なぶるように彼女の頬に宝箱を近づけた。

「この女が。――俺の、勝利の女神だ」

「……ッ。やはり貴方《あなた》、私の、能力を……利用したのね」

「ああ。カムランは徹底した鉄仮面ぶりだったのでな。この遊戯、俺は貴様の表情だけを読み続けてきたのだ、モナ・ラナ」

悔しげに唇を噛《か》む彼女に顔を近づけ、透夜は甘く囁《ささや》く。

「貴様の未来視は、自然と視《み》えてしまうものではなく、意識して視るものなのだろう？　それも、センセーショナルな光景を優先的に視るたぐいのもの」

「……正解よ。なぜ、わかったの？」

「俺がこの村を訪れると、そこのカムランや他の村人たちは誰も知らなかった。常に未来が視えているなら、外からの珍しい客人に備えることもできたはずだ。つまり、貴様自身がある程度想定している出来事しか視られないということ」

「くっ……」

「そして次に貴様が視たのは、俺がこの片目を失った瞬間の光景。――センセーショナルな場面。それを視たからこそ、貴様はカムランの勝利を確信し、安堵《あんど》した。が――」

「――予想に反して、貴方は遊戯を続行した。あんな展開になるなんて、予想しろと言う方が無理。……まったく、どういう神経をしているのやら」

「この俺を常識的な男と同じ物差しで測れると思ったか？　既製品のそれでは、俺を測るには不十分と知れ。愚かなメスよ」

絡みつくような声で解説する透夜。その溢《あふ》れ出る色香と迫力に、腰から力が抜けたモナがふらついた。

「そして貴様は視た。遊戯の続行が決まり、この結末を視たのだ。カムランが敗北し、俺が遊戯村の頂点に君臨する姿を。……ゆえに!!　貴様の未来視が本物ならば――」

ガチリ、と。

まるでプロポーズに婚約指輪を贈るような仕草で、透夜は勝利の女神の眼前で宝箱を開いていき――。

「思考するまでもない。俺の選んだモノが、正解なのだ」

――勝者の証《あかし》、瑠璃色《ラピス》の輝きが、遊戯《ゲーム》を統べる女神に捧《ささ》げられた。

＊

「勝者は……シロオージ、トーヤ。シロオージ・トーヤだ!!」

死闘を終え、酒場に熱が弾《はじ》けた。

「強《つえ》ぇ……!! ハハッ、アハハハハハハ!! 強ぇ!! 本当に強ェな、トーヤは! お前が最強って呼ぶヤツが他にいるって!? それと戦わせてくれるんだろ!? ……最高だ!!」

敗北を認めるかのように、酒場の床に転がりながら。

全身全霊を賭けた遊戯の余韻に浸るかのようにひたすら笑うカムランに。

「当然だ。我が戦士、新たな円卓の獅子《しし》よ。この目を対価にくれてやった。――我が先兵として、《無敗》に挑め」

ポタポタと鮮血が滴る中、勝者の名乗りを受けた白王子透夜《しろおうじとうや》は、閉じた片目から流れる血を拭いすらせず、痛みに怯《ひる》む気配さえなく、傲慢にそう言い放つ。

「ああ。もちろんだよ、トーヤ。……楽しいなあ。スッゲェ楽しみだなあ!! みんな、いいだろ? クッソ鈍い旧通信網じゃない。本物の世界を見て、本当の……! ガチでマジ、今確かめたトーヤよりさらに強い! ホントの最強に挑めるんだぜ!!」

「……いいなあ……！」

「カムランばっかり、ずるい……！　わ、私も……！」

「俺もだ!!　行きたい!!　連れて行ってくれ、獅子《しし》の王よ!!　──聖戦だ!!」

ワッ、と酒場が沸騰した。遊戯村《ゲーム》の二十傑、精鋭たちがこれまでにない熱を帯びて。

「……みんな、飽きてたのね」

そんな喧騒《けんそう》から一歩離れ、ぼそりと呟《つぶや》くのはモナ・ラナだ。

「どれほど磨き上げようと、どれほど強くなろうとも……ぶつかる相手はいつも同じ。生まれた時から見た、知った顔ばかり。互いの手の内は知り尽くしているわ。それを超えて強くなるのが楽しいけれど……一定のラインを越えれば、飽きてしまう」

そんな想《おも》いに、あの悪魔は。

戦士を従える術《すべ》を知り尽くした獅子王は、火を点《つ》けたのだ。

燃えることを待ち望んでいたカムランという薪は、わずかな火種で燃え上がり──

「なああなあなあなあモナ！　いいだろ、行こうぜ！　オレ、絶対行くからな！　他にも行きたいヤツ、いるだろ！　今みてえな戦い、やってみたいと思うだろ!?　行こう行こう行こう！　──連れていってくれるよな、トーヤ!!」

力強くあたりを見回し、仲間を誘う。

その熱を帯びた笑顔は、まさに新しい遊びを知ったばかりの子供そのものだ。

そんな変わらぬ幼なじみに、モナは胸から取り出した骨のダイスを瑠璃《ラピス》の盃《さかずき》に転がして、涼しげな音をたててから——ふたつのそれが示した出目に、小さく頷《うなず》く。

「出目は、10。大いなる好機、チャンスの現れ。凶兆が吉兆に変わった……。とんでもない男ね、シロオージ。運命すら、その力で覆してしまうというのかしら？」

「当然だ。人知を超え、ヒトの限界を遥《はる》か遠くへ置き去りにしてもなお、頂は遠い。さあ、獅子どもよ。俺と共に彼方《かなた》へ征《ゆ》きたい者はいるか!?　ならば勝ち取れ、残る席はあと3つだ。貴様らの中で特に優れた若者3人を、俺は戦場へと誘《いざな》うだろう！」

宣言に、ワッと酒場が沸く。

「卓を持ってこい！　ありったけの遊戯を運べ！　村を挙げての遊戯大会だ!!」

「勝者、上位3名は《外》へ——アルセフィア王国へ向かう権利が与えられる!!　これは新たな盟約だ。父祖の教えを破ることにはならないぞ……ヒャッホウ!!」

「浮かれるでない若造め！　外の世界か……！　楽しみじゃ、楽しみじゃなあ！」

「こらジジイ！　若者だけよ、アンタはダメに決まってるでしょ!?」

「……私、まだ二十代でイケるわよね？　フフ……新しいお父さんを見つけてくるわ！」

「お、お母さん!?　ちょっと待って何その顔、ケダモノ!?」

村はたちまち燃え盛り、沸騰する。

序列上位二十傑のみならず、騒ぎを聞きつけた村人全員が参加を志願し——

その日、遊戯の狂騒は夜明けを越えて、翌日の昼近くまで続いた。

＊

荒れ果てた草原を2頭のラクダと、4頭の馬影が征《い》く。

風除《よ》けの布を被《かぶ》った四人の遊戯者《プレイヤー》を従えて、白銀の獅子王《ししおう》が駆けていた。

(カムランとの遊戯《ゲーム》で見せた圧倒的な『知の暴力』……頭脳も異能も、敵が持つすべての武器を戦いの中で瞬時に見抜き、利用し、屈服させる――)

最強という華。白き髪をなびかせるその背中は、後ろに続くエーギル・アルセフィアには眩《まぶ》しく映った。

遥《はる》か遠い時代――遠くギリシアの地からインドに至るまでを征服し続けた帝王、現代にイスカンダルとして伝わる英雄の背も、このようなものだったのかもしれない。

傲慢で恐ろしく、傍《そば》にいるだけで気が落ち着かないのに、いつしか自ら差し出してしまう。

それで何を成し遂げるのか。気になって気になって仕方がない。もし力尽きて敗北し、地に落ちる時が来たとしても、その時をこの目に焼きつけたいと思ってしまう。

「あの、透夜《とうや》様。……よろしいでしょうか、すいません、ごめんなさい」

「む？　……珍しく泣き喚《わめ》かんと思えば、何をしているのだ、凡夫」

「いえ。あの……ごめんなさい。私ごときがあなたを心配するなんて、それこそご迷惑。ありえないくらいおこがましいとわかってるんです！　けど、あの……！」

手綱を取る透夜の横、隣に並びながら。

必死で手元に集中していたエーギルは、幾度も針で刺した痕が残る指を拭くと、一点の血の染みさえ残さぬよう細心の注意を払って縫い上げたそれを、主《あるじ》に捧《ささ》げる。

「これは？　……ほう、薔薇《ばら》の刺繍《ししゅう》か。凡夫にも意外な特技があるではないか」

「は、はいぃ……。これだけは得意なんです、私。とはいえ仕事にできるほどではなくて、ただ好きなだけなんですが……村人さん達が盛り上がってる間、暇だったので縫いました」

黒く艶《つや》やかな絹に、深紅の薔薇が咲き誇る。


「どうか、これを。あなたに捧げます。私の、ただひとつの薔薇を！」


自分のために透夜が眼《め》を失った、などと驕《おご》ったことをエーギルは一切思わない。

それこそ侮辱だ。白王子《しろおうじ》透夜はただ純粋に、ひとりの遊戯者としてカムランに勝るため、その対価として眼を失った。そこにエーギルの存在が無くとも、そうしただろう。

だからこれは贖罪《しょくざい》ではない。自ら見初めた獅子の王、その失われた眼を隠すのではない。

誇りをもって飾るために、王国の証《しるし》である薔薇を捧げたい、そう思ったから。

薔薇の眼帯を左目につけ、放浪の獅子王と最弱の姫は征途を行く。

「良かろう。征《ゆ》くぞ、アルセフィアへ。ついてこい、我が煉獄《れんごく》の獅子どもよ!!」

「…………!!」

無言のまま、遊戯者《プレイヤー》たちはより速度を増して。
新たなる戦場——アルセフィア王国、《獣王遊戯祭《ベスティア》》へと走るのだった。

●揺れ動く戦場

「――また、こういう車か」

バスや路面電車を使って一般生徒に混ざる通学時間が楽しかっただけに、ホテルの玄関に横付けされた黒塗りの高級車に、砕城《さいじょう》紅蓮《ぐれん》はうんざりした様子で言った。

「こちらの遊戯者、全員の素性が《看破《ペネトレイト》》で公表されている以上、一般生徒に紛れる必要はありませんから。それよりは対テロ警戒の方が重要かと思いまして……」

「まあ、そのあたり納得はしてる。そうすまなそうな顔はしなくていい、可憐《かれん》」

ダックスフントのように長く伸びた車体。最大8人乗りの走るリビングルームは、広さはもちろん設備面において公共交通機関とは比べ物にならない。

分厚い防弾ガラスを使用した窓、フレームには事故時の衝撃から乗員を守る衝撃吸収材をふんだんに使い、ボディは旧大戦時代の戦車にも使われた特殊鋼材を使用している。

矢でもライフルでもロケットランチャーでも防ぐ『走る要塞』。

「……これ、ヤクザ連中から没収したものか。まあ、外資の援助なしにはホテル一軒すら維持できなかった第六区画が、まともな手段で買えるシロモノじゃなさそうだが」

「そのようです。先の《看破》に絡むイザコザがありながら、《アレ》がまだここにいる理由は、それもありますね。滞在中のホテル、従業員、この車もそうですが」

アルセフィア王国第六区画。通称スキヤキホテルの門前で、忠実な秘書のように兄の隣でタブレット端末を操作しながら、砕城可憐《さいじようかれん》は冷たい視線を背後に流す。

「フラヴィア・デル・テスタ、本名、右斎風鈴《うざいぷりん》。イタリア人を装っていますが香川出身、新興宗教団体テスタ教団の主《あるじ》。……彼女が遊戯《ゲーム》によってこのホテルを奪い、所有権を未《いま》だ握っています。排除も検討したのですが……」

「…………」

声と共に投げかけられた視線に対し、二人の後方にいた女が平伏する。

いや、それは土下座と言うべきだろう。麗しい金髪を泥で汚れたホテルの床に広げて、許しを乞うように伏してから、わずかに息を吸い込んで。

「Cクラスに奪われたFの拠点を奪えとのご命令……必ずや、果たしましょう。ですが、あの女……クリステラ・ペトクリファを破る手段が、今の私にはありません」

以前の遊戯、《獣王遊戯祭《ベスティア》》第一段階でフラヴィアは自らの目的のため、敵対者に仲間の情報を売り、それによってFクラスは大きな危機に陥った。

それさえも紅蓮《ぐれん》の予想通りであり、裏切りの事実さえ最終的な勝利のために利用した今では、責める理由もないといえばない。しかし、ただ見逃したのでは禊《みそぎ》が足りず。

「どうか、絶対者たる紅蓮様のご出馬を。……聖女面をしたあの女を叩《たた》き潰《つぶ》し、誇らしげに掲げる異能を蹂躙《じゆうりん》してくださった暁には、私のすべてを捧《ささ》げる覚悟です……ふふ♪」

「どっちもお前の狙い通りだろうが。支払う代償が代償にならん。憎い仇敵《きゆうてき》を俺に潰させ、しかも自分は俺の庇護《ひご》下に入る……一石二鳥のつもりだろうが、何度も言うがお前の身柄やテスタ教団の権力は、俺にとって交渉のカードにならない」

《獣王遊戯祭》第一段階。フラヴィア率いるテスタ教団は中立を貫いていたEクラスへ工作を仕掛け、テロ紛《まが》いの暴動示唆によってAクラス攻撃への参戦を強いた。

たとえ王位継承戦の渦中、混乱した国であろうとも。欧州にほど近い先進国でそれだけの工作を実行でき、痕跡を残さない独立勢力としての組織力や資金力は凄《すさ》まじいものだ。

それを味方につけ、丸々吸収できるとしたら――それは、常に財政難に喘《あえ》ぐFクラスにとって大きな意味があるだろう。しかし、そんな事情は砕城紅蓮には関係ない。

「俺からの条件は言った通り、お前自身の力でCに奪われたFの領土を奪い返すことだ。侵攻すれば必ずCは絶対のエースであるクリステラを出してくるだろうがな」

酷な要望だ。それでは勝てないと、他でもないフラヴィア自身がそう考えたからこそ、彼女は身内の情報を売ってCクラスを攻撃させたのだから。

平伏を続けるフラヴィアを無視し、紅蓮は無造作にリムジンへ乗り込む。

可憐が続き、先に車内で待っていた人物が、わずかに眉根を寄せて窓の外に目をやった。

「ジャパニーズ・ドゲザ……。時代劇で知っていますが本当にするものなのですね」

「あの女の土下座に価値はないけどな。頭を下げようが穢《けが》されようが、最終的な目的を果たせるならどんな苦難も喜んで耐える――それどころか、迫害はあいつのエサだ」

アルセフィア王国第四王女、ユーリエル・アルセフィア。

先の《獣王遊戯祭》第一段階において兄カールスを撃破し下剋上《げこくじょう》を成した彼女は、紅蓮や可憐《かれん》と同じ獅子王《ししおう》学園の制服姿で、どこか困ったようにフラヴィアを視《み》ていた。

「エサ、ですか。……お兄様、それはどういう？」

「概念系異能者には多い特徴だ。自分に向けられた敵意や悪意に反応して運勢を操ったり、攻撃を招いて逆に相手の罪悪感を煽《あお》り、次の戦いで精神的な優位をとる」

あたかもそれは、殉教者となり永遠の名声と栄光を得る聖者の伝説のごとく。

「フラヴィア自身は嫌がるだろうが、あいつの敵であるヴァチカン連中の得意技だ。有効なのは徹底的なビジネスライク。ドライな対応をされ、法や規則、一定のルールを一切外れることなく対応されると、その手の《呪い》にはかからない」

「……そうですね。フラヴィアの異能は、敵意をもつ者に不運をもたらす」

「《絶対不運》でしたか……。なら、私達も彼女に対する敵意は捨て、フラットに接するべきなのですね。少々、難しくはありますが……」

納得顔の可憐とユーリ。

「人間は感情の動物だからな。コントロールは簡単じゃない。……出してくれ」

紅蓮《ぐれん》が軽く手を振って合図すると、リムジンはゆっくりと進み出す。

土下座を続けるフラヴィアはホテルに置き去りとなったが、どうせホテルから送迎車を出して学園へ向かえば済むことだ。パフォーマンスに同情など、紅蓮はしない。

「そうですね。頭を下げるだけで許されれば安いものです。日本式なら、指をチョンパ。またはハラキリ、セップクと思っていましたから」

「……かなり古い時代の、暗黒街または武家の流儀だと思いますよ、それは。それこそ戦前にはとっくに廃れ、裏の世界でもお金で済ませるのが普通です」

「なんと……でも、ニンジャがいるくらいなので、そう見せかけて実は……？」

「ない。妙にキラキラした目で見るな、ユーリ。俺は忍者じゃない」

　似たような芸を身につけてはいるが、そんな愉快なものになった覚えはない。

　ゆっくりと車は第六区画を進み、どこか間違った日本のイメージを漂わせる観光地からアルセフィア王立学園がある元Ａクラス領土、現Ｅクラスが所有する区域へ向かう。

　寂れたテーマパークを思わせる残念さの第六区画と違い、アメリカのビジネス街を模倣して開発された街並みは、高層建築が立ち並ぶ近代的なものだ。

　朝の空気の中コーヒーチェーン店で朝食をとるビジネスマンや、爽やかに汗を流すロードバイクに乗った男など、どこか裕福な雰囲気が、街のあちこちから透けて見えた。

「今日から始まるという《獣王遊戯祭《ベスティア》》第二幕。あのおかしなマスコットＡＩ、ペラペン先生が発表するという新ルールがどのような形になるのか。それ次第では、フラヴィアに出した条件も変わってきそうですね」

「それはあるな。たとえば領土の奪い合いが停止されるようなら、また別の課題を考えて通知してやる必要がありそうだ。可憐、遊戯者《プレイヤー》の入れ替えについてはどうなった？」

「ルール上、特に問題ない……と運営側からの返答がありました。選手層の厚さも陣営の強みと言えますし、ＯＫだと。ただし、正式な留学手続きをした各クラスに所属する生徒以外には参加資格はないそうです」

「なるほど。——最悪の場合、フラヴィアと他のメンツとの入れ替えは可能だな。候補は『静火《しずか》』なり聖上院《せいじょういん》なりでいいだろう……とはいえ」

可憐《かれん》のタブレットに軽く指を走らせ、紅蓮《ぐれん》は囁《ささや》く。

「他の連中の分も、手続きだけ済ませておいてくれ。使うことはまずないと思うが、頭数が必要な場面や、素性がバレてない人間が必要になる局面もあるかもしれない」

「わかりました。では、『静火』さん、聖上院さん、楓《かえで》さんと桃花《ももか》さん。……ついでに、佐々木《さ さ き》さんも足しておきましょうか。賑《にぎ》やかし以外役には立ちませんが」

「あいつは遊戯要員《ゲーム》じゃないが、一人だけハブるのもなんだしな。一応そうしてくれ」

手際よく端末を操作し、運営側に連絡を送る可憐。完了の報《しら》せが来たのを確認して。

「済みました。思った以上にスムーズですね？」

「まあ、俺たちは『二番目』……それどころか、三番目くらいかもしれない」

《獣王遊戯祭《ベスティア》》第一段階は荒れた。

Aクラスの脱落をトリガーに始まった第二段階、その詳細は不明だが、脱落を免れた他のクラスでも、複数の勢力とぶつかることで遊戯者《プレイヤー》の格付けが終わっていると言える。

「他勢力とぶつけて勝ちが見込めない遊戯者は入れ替えたい、そう考える勢力は多いだろうな。まったく、厄介なヤツが戻ってきたもんだ」

「……お兄様が、そこまで警戒するほどですか？　『最初』の入れ替え遊戯者は」

警戒心を滲《にじ》ませ、その名をぼかして口にする可憐に、ユーリエルは同調する。

「ええ。失礼ですが、紅蓮はあの男……前獅子王《しおう》学園生徒会長、白王子《しろおうじ》透夜《とうや》を見た時から、少しだけ様子が違うように感じます。なんといいますか、その……」

「余裕がない、か？」

そうかもな、と紅蓮ははぐらかすように口にした。

リムジンの窓に肘をつき、視線を流れる風景へ送る。窓に映る憂いを帯びた横顔、その『眼《め》』が熾火《おきび》のように赤く煌《きら》めくのを見て、妹と王女はゾクリと戦慄した。

（お兄様は、常に慎重。最後の最後までそのお考えを明かすことのない方ですが……）

（それにしても、なんというか。……ツッコミに、キレがないのでは？）

こっそりと可憐に、ユーリエルは囁くように尋ねる。

遊戯に臨む時以外、紅蓮は意外なほど明るい。変わり者揃《ぞろ》いの仲間達にツッコミを入れ、キレよく場を回していくあたりは、日本伝統の話芸の息吹さえ勝手に彼女は感じていた。

が……。Ａクラスの敗北、そして宣戦布告同然のＥクラスの告知を見て以来。

（ユーリエルさん。貴女《あなた》がお兄様をどう思っているかは知りませんが……。あれはお兄様の真のお姿です。私が子供の頃、砕城《さいじょう》の家で見、憧れた横顔）

決して身内の奇行にツッコミなど入れず、クールな眼差《まなざ》しを向ける超然たる仕草。

かつて可憐を救った、冷徹な中に家族への愛という情熱を秘めた——英雄の姿だった。

（つまり、あれはお兄様の覚醒……！　ふふふ、あのねっとり粘着ストーキング兄弟には

常々嫌になっていましたが、お兄様の『本気』をわずかでも引き出せたなら、多少の感謝はしてあげてもいいでしょう♪）

（そう、なのでしょうか……。なら、いいのですが）

純粋な憧れの眼差《まなざ》しを向け、豊かな胸の前で手を組んでくねくねと揺れる可憐《かれん》。

そんな妹の熱烈な視線を浴びながら、紅蓮《ぐれん》は特に反応もしない。いつもなら、チラつく制服の胸元に『少しは隠せ、はしたない』くらいのことは言う人だと思っていたのに。

……チッ。

かすかに聞こえた舌打ちに、声をひそめて話していた二人の少女は震え上がった。

「お、お兄様！　申し訳ありません、お気に障りましたか？」

「あ？　……違う。そうじゃない、厄介な『入り待ち』がいたんでな」

音もなく進むリムジンが、アルセフィア王立学園の駐車場に入っていく。

路面電車やバスで通学してきた留学生たちがあふれる正門。

背後に三つの影を控えさせた銀髪の獅子《しし》が、静かに停車した車を出迎えるように。

「待っていたぞ、砕城《さいじょう》紅蓮。クク……良いものだな、挑戦者の立場というものは？　己《おの》が足でこうして進み、獲物のもとへ突き進む。ただ待つ無為な時間すら、胸ときめく至福に感じるぞ」

「……迷惑な話だ。とっとと帰れよ、ストーカー」

停車したリムジンから降り、自動的に開いたドアから歩み出して。

優雅に待ち構える白王子透夜《しろおうじとうや》めがけ、紅蓮は冷たく平板な声でそう言った。

＊

「挨拶は届いているだろうな？　――受けてもらうぞ、我が挑戦を」

「一応な。その後ろにいるニョロニョロした連中が、煉獄《れんごく》の獅子とやらか？」

「ああ、寒がりでな。どうもこの地の気候が合わんらしい」

（……ふぅん？）

紅蓮の『眼《め》』がサーチライトのように動き、背後に控えるその姿を捉える。

中央アジアらしい刺繍《ししゆう》の入った衣装を厚く纏《まと》った姿はミステリアスで、ほとんど男女の区別もつかない。一人はかなり大柄なので男かと思ったが、もう一人もそれなりの体格だ。

「……シロオウジ、トウヤ。《獣王遊戯祭《ベスティア》》の首謀者ですね？　本来ならば貴方《あなた》が我がFクラスを率いると聞いていましたが……」

「ユーリエル・アルセフィアだったか。残念だったな、最も強き男を逃す結果となったことを詫《わ》びよう。苦情ならば、運命を捻《ね》じ曲《ま》げた白王子本家に送るがいい」

「ご自分が紅蓮よりも勝る、と？」

「さてな。ただひとつ言えるのは、俺か、紅蓮――生涯でただの一度も負けなかった男が、この戦いで、必ず初めての敗北を味わうということだ」

軽いジャブのようなユーリエルの追及を、透夜《とうや》はあっさりといなし。

「カールス・アルセフィア――かつて俺に遊戯《ゲーム》の深淵《しんえん》を垣間見《かいまみ》せた男でさえ、俺の飢えを満足させるには物足りなかった。やはり俺の晩餐《ばんさん》、その主菜は――貴様だ」

「人をハンバーグ扱いするな。アメリカの連中も歯ごたえある奴《やつ》らだと思うんだがな」

紅蓮《ぐれん》が言うと、透夜は長い前髪をかき上げながらフンと鼻で笑う。

「辛うじて食えたのはあの雌豹《めひょう》、アビゲイルくらいのものだな。あの野良犬じみた気配は俺が集めてきた新たなる獅子《しし》どもに通じる飢えがあった。もし俺が見出《みいだ》していたならば、もう少し味わい深く熟成させてやれたのだが」

……パキッ。

振り返りすらせず指を鳴らす。すると、民族衣装をまとった二人組とは違うもうひとり、それまで隠れるように身を縮めていた人物が、ビクリと反応した。

ポン、とコルクの抜ける音。あくまで陰に隠れたままトクトクと何かを注ぐ音がして、美しいワイングラスが透夜のもとへ差し出される。

「三次大戦以前から続くワインの醸し手が作る、果実のジュースだ。頭脳を鈍らせるアルコールなどという不純物の存在しない、脳を活性化する豊かな果糖。麗しい香りと喉越しのある、俺好みの逸品でな。素材は同じでも、熟成次第で味は大きく変わる」

それは遊戯者《プレイヤー》も同じ。

「あのままのアビゲイルも、晩餐を前に唇を湿らせる程度の価値はあったが――」

グラスに入った美しい液体を飲み乾《ほ》し、透夜は飢えた笑みを熱く浮かべて。

「──ヤツの血はもう、飲み飽きた」

その眼《め》がスッと細くなり、帯びていた熱気が消え失《う》せる。

ほんの一時の血の滾《たぎ》り。王位に懸けるカールスの意思も、遊戯傭兵《ようへい》アビゲイルの誇りも、一度味わい知ってしまえば、もはや興味をそそられぬ残飯に過ぎない。

「物足りん。食前酒を味わえば、一刻も早く次の皿を出せと言いたくもなろう？　貴様という、シェフにな。なあ、砕城《さいじょう》紅蓮。俺の退屈を癒《いや》すひと皿、貴様ならば……」

「生憎《あいにく》俺はレストランを開いた覚えはない」

そこまで口にしてから、二人の遊戯者は互いに視線を重ねた。

「まだ飢えてるのか。まだ見ぬ地の強者とやらを食い散らかしても足りないとは、とんだ大食い野郎だ」

「……いい眼をしているな。昔以上に、俺好みに仕上がっている。裏の場へ引き戻されたことで、本格的に熟成が進んだと見える。いいぞ。……実にいい」

「……放せ。近いんだよ」

顎をグイと掴《つか》み、顔を強引に寄せてくる手を振り払う。

互いの息が交わるほどの至近距離。

白王子《しろおうじ》透夜は緩めたネクタイの襟を嗅ぐように、紅蓮の胸元近くまで顔を寄せる。

「濃厚な、脳髄をとろかすような死の香り。そしてその《眼》……。いいぞ。前菜どころ

ではないな、お前という主菜が、完成しつつあるようだ」

「何の話だか」

「ああ……愉《たの》しみだ。今すぐ、その首筋にかぶりついてくれようか……！」

獅子王《ししおう》学園の制服。

付属のネクタイを掴《つか》み、紅蓮《ぐれん》の顔を自らの方へ引き寄せんとする透夜《とうや》。

「ちょっ……！　黙って見ていれば！」

二人の濃厚な雰囲気に口を挟めずにいた可憐《かれん》が、慌てて兄に駆け寄ろうとする。

だがそれより少し早く。ぴょん、と飛び出した手が、ふたりの間に割って入った。

「すいません！　すいません！　すいません！　うちの所属遊戯者《プレイヤー》がご迷惑をおかけいたしまして、ほんっっっと〰〰に、申し訳、ありませ〰〰〰んっ!!」

シュバッ！　と、鋭い音さえする見事な姿勢。

割って入った小さな金髪の影が、迷うことなく土下座する。

その見事な姿勢、謝罪ぶりはフラヴィア・デル・テスタのそれとは根本から違った。

熱くなったアスファルトにグリグリと押し当てられるおでこと巻き込まれる髪。

それはそれは迷いのない、自分を痛めつけることに一切の躊躇《ちゆうちよ》のない動き。

「ご無礼いたしました！　ごめんなさいすいませんですから今だけはどうか、その……！　お許しくださると助かります、お願いしますっ！　このどおりでずうううう！」

小鳥のような美しい声で、汚い悲鳴をあげる謎の美女。

一応獅子王学園《ししおう》の制服姿だが、年齢はカールスと大差ない、二十歳前後だろう。そんな人物が見せる醜態に、白王子透夜《しろおうじとうや》は苦り切った顔で吐き捨てる。

「……凡夫。それは何の真似《まね》だ？　俺の遊戯《ゲーム》を阻み、あまつさえ無様な姿を晒《さら》すなど」

「ヒッ……！　ご、ごめんなさい、すいません！　けど、けどっ……！」

涙であふれそうな顔を上げ、その人物は――エーギル・アルセフィアは叫ぶ。

「わ、私は、貴方《あなた》を雇った立場ですからあ！　部下の不始末は、上司の不始末ですから!!《獣王遊戯祭《ベスティア》》は第二段階が始まったばかり、ルール開示もまだ！　そんな時に相手を挑発とか、フツーダメですよね!?　だから、その無礼を私がお詫《わ》びしようと……」

「凡夫風情が言ってくれる。名目上とはいえ、この俺の上に立ったつもりか？」

「雇った立場、上司……ね。なるほど」

その言葉から彼女の素性を察し、紅蓮《ぐれん》は背後に視線を送る。

リムジンから降り、そのまま事の行方を見守っていた人物。土下座しているエーギルの異母妹、ユーリエル・アルセフィアは嘆息しながらその名を呼んだ。

「エーギル……。お前か」

「ヒッ……！　ユ、ユーリさん……。お、お久しぶりです、すいません……！」

グリグリと額をアスファルトに押し付けながら、顔を上げずに答える『姉』。

その醜態に眉をひそめつつも、ユーリエルはあえて荒く、強い言葉で続ける。

「まさかお前がAクラスに引導を渡すとは思わなかった。策士だな……王位などいらない、自分は無害な存在だとアピールし、その隙を狙って刺すなんて」

「そ、それは……結果と言いますか、いえ。やけにうまくいったと申しますか……」

「認めるわけだな。ならば、私たちにとってお前たちは敵だ。そんなふうに道化を演じてこちらの戦意を削《そ》ごうとも、今の私はそんなものに騙《だま》されない『覚悟』がある」

己の幸福のために。家族の幸福のために。そして──未来のために。

「私は兄を、他の家族を倒して王位を奪う。それだけの覚悟はしてある。小細工はいらない。私たちに挑むというのなら、受けて立つ」

「ち、違うよユーリちゃ……じゃないです、うう、もうタメ口とか絶対利けない……わ、私は敵じゃないですよー！　止めたかったんです、戦うならもっと超有利になってから、安全安心の状況で挑みますよ！　あんな出たとこ勝負みたいなの、本意じゃなくて！」

思わずだろう。子供のころのような口調に戻りかけて、エーギルは叫ぶ。

「Aクラスへの侵攻も、私はできるだけ止めたんですよう！　しばらく様子を見て、仲間が全員そろってからにしましょうってお願いしたのに、うううう……」

「それでは戦機を逸すると判断した。あちらから攻めておきながら、雑魚《ざこ》を繰り出してきたAクラスも気に入らん。それに」

嘆くような視線を向けられて、透夜は背後を振り返る。

そこにいるのは、民族衣装をまとって姿を隠した二人の遊戯者《プレイヤー》。

「閲覧した記録──Fクラスによる A包囲網の形成と逆転劇は、大いにこの俺を震わせた。

それにより昂《たか》ぶったこの身が遊戯《ゲーム》を求めたのも事実だが――Aクラスの完全破壊を急げと俺に進言したのは、この者……カムランだ。確かに、凡夫めの意思は関わっておらん」

「よっ。紹介されちまったかー！　じゃ、顔くらい見せないとな。寒いけど！」

顔を覆っていた布を外すと、褐色の肌が露《あら》わになる。

民族衣装の下にまとっていたのは、紅蓮《ぐれん》と同じ獅子王《ししおう》学園の制服だ。

糊《のり》の利いた折り目はおろしたての新品らしさを出していたが、堂々たる体格に合わせてうまく縫製され、ピッタリとした調和を見せている。

透夜《とうや》に等しい銀の髪を短くサッパリと揃《そろ》え、浮かべた笑みは力強い獣のようだった。

「オレ、カムラン！　楽しい遊戯ができるって聞いてこの国へ来た。ヨロシクな！」

「楽しい……ね」

明るい名乗りを受け、紅蓮はどこか憂鬱なテンションで答える。

カムランと名乗った遊戯者《プレイヤー》について、まだ目立った情報はない。わかるのは白王子《しろおうじ》透夜が中央アジアの無法地帯から連れてきた、ということのみ。

（さすがに、そんな土地の遊戯者についての情報はない。しかし……）

クオリアシステム未整備の無法地帯。それはあの遊戯傭兵《ようへい》、アビゲイルが暮らしていた南米の犯罪多発地帯よりなお厳しい環境と言える。

「変わってるな、あんたも。白王子透夜に招かれただけあって、そいつと同類らしい」

「まあな！　トーヤとはすごく気が合うよ。正々堂々、正面からぶつかるのが一番楽しい。

ヘタな小細工は嫌いだし、苦手だな。君たちとも戦うのを楽しみにしてるよ！」

ニッ、と白い前歯を見せて爽やかに笑うカムラン。

そのあっけらかんとした明るさは、とても地獄からやってきた男には見えない。

（嘘《うそ》や演技の臭いもしない。多重人格者や、催眠の気配もない。偽りない本音しか視《み》えない。……ただのバカ、ってわけじゃなさそうだが）

紅蓮の紅《あか》い《眼《め》》が困惑に揺らぐ。

正々堂々だの真っ向勝負だの、前時代のスポーツマンじゃあるまいし。相手を出し抜き、あの手この手の策謀を駆使して勝利を得るのは何も間違ってなどいない。

そんな遊戯時代の『常識』にそれこそ真っ向から逆らうような発言だ。

「正義の味方のようなことを言うのですね。……容赦なく、人を破滅させておきながら」

敗北後カールスは姿をくらましたが、米国から引き出した援助の対価を請求されれば、それこそ人生を何度やりなおしても返済不可能な金額となるだろう。

一人の人生を破滅させた自覚があるのか、と問うつもりだったユーリエルは、

「ああ、それか。——あいつは悪いヤツだったろ？　正々堂々と遊戯で決めないでさぁ、盤外戦術で他人をハメるようなヤツ。どう考えても死ぬべきだろ」

「…………！」

サラリと出た『死』という言葉。

暴力が廃された新時代において、経済的な破滅や社会的な罰という意味ではなく、純粋

に肉体的な破滅──生命の終わりを示唆するその言葉は、異端と言える。

「クク。裏表のない、素直なヤツだろう？　──この男にとってそれは当然なのだ」

法を敷く絶対者なき世界。かつては軍権を握った政府が行ってきた統制を、現代社会はＡＩに導かれたクオリアシステムが代行している。しかし、戦乱の残り香が漂う彼らの地では、そんな優しい存在はおらず……ただ、人が人を裁くしかない。

「故に、正しい。我々現代人に刷り込まれた暴力に対する忌避感、遊戯者《プレイヤー》が苦労して引き剥がす常識というオブラートが、かの地の人間には最初から存在しない」

「前時代の生き残り、戦争時代の常識を伝える存在、か。……『戦士』なんて古臭い」

だが、それ以外にカムランという人間を評する言葉は思いつかない。

伝承に語られる戦士のように。義に厚く、心優しく忠実な存在。だが、相手が『悪』、

『敵』だと判断した瞬間、ノータイムでその首を狩り、一族ことごとく滅ぼすだろう。

（言ってみれば、『天然もの』の水葉《みずは》か。……厄介なものを拾ってきたな）

改造処置によって精神的な枷《かせ》を壊され、暴走する人格と驚異的な実力を得た御嶽原《みたけばら》水葉。機関の科学者が投薬や施術によって仕掛けたものと同等、あるいは超えてさえいるかもしれない結果を、この中東の少年は得ているのだ。まったく、恐るべきは──。

「……人間の、適応力か。どんなおとぎ話だって、いつだって勝つのは人間だ」

『遊戯《ゲーム》』の本質、それは人類最大の武器──『知恵』だ。

神話伝承にある、神や悪魔を口先や機転で騙《だま》し、利用して富を得る者たちのように。

スマートな流血なき『勝利』をめざして整備されてきた社会において、そのルールに適応しながら暴力の臭いを残した人間、精神的なタガを持たない存在がどうなるのか？

「一応育ててあった旧生徒会の連中じゃ相手にならないから、新しい駒を拾ってきたか。悪いが、あいつらはそれなりに日本で楽しくやってるぞ」

「捨て置け。無能といえど、国家という畑を耕すミミズ程度の役割は果たせよう」

「ナチュラルに見下しきってるな」

「喰《く》らう側の獅子《しし》にはそれが許されるだけの実力がある。そして貴様も気づいていよう。この男、カムランもまた、獅子たる側の存在だということを」

ククク、と楽しげに喉を鳴らすと、透夜《とうや》は再び紅蓮《ぐれん》の顔を覗《のぞ》き込む。

「この男は強いぞ。他の者もなかなかの逸材が揃《そろ》っている。《獣王遊戯祭《ベスティア》》というひと皿を彩る、付け合わせ程度の役には立つだろう」

「ひっでえなー。もうちょっと期待してくれてもいいんじゃないか、トーヤ？」

口では嘆きながら、カムランの眼《め》にその色はない。

ただあるのは喜び。獅子王透夜という男が認めた『最強』、砕城《さいじょう》紅蓮への……！

「スッゲエな。……遊戯村の連中でも、こんなゾクゾクする眼をしたヤツはいなかった。こんな強そうなヤツとヤれるなんて、村を出て良かったたってもんさ……！」

「ヤり合いたいんなら、お前らの間でやってろよ。興味のない他人を巻き込むな」

熱のこもった視線が絡み、紅蓮は鬱陶しげにそれを払う。

透夜《とうや》、カムラン、そして紅蓮《ぐれん》。

にらみ合う三人が描く三角形は熱を帯び、ピンと張りつめた空気が漂う中で。

「……そのくらいにしておいたらどうなの？　雇い主の言葉や意向を無視するのはどうかと思うわよ、カムラン。それにトーヤも……でしょ」

どこか気怠《けだる》さを纏《まと》った女の声。スルリと民族衣装のスカーフを外し、もうひとりの影が姿を現す。ふわりと漂う花の香り、濃密な肌の香りと舞い散る色気。

カムランと同じく、民族衣装の下は制服姿だ。しかし豊かな胸、蜂のようにくびれた腰とヒップラインの美しさは、若さ故に色気より美しさが先に立つ可憐《かれん》やユーリエルよりも、男の劣情を誘い、思うがままにしたいという欲望をそそる、甘い蜜のようだった。

「年齢詐欺か。二十歳過ぎで参戦してるヤツは他にも知ってるが、少々キツくないか？」

「……失敬ねえ。こう見えても私は、まだ二十歳前なんだけどぉ……！」

そこだけは年相応に、中東系の肉感的な美女が怒りを見せる。

淑《しと》やかな指には飴色《あめいろ》の骨。匠《たくみ》の技術で彫られた6面ダイスをペルシャ風の玻璃《はり》の器へと放り込み、カラカラと小気味よい音をたてて掻《か》き混ぜるや、柏手《かしわで》を打つように掌《てのひら》に伏せる。

「出目は『7』――運命は語っているわ。トーヤ……本当に貴方《あなた》の飢えを満たす戦いは、『7日後』だと」

「何をするかと思えば……サイコロ占いですか？　そんな、非科学的な」

褐色の掌に載ったダイス目をチラリと覗《のぞ》き見た可憐は、冷ややかに告げる。

「6面体を2つ振った程度で運命などわかりはしません。ただの偶然……乱数でしかないものに意味を見出《みいだ》すなど、遊戯者《プレイヤー》としては三流以下ではありませんか？」

「ええ、そうね。……信じるも信じないも、それはその人しだい。けど」

いかにも占い師然とした超然とした態度で、彼女は答えた。

「卜占《ぼくせん》、太占《ふとまに》、風水……さまざまな名前で、あらゆる方法で、人は自然の流れから運命を、未来を予測する努力をしてきたわ。ありえない鉛を黄金に変える試み……錬金術が科学に発展したように、占いもまた、未来を予測するツールとして発展した」

「……当たる、そう言いたいのですか？」

「さあ？　……ふふふ、その結果は自分で確かめてみたらどうかしら？　私はモナ・ラナ。遊戯村《ゲーム》一の占い師……私の一族は他にも何人か占いを学んでいたけど、皆やめてしまったから、最後の一人ね。……残念、だけど」

その言葉に、自慢や威嚇の『色』はなく。

「予知予測、占いの技では決して私にかなわない。そう感じたから。私の家族は皆水晶を割り、ダイスを捨てて研究を諦めてしまったわ。その程度の才能……ね？」

「いやらしい……！　何が占い師です、お色気術師の間違いでは？　そのいやらしい眼《め》と身体《からだ》でお兄様に近づくなど、断じて可憐が許しません。接近禁止命令を出します！」

「あらぁ。……つれないわね、私は可愛《かわい》い女の子も嫌いじゃないんだけどぉ……？」

ふふっ、と小さく笑ってから、モナはそっと可憐の傍《そば》へ歩み寄り。

『『お兄様』に手を出したりはしないわよぉ？　私には、一応……。同族の男がいるものだから。まだまだお子様だから、叶《かな》う想《おも》いではないけれど」

「……そうですか。なら、最低限会話は許して問題なさそうですね。とはいえ、泥棒猫の資質がありそうなので可憐《かれん》的には警戒警報は解除しませんが……」

『?』と明らかな疑問符を浮かべて立っているカムランをチラリと指して囁《ささや》くモナ。

　可憐はその示唆を受けてわずかに警戒を解き。

「この鈍感っぷり。想いが伝わらぬ難しさ。……同じ女性としては、多少の共感を感じるのも確かです。馴《な》れ合いはしませんが」

「ふふ、そうね？　……出会った場所が違えば、お友達になれた気がするわ……♪」

「いいじゃないか、モナ！　友達に敵も味方もない。むしろ親しいほうが全力で倒したくなるし、オレに遠慮はいらないぞ。その子と友達になりたいなら、頑張ってくれ！」

　的外れな爽やかさ。そうとしか言いようのない、曇りなきカムランの笑顔に。

「……ご苦労、察します。敵とはいえ大変そうですね」

「ありがとう。……おかげで北欧まで来るハメになったしねぇ……」

　ま、いいけど、と残念な家族に向ける温かな眼《め》をして、モナは可憐をじっと見詰めた。

「――――」

　眼が細くなる。

　暗がりに連れて行かれた猫のように瞳が膨張し、奇妙な色を帯びた瞬間……！

「モナ。……それ以上は、やめとけ」

「ええ。そうするわ、カムラン。手の内を明かすには、まだ少し早すぎるものね？」

制止を受けて頷《うなず》いた途端、その『色』が霧散する。

張りつめた空気が霧散し、元の匂い立つような色気をまとった彼女は、ばいばいと軽く手を振ってから、可憐のもとを離れようとして。

「けれど、一言だけ。──貴女《あなた》の未来、今進もうとしているその道は……『辛《つら》い』わよ。とてもとても嫌な『選択』が、望まぬ『未来』が訪れるかもしれない」

おどろおどろしい気配はない。それは占い師が人の恐怖を煽《あお》るような響きではなく。ただまるで病の兆候を見出《みいだ》した医師が、患者に向かって言うような──忠告だった。

「心を強く持って、ぶれないように進みなさい。今言えるのは、それだけかしら……？」

「……何かと思えば。そんな風に心に楔《くさび》を打ち込んで、優位を取ろうという魂胆ですか。どうとでもとれるような言葉を選ぶのは、会話術の基本テクニックでしょう」

忠告じみた言葉を、可憐は軽く一蹴する。

「私はお兄様を愛する妹。その存在を至高へと導き、永遠の愛を誓う存在です！　ぶれる？　ありえません。お兄様を愛するという一点において揺るぎなし！」

「……それは少しぶれてほしい気がするんだがな、兄としては」

微《かす》かな嘆息と共に、紅蓮《ぐれん》はすっと歩き出す。

透夜《とうや》の横を抜け、校舎へ向かって。静かにユーリエルが、そして可憐が続く。

止めるような動きはせず、その姿を見送ったかに見えた透夜《とうや》は。

「ところで、愚弟の姿が見えんな？　見限ったわけでもあるまい、あれはどこだ」

「遅刻だろ。あいつはいろいろルーズなところがあるからな、しかたない」

「クク、遅刻……か。さて、何を企《たくら》んでいるのやら。あれは遊戯者《プレイヤー》として語るに足りんが、貴様の示唆があるのなら、箸休め程度の役割は期待できよう」

振り返りはしない。紅蓮《ぐれん》もまた、それは同じ。

背中を合わせ、決して互いの顔を見ることなく——二人の遊戯者は、すれ違って。

「忘れるなよ？　——貴様を喰《く》らうのは、この俺だ」

透夜のラブコールには一切答えず、紅蓮はただ二人を従えて進んでいった。


「……追ってきませんね。もう少し粘着してくるかと思っていましたが」

「さすがにそこまでみっともない真似《まね》はしないだろうさ。あの土下座が利いたな」

Ｅクラスの待ち伏せを掻《か》い潜《くぐ》り、登校中の留学生たちの列に混じって歩きながら、紅蓮を中心とした左右に可憐《かれん》とユーリを配置して、三人は歩きながら密《ひそ》かに語る。

「エーギル・アルセフィア……だったか。《獣王遊戯祭《ベスティア》》参加の名目を得るため、透夜はあいつを処分できず、そしてある程度その意思を尊重する義務がある。名目上は雇い主、あまりないがしろにしすぎて敗北覚悟で切られたらたまらんだろうからな」

「しかし、勝つつもりなら白王子《しろおうじ》透夜を切るなど不可能でしょう。あれは最強の切り札、現時点でそれに勝る存在は、それこそお兄様くらいしか考えつきません」

「少なくとも、第一段階の陣取りゲームでEクラスが雇っていた遊戯者《プレイヤー》連中よりは上だ。勝つ意思があるのなら切れない。互いに切れない理由がある以上、譲歩するしかない」

そしてエーギル・アルセフィアは道化に徹し、過剰なまでの謝罪によって戦意を削《そ》いだ。

あの空気の中で再び戦う気にはならなかったのだろう。ある意味透夜というジョーカーをコントロールしていると思えば、決して侮れない存在なのかもしれない。

「とても、そんな器には見えないのですが……。正直に言いまして、私以下かと」

「凄《すご》いな、その評価。ユーリ、お前にとってエーギルってのはどういう存在だ？」

「血の繋《つな》がった知人、ですね。ほとんど縁がなく、恩も恨みも会話すらありませんでした。とはいえ、それは私が特別というわけではなく、ほぼすべてにおいてそうでしたが」

エーギル・アルセフィアの動向を、一言で表現するとしたら――それは『影』。

最先端を突き進む兄カールスや、同じ潜む者でも謀略の陰に姿を見せるツボルグと違い、ただひたすら姉――主にアジア、中国方面の外交を担当する姉リングネスの補佐役として、欧州方面の実務をごくごく地道に、成功も失敗もなくこなし続けていた。

「とにかくミスを恐れ、成功するより失敗しないことを選ぶ。今回の継承戦にも最後まで反対し、自分は野心がないと示すために『誰が即位しても自分は地方の役人になります、だから許してください』などと書簡を送りつけてきたほどですから」

「……そう聞くと、案外俺と気が合いそうなタイプだな」

保身のみに恐々とする小物。

物事で目立つのは最高峰と最底辺――アルセフィア王家の中で最も中途半端な立ち位置にあり、自身が管理する第五区画、Eクラスですらその名前も顔も忘れられかけている。

「そんな人間がわざわざ《獣王遊戯祭《ベスティア》》前半戦を捨ててまで、クオリア未整備の危険地帯に自ら向かい、白王子透夜《しろおうじとうや》なんて爆弾を拾って持ち帰った。……裏があるな」

保身上等の臆病者。それに全力を出させるなら、最も有効な支配ツールは……。

『恐怖』。あいつは怯《おび》え、追い詰められ、その全身全霊を勝利に傾けていると感じた。余裕ぶって準備万端整える賢いバカより、何をしてくるかわからない分遥《はる》かに怖い」

「怖い……ですか。お兄様ほどの方が、あれに恐怖を覚えると？」

「それだ、可憐《かれん》。無意識の侮りが慢心と敗北を呼ぶ。そして過剰な警戒も、無駄な手札と時間のロスを招く。どちらも打ち手を惑わす無意識の弱体化《デバフ》だよ」

あれは天然に、それを周囲に撒《ま》き散《ち》らす。

無自覚に病原菌を撒き散らす感染者のように、厄介な類の愚か者だ。

「対策は、フラットな視点を保つことだ。方向性は違えど、フラヴィアがかけてきた呪いの対策とほぼ同じ――慢心も嘲りもいらない。ただ公正に、評価を下すだけでいい」

「……はい。お兄様♪」

その静かな言葉に、可憐は聞き惚《ほ》れるように頷《うなず》いた。

「では、あの白王子透夜の連れ……《遊戯村《ゲーム》》とやらから連れてきた二人はどうでしょう。

警戒に値する存在だとは思いますが、クオリア未整備の地から来たのでは……」

　仮想世界を提供する究極のインターフェイス、クオリアシステム。

　その制御、操作は簡単ではない。

　脳に送り込まれる第二の感覚がなじむには訓練を要するし、不慣れなうちはどうしてもミスを誘発する。ただのレジャーならともかく、一瞬のミスが生死を分ける領域では。

「そう考えると、戦力として数えるには不安定すぎると思うのですが……」

「ええ、だからこそ各国はクオリア分枝を自国に誘致し、遊戯者《プレイヤー》教育を施そうとしているのですから。いくら遊戯を学んでいようと、クオリア慣れしていなければ」

　それは大きな弱点となるだろう。

　そう結論するユーリと可憐だが、紅蓮《ぐれん》の見解は異なる。

「クオリアに不慣れというデメリット以上のメリットがある。……そういうことだろ」

　白王子透夜ほどの遊戯者が、ただの田舎の遊戯マニアを連れてくるとは思えない。

「クオリア未整備地帯での遊戯者は、そのまま軍人とか傭兵《ようへい》の同義語だ。それも、敗北が本人、あるいは一族の安全にまで直結する、前時代の因習そのままの」

「本人、あるいは一族……つまり、敗北した場合、その責任を?」

「法の整備が行き届かない世界では、メンツが命だ。舐《な》められ、侮られたら食い殺される。一度でも負けて侮られたら族滅されても文句は言えない。野蛮としか言いようがないが、そういった容赦のなさでは裏社会のそれ以上だろうな」

ユーリエルが生きてきた日本ヤクザ、博徒の世界も常に危険と隣り合わせ、ではある。

しかしそこには長い伝統と文化に裏打ちされたルールが存在した。

敗北の償いとして生きたサメの水槽に放り込まれる可能性はあっても、その場で殺され
犯されるような心配はない。相手が社会性を失ったシリアルキラーでもない限りは。

「透夜《とうや》に叩《たた》き潰《つぶ》された元殺人鬼の遊戯者《プレイヤー》にしても、普通に逮捕収監されてただろ？　秩序のある世界で、真に命を賭けた遊戯《ゲーム》はできない。そういうふうにできている。だが、あいつらはそれがスタンダードな世界から来た、違う世界のルールで生きている」

こちらのルールに相手が適応できなければ、待っているのは無様な自滅だろう。

しかしそれを成し遂げ、かつ生死の際で培った感覚を応用してきたとしたら。それは、クオリアに不慣れだという欠点を埋めて余りある、強力な武器となりかねない。

「白王子《しろおうじ》透夜の眼帯を見たろ？　目、足、耳、鼻……顔のパーツは、賭け代には最上だ。取り返しがつかない上、見た目に分かりやすいからな」

遠い中東の地で、それを代価として遊戯者達を屈服させたのだとしたら。

最低でもあの二人には、透夜の眼球ひとつ以上の価値がある……！

「何度でも言うが、偏見は捨てろ。侮らず、驕《おご》らず、平面的に物事を見るんだ。ヒトは感情の動物だが、自分の意思でそれをコントロールできる。——そう」

ぼうっ……と、紅蓮《ぐれん》の双眼が淡く光る。

それは鬼火のような。烈《はげ》しさのない幽玄、ゆらゆらと揺らめく魂の炎のように。

「感情を捨てるんじゃない。保ち、耳を傾けながら選択して切れ。必要な警句や情動のみを選べ。人間と機械と怪物、そのすべてを理解しながらどれにもならず、目的に至る道を見つけ出せ。それができれば――勝てる」

「「…………！」」

かつて裏社会で無敵。

五年間の不敗を誇った実績を持つ男の、それは姿勢《スタイル》。

現役時代に培ったと思《おぼ》しき闇の気配に、付き従う少女たちは言葉を失《な》くし……相槌《あいづち》ひとつ打つだけでも覚悟を決め、数度の呼吸を挟まずにはいられなかった。

「……はい、覚悟いたします。お兄様」

「やります。やってみせます。……勝利のために。紅蓮……！」

「ああ」

意気込む二人とは裏腹に。

あまりに簡素な返事と共に、砕城《さいじょう》紅蓮は静かに教室へ続く廊下を歩いていった。

●第二段階、始動

アルセフィア王立学園Fクラスの教室は、騒然としていた。

「ねえねえ、Aクラスの噂《うわさ》、聞いた？」

「SNSのTLに上がってたやつでしょ。第一王子のカールス様が急病ですって？」

「そうそう！　かなり容体が悪いらしくて、当分アメリカで静養するって話よ」

「えー、そうなの!?　まだアタシ見てないのにー！　噂の、イッケメ〜〜ン！」

ひときわ賑《にぎ》やかな声をあげる女子高生グループ。留学開始から時間も経《た》ち、それなりにクラス内の空気はほぐれ、少しずつ集団の輪ができつつあった。

「桃貝《ももがい》さん、Aクラスの人に友達いるのよね？　なんか事情わかんない？」

「むー、それがちょっと連絡がとれなくなっちゃって。さすがに大学生のお姉さんが同じ制服着てるのを見て、『コスプレですか？』って聞いたのが悪かったですかね」

「……それは怒りますわよ。と、いいますか桃花《ももか》さん、あなた気づいてませんの？」

「え？　何がですか？」

心底不思議そうな顔をする桃貝桃花と、愛用の扇子で口元を隠しつつため息をつく楓《かえで》。

桃花に質問してきた女子高生をほほほ、と愛想笑いでごまかすと——。

「あの方、間違いなく米国の遊戯傭兵《ゲームようへい》ですわよ。カールス・アルセフィアに雇われ、Dの侵攻から一度は総督府を守った強豪ですわ。……姿を消したのは当然、雇い主が脱落した以上、もう学校に来る必要などないということでしょう」

周りに聞こえぬようにささやいた声に、桃花は当然のごとく声をあげた。

「え、えええええ～～～～～～～～っ⁉　あ、あのアビーさんが、ですか⁉　昔自称大学生なのに小学校の宿題もわからなかったので、桃花以上のおバカがいるって内心こっそり超安心してたアビーさんが……ふんがぐぐっ⁉」

「こ、声が大きいですわよこのお馬鹿！　というかそれはもっと早く気づきなさい！」

（あいつらはほんと、どこに行っても変化がないな……）

少し離れた席で遠目に眺めつつ、砕城紅蓮《さいじょうぐれん》はどこかほっとしたような気分で思う。

最近いきなり合流してきた留学生、という時点で遊戯者《プレイヤー》とのつながりは明らかなのだが、あそこまで能天気な姿を見せられたら他勢力も困惑するのではなかろうか。

（朝人《あさと》と聖上院《せいじょういん》は『仕事』で欠席。前もって学校側には連絡しておいたから問題ない）

ちらりと隣席に視線を送ると、これから始まるであろう中間発表、新ルールの公表を前にユーリエルは表情を硬くしており、その美貌につられて虎視眈々《こしたんたん》と話しかけようとする男子生徒達も、空気を読んで近づけずにいた。

「アルセフィアのお姫様、今日もホンッッット、美しい……。推せるな、マジで」

「告白メールとか出したいけど、一週間経ってもだーれもアドレス聞けてないってのが……。お前らもうちょっと気合い入れて声かけてこいよ」

「やだよフラれたら笑うだろお前ら。でもいつか絶対告る……！　この留学中に……！」

そんな風にバカ話をする男子生徒たち。

そのグループの青春感ある会話に正直羨ましさを感じつつ、可憐《かれん》へ視線を送ってみると。

「なんですか、お兄様♪　お兄様のお相手でしたら可憐はいつでも歓迎します！」

「尻尾を振るな、犬じゃないんだぞ。待機してないで他の連中みたいに適当にコミュッて来たらどうだ、今なら『普通』の会話がやり放題だぞ、うらやましい」

「そう言われましても……。お兄様以外の有象無象に興味などカケラもありませんので。むしろ会話が発生した瞬間に課金して頂いたとしてもお断りしたいのですが」

「俺はお前にいくら課金したっていいくらい愛してるが、他の連中に求めるのは無理だろ。本当に、俺にベッタリしすぎるのはもう少し考えたほうがいいと思うんだが……」

とはいえ言い聞かせる術《すべ》もなく、諦めたように視線を移す。いつ話しかけられてもいいようにスタンバッている可憐には悪いが、他にも見るべき人物がいた。

「え～っと、この鳥さんいらないですよね。というかどうして鳥なんです？　他のは1とか2とか数字がついてるのにコレだけ動物とかモンスターカード的な？」

「佐々木《ささき》さん……。それ、イーソー。緑のヤツの『1』で今のドラ。ゴメン、上がり」

「おっひょう⁉　……はぁん？　な、なかなか……やるでございますねっ⁉」

「やらないよ⁉　ルール今見たばっかりだよ⁉　いやウソなんでこんな弱いの⁉」

「運命……です、かね？」

「うっわ殴りたいこのドヤ顔……！」

見知らぬ女子生徒を相手に無双されている一般人代表・佐々木。

対戦可能なゲームアプリで麻雀《マージャン》をやっているようだが、ものの見事に負けている。

もともと動画配信者として名前が売れていることもあってか、留学が遅かったグループでありながら実質的な中心となり、クラス内でも地位の高い女子達と交流していた。

「…………♪」

そんな佐々木が、紅蓮《ぐれん》の視線に気づいたのか。

ほんの一瞬だけ振り返り、ウィンクしつつ手を振ってくる。他の誰にも見られないよう一瞬の早業だったが、直後にSNSに届いたメッセージは。

『リア充トークは心が乾きます。かゆ　うま』

『ウィルスに感染してないか、それ。というか普通に仲良く見えたがな』

『いいとこのお嬢様で獅子王《ししおう》学園に進学してないような子は野心がないタイプが多くて、普通にいい子ばっかりです。動画配信者のコミュで日夜繰り広げられるドロッドロの人間関係に比べると天国です。けど天国すぎて居心地が悪い、そんな闇属性。佐々木です！』

『意味わからん。友達ができたんなら、大事にしとけ』

シンプルに返すと、アニメスタンプで『オッケーで〰〰す☆』と返事を返してくる。

雑談を友達と続け、そっちの方でもにこやかに笑いながら、時折視線をデバイスに送るだけでしっかり紅蓮とトークできるあたり、佐々木もかなり器用ではある。

とはいえ、ちょっと賢い女子高生なら気づくレベルだが。

「あ～っ、咲《さき》ちゃんさっきから誰と話してんの？　ちょくちょくデバイス揺れてるよ？」

「ふぇっ!?　な、ナズェ！　ヴァレタンディスカ……!?」

「カタコトになるくらい動揺してるんだね、うん。あっやし～な、さては彼氏とか!?」

「いえいえ違いますそんなおこがましいことありえません。ありえた場合もれなく佐々木《ささき》が断頭台の露と消えるので気をつけてください、凶暴な妹がいるんですよ!?」

「ごめん！　普通に意味わかんないよ咲ちゃん！」

予想通りサックリとバレ、ごまかすのに手間取っている。

残るフラヴィア、そして御嶽原《みたけばら》姉妹はといえば――？

（あいつら、意外とおとなしくしてるな）

獅子王《ししおう》学園では二日に一度はエロハプニングを巻き起こしていた『静火《しずか》』――双子の妹と入れ替わっているため、中身は姉の御嶽原水葉《みずは》は、選抜戦での負傷がまだ癒えておらず、長時間の歩行が難しいため『水葉』に介護されながら留学生活を送っていた。

「……あまり、かまわなくて、いい。しず……ううん。『おねーさま』」

「ッ！　はきゅうんっ……!!」

「？　どうしたの、『おねーさま』……？　いきなり、撃たれたみたいな……」

「い、いや、問題ない。その……『お姉様』と呼ばれると、この胸がときめくというか。胸から骨盤にかけてキュン☆と熱くなるというか……わ、私はいったい……!?」

（変態だからだと思うが）

一応本人はガチで悩んでいるのだろうが、客観的に見て結論は明らかであった。

とはいえ、そんな妄言が届かない距離ならば、事故で負傷した凛々《りり》しいポニーテールの妹を献身的に介護するゆるふわ系の姉、という組み合わせだ。

注目を集めてはいるものの、物静かな雰囲気から絡みづらい空気がある。

（あの二人は、あのままでいる方がいいか。せっかく仲直りできたみたいだしな）

少し離れた席で姉妹並んで座っている姿をチラリと見ると、特に異常がないのを確認し、ついさっき教室へ現れたばかりのフラヴィアへと視線を向ける。

「フラヴィアちゃん、おでこ、なんか赤くなってない？」

「ふふふ……すみません。転んでしまいまして。傷にはなっていないといいのですが」

「大丈夫大丈夫、うわぁ……スッゲェ、いい匂いがする……！」

近くの席の男子が彼女の言葉の残り香に、うっとりと惚《ほ》れてゆく。

ここ数日、紅蓮《ぐれん》の機嫌を取ろうと毎日アピールしてくるもののすべて無視されて、少し彼女はやつれたようだ。なんちゃってイタリア人の香川県民、ウザプリン――。

そんな冗談がまったく通じない、儚《はかな》げな姿は。

（当然、全部計算ずくか。まあ、当然だが）

フラヴィアの狙いはひとつ。どんな恥辱にまみれようと、自分を担ぎ出すことだ。

砕城《さいじょう》紅蓮というジョーカーを切り、Ｃクラスが誇る遊戯者《プレイヤー》、クリステラ・ペトクリファを打倒すること。過去にどんな因縁があるか知らないが、それは一貫している。

ひとまず達成困難な課題を出すことで時間を稼いだが、今回の中間発表でのルール改正によっては変更が必要になる可能性もある。そして、あの女はそれに賭けているだろう。

（だが、それはありえない）

唯々諾々と利用されるだけの存在であることは、もうとっくにやめた。

背を押すような可憐《かれん》の視線。妹と自分の自由を守るために、どこまでも追ってくる遊戯《ゲーム》のしがらみを切り離し、今度こそ自由を手に入れるために。

（……お前が俺を使うんじゃない。俺がお前を使う、フラヴィア・デル・テスタ）

そんな不穏な想《おも》いが過《よぎ》る中、古風な黒板に偽装されたARモニターが反応する。

『始業時間となりました。全校一斉HRを開始いたします。——各クラス代表および生徒は総員、迅速に着席してください』

響くアナウンス。机に触れた指先から伝わる微振動は、内蔵された機械の駆動音か。

「ハ～ニホ～ッ♪　やあやあ遊戯者《プレイヤー》諸君。今回の快進撃実にお見事だった。吾輩《わがはい》ペラペン先生としてもハナが高いよ！　まあハナはないのでクチバシだがネ。ハイ、拍手～っ！」

ペンギンがよくやる仕草で、短い翼を胴体に叩《たた》きつけるようにして音をたてる。

黒板に偽装されたARモニタが海のように波打ち、虹色の雫《しずく》をまとって飛び出してきたシルクハットに燕尾服《えんびふく》姿のペンギンが叫んだ時、紅蓮《ぐれん》は素早く己の感覚を確かめた。

（クオリアの仮想空間に転移したわけじゃない。……AR、特定個人への感覚偽装）

遊戯関係者と一般生徒が同じ空間を見聞きしながら、違う映像と音声を与えられている。緊張を走らせるユーリエルや可憐、静火《しずか》や水葉《みずは》はともかくとして……。

「ほわぁ!? ペンギン！ ……って食べられましたっけ？」

「ARは食べられませんわよ。絵に描いた餅そのままですわね」

微妙に緊張感のない桃花《ももか》と諫《いさ》める楓《かえで》は、見事に一般生に溶け込んでいる。

佐々木《ささき》に至っては遊戯関係者と認定されていないのか、恐らく表示されているであろう一般向け中間発表を、興味深げに眺めているようだった。

「先日の大乱戦！ そしてAクラス陥落を経て、現在の各国支持ポイントはこのよーな形で推移してるよ！ はいポンッ！」

Aクラス　脱落
Bクラス　CP　362400　拠点数：8
Cクラス　CP　133000　拠点数：5
Dクラス　CP　115300　拠点数：9
Eクラス　CP　145900　拠点数：7
Fクラス　CP　148000　拠点数：1

前回の集計から日数が経過しているのもあり、CPには若干の変化が見られた。Bクラスが相変わらず安定した日間獲得CPを維持している反面、Dクラスは設備投資で消費したわけでもないのに上昇幅を大きく落としていた。

ロシア代表の要、ミラの無様な敗北。Aクラス侵攻のチャンスをみすみす逃したあげくその手柄をEクラスに掻《か》っ攫《さら》われた事実が、致命的な支持離れに繋《つな》がっている。

「第一段階にヨリ、君たち王位継承候補は全国民にその政治スタンスを示したワケだ。特に他者を蹴落とし、陥れてでも経済的な発展を求めたA。粘り強く国土を守り逆転の原動力となったC、裏切りにより漁夫の利を得ようとしながらも詰めで逃したD。そして王政撤廃というトンデモない目標をブチ上げたFに、途中参戦ながらAを最終的に打倒したE。積極的な動きを見せないB……それもマタ選択ということだネ」

そして、その選択を評価するのは顔の見えない『民』。

「Aクラスの総督府が陥《お》ち、カールス王子が脱落したことによりその支持者たちは投票先の変更を強いられることになったワケだ。Aクラスという巨人の屍《しかばね》、そこからより多くの肉を啄《ついば》む者が勝利を得る……フフン、何ともおぞましい話だネ？」

「……なるほど。領土を奪ったところで、そこに暮らす国民がどこに投票するかは自由。Aクラスの国民がEに投票しなければならない……というわけではありませんのね。むしろ主《あるじ》の仇《あだ》として、他に投票する可能性すらある」

「そういうことサ☆　説明ありがトウ。キミ、アシスタントやってみないカイ？　私ひとりだと説明にエンタメ性が欠けてルんだ。今ならペラペン印のペンギンアバターをおまけにつけルよ。ほいっとナ☆」

「きゃああっ!? ちょ、ちょっと！ 何をいたしますの、この鳥類っ！」

ぽん☆ と緊張感のない音をたてて、ペラペン先生のステッキが振られる。

次の瞬間、席についたまま説明文を自分なりに理解しようとしていた楓《かえで》の服が変化した。

まるで魔法のような光景だが、当然すべて本物ではない、拡張現実の虚構である。

現実の制服を覆い隠すように張り付けられた幻の服。

食い込みの激しいレオタード中心のバニーガール風スーツだが、モチーフは兎《うさぎ》ではなくペンギンらしい。胸や腰を強調するデザインに反抗するように恥じらう姿は欲望をそそる。

が、多くの一般生徒の眼《め》にはその艶姿《あですがた》は映っておらず。

「つまらないちょっかい出してないで早く説明しろ。エンタメとか、いらん」

「オゥ……塩対応だネ。キミ、あまり好感度高くナイ。負けヒロインかね？」

「違います、断じて違いますわ!! というか、説明！ 早くわたくしを解放しなさい！」

ガルルルル、と牙を剥《む》いて怒る楓に煽《あお》られたのか、ペラペンはヤレヤレと肩をすくめて。

「デハ、チャッチャと説明しよう。《獣王遊戯祭《ベスティア》》第二段階……。まずはキミたちには、この浮動票を奪い合うための遊戯《ゲーム》を行ってもらう！」

名付けて！ と大げさに溜《た》めてから、やかましい鳥類はその名称を宣言した。

――【ディベート・ゲーム】。

「民主主義の祖たる古代ギリシャにおいて、公の場での議論は指導者を選ぶ極めて重要な物だった。改めて指導者のスタンスを開示し、この国のさまざまな問題を解決する手段について語り合う――討論ゲームさ！」

「党首討論のようなもの、ですか。では私や各総督府の王子王女のみが参加すると？」

そう手を上げるユーリエルに、

「チッチッチ☆　いささか気が早いネ。代表者は王族に限らない。つまり弁が立つ人間を代理に立て指導者の思想を説明したり、論陣を張ってもらうこともアリ……ってこと！」

「なるほど。しかし遊戯《ゲーム》、なのですよね？　普通の党首討論と何が違うのか……」

「詳しいルールは当日になったらネ。今日中に参加遊戯者《プレイヤー》名を申請してくれたまエ。実際の遊戯開始日は……明日！」

「明日……!?」

思わずユーリが悲鳴に近い声を出すほど、それはあまりに早く、そして突然すぎた。

「申請は各自デバイスの専用フォームから行ってくれたまエ。ではまた、ルール開示の席で会おう。チャ～～オッ☆」

クルクルとステッキを回し、英国紳士のように一礼するペンギンのアバター。

それがポリゴンの欠片《かけら》も残さず消えると同時に、変更された楓《かえで》の衣装も元に戻ったようだ。まだ続いているらしい一般生向けのガイダンスが別ウィンドウで開き、当たり障りのない成績や授業カリキュラムが流れてくるのを視《み》ながら、砕城紅蓮《さいじょうぐれん》は呟《つぶや》いた。

「見事なまでに中身のない説明だったな。討論が第二段階で重要な遊戯種目だってことと、弁が立つ代表者を選べ、ってことしかわからない」

早々に打ち切られた説明。明らかに情報が足りなすぎる。

そして参加者の選択、準備時間の短さは普通のディベート、討論会ではありえない。

参加者には事前にテーマが知らされ、それに応じて資料やデータを集め、建設的な議論ができるよう調整するものだ。それをしない、ということは……？

「何か仕掛けがあるのは間違いないでしょう。弁が立つ者、ということでしたらこの私が、お兄様やユーリエルさんに成り代わり、お兄様勝利の正当性を立証してみせますが」

「……あの、我が国の政治が絡むことですから、それならせめて私に……！」

「落ち着け、可憐《かれん》。ユーリも身を乗り出さなくてもいい。すでに出すヤツは決まってる」

「「えっ!?」」

両隣から身を乗り出し、奪い合うように腕を掴《つか》んでくる妹と王女。

だがそんなアピールなど意に介さず、紅蓮は少し離れた席に座り、こちらに静かな視線を送ってくる人物——獅子《しし》王《おう》学園の制服に合わせたヴェールを楚々《そそ》として被《かぶ》った女に。

『——出番だ。贖罪《しょくざい》の好機だぞ、フラヴィア』

メッセージアプリを操作して、そう告げた。

＊

「今回はユーリエルさんに同意します。お兄様、どういうことなのですか？」

「……納得いきません!!」

「休み時間早々それか。殺気立つなよ、二人とも」

HRと、一般生徒向けのガイダンスが終わってすぐ。授業の合間の休憩時間に左右の席から立ち上がり、ユーリエルと可憐《かれん》が噛《か》みついてくる。そんな二人の怒りを受け流しながら、砕城紅蓮《さいじょうぐれん》は静かに言った。

「弁が立つヤツを選べ、とペラペンは言った。可憐は滑舌も確かだし声も綺麗《きれい》だが、最終的な結論がだいたい俺礼賛だろ。国民がそれで説得されたら嫌すぎる」

「そ、それは……。くっ、お兄様への愛が、このようなところで枷《かせ》になるとは……！」

「そして、ユーリエル。仮にも王女として公的な場に慣れ、観衆の前に立てるだけの度胸も申し分ない。間違いなく、普通に考えれば最有力候補だろうな」

「評価して頂けて嬉《うれ》しく思います。が……それでも私は選ばれなかったのですね？」

そうだ、と紅蓮は答える。机の両端に手をつくように身を乗り出すユーリエル。

反対側の可憐ともども挟みこむように迫る二人。他のメンバーは今のところ、こちらの様子を窺《うかが》いつつも、結論が出るのを待つためか、声をかけてこようとしない。

「今のお前には任せられない。──その理由がある」

「理由……。それは、何でしょうか。カールスを倒した今の私は、万全の状態ですよ？」

「それだよ。王位を掴《つか》む覚悟をし、自分と弟を救うために戦うと決めた。だが、誰と戦うつもりだったんだ？」

「え？　そ、それは……当然」

カールス・アルセフィア。母親を陥れ、自分たちを窮地に追いやった怨敵。

が、あの男は完全に脱落し、学園に姿すら見せていない。つまり。

「お前の復讐《ふくしゅう》はそこで終わった。具体的にお前は他の連中を憎めるか？　本気で蹴落とし、脱落させることに躊躇《ちゅうちょ》せず、地獄へ落とせる覚悟があるか？　よく考えてみろ」

「……ッ！」

思いもよらなかった点を突かれ、ユーリエルは息を飲む。

「い、いいえ……！　まだ終わっていません。カールスの他にも、第一王女リングネス、第二王子ツボルグも。弱者を虐げる王家の在り方に心酔している敵。壊すべき王国の象徴。倒すことにためらいなどありません……！」

それでも豊かな胸に手を当てながら、弁明するかのように言うが。

「なら、他の連中はどうなんだ？　昔から一切絡みがなかったらしいあの土下座王女――エーギルや、何度かよくしてもらったらしいイタリア系のヌグネ。援軍の要請を受けて、共闘してくれた相手を無慈悲にお前は潰せるのか。……よく考えてみろ」

「そ、それは……！」

できない、とは言えない。だが、心理的な抵抗がわずかに存在するのは確かだった。

「ディベートに重要なのは、相手の欠点や矛盾を躊躇《ちゅうちょ》なく突き、自分のそれは隠すこと。面の皮の分厚さと言ってもいい。ユーリエル、お前にできないとは言わんが、一瞬の隙が生まれる時点で適任とは言えない」

紅蓮《ぐれん》が思い浮かべるのはカールスとの決戦、最後の時——。

「カールスを破った時のお前の言葉を思い出してみろ。激情に駆られた罵声、あれはあの時は最適解だ。しかし、ディベートとなれば弱点以外の何物でもない。敵の代表がお前やその家族を侮辱し、失言を誘った時……対抗できる可能性は、低いはずだ」

「ゼロ……とは、言わないのですね？」

理路整然と説明され、それを認めたのだろう。

詰め寄っていたユーリエルが勢いを失《な》くすと、紅蓮は「まあな」と短く言った。

「不可能とは言わない。俺の予想を超えてお前が勝つ可能性だってある。だが、それは賭けになる。代表であるユーリエルが確率の低いそれを選ぶと言うなら、話はここで終わりだ。すべてお前に委ね、俺はさっさとホテルに帰るとするさ」

投げやりとも言える発言。しかし、それを聞いた可憐《かれん》は何かに気づいたようだった。

「お待ちください、お兄様。でしたら……お兄様が推すフラヴィアさんなら、運ではなく確実な勝利が見込める、と。そういうことなのでしょうか？」

「いくらか根拠はある。面の皮の分厚さに関して言うなら、あいつが間違いなく最強だ。あれだけやらかし、接近禁止命令まで食らっておきながら平気で居座れる奴《やつ》だからな」

「……それは、そうかもしれませんが」

「加えて説得力と交渉力、コミュ力に関しちゃあいつは玄人だ。異能を抜きに考えても、抜擢《ばってき》する理由にはなるだろう。地位回復のための課題を達成するいい機会でもある」

「チャンスを、お与えくださる……そう考えてよろしいのでしょうか？」

人目がなければ五体投地でもしそうな悲痛さで、声をかけてくる。

ひっそりと何も知らない一般生徒の列から抜け出したフラヴィアが、紅蓮の背中にしがみつく。胸を押し当て、すがるようなその姿に、教室がどよめく。

「ふ、フラヴィア様!?　何であいつにあんなイチャイチャ!?　ありえね～……!!」

「もしかして知り合いなのかな？　誰か聞いてこいよ、おい！」

「ぢ、ぐ、じょ、おおおおおおおおお……っ!!　嫉妬なんてレベルじゃねーぞ!!」

ここ数日の間にすっかり懐柔されていた信者がどよめく。男子生徒の苛烈な視線を浴びながら、紅蓮は背中にすがるフラヴィアに視線すら向けず、むっとする可憐を手で抑え。

「そう考えている。Ｃクラスは崖っぷちだ、あそこで目立った腕前の遊戯者《プレイヤー》はただひとり、クリステラ・ペトクリファのみ。口数少なく弁が立つってイメージはないが、宗教組織の人間として説教や議論には慣れてるだろう。当然、あいつを出してくるはずだ」

「……そうでしょうか？　ヌグネ自身が出てくる可能性もありますが」

アルセフィア王国の宗教派閥トップであるヌグネ王女もまた、口から先に生まれてきた類だ。舌はペラペラと回り、どちらかといえば口下手なユーリエルなど比較にならない。

「王女が出張ってくる可能性もあるが、考える必要は皆無だ」

その場合は、フラヴィアの異能が突き刺さる。

《絶対不運》──過去何度か目にして、だいたい特性は掴《つか》めた。お前に対して敵意を抱く相手に理不尽なまでの不幸をもたらす。その威力は絶大、最悪の場合敵に回った相手の心臓すら止めかねない。そうだな？」

「ええ。事実、何度か相対した相手が発作を起こしたこともありますので」

かつて聖上院姫狐《せいじょういんひめこ》が発作を起こし、ユーリエルとの対決をフラヴィアが避けた理由。

それは敵意を向けた相手が強く、勝利の可能性が不慮の死や急病以外存在しない場合。

絶命に至る確率が０％でなければ、ほんのわずかでもあれば、実現することだった。

「助かるじゃないか、代表が出てきてくれるなら。そいつが強者で、かつ不運を打ち消すだけの幸運がないとあれば。──急病、あるいは死亡で脱落だ」

「…………ッ!!」

王位継承候補たる王子王女が倒れれば、遊戯《ゲーム》どころではない。

それは即《すなわ》ちその勢力の滅亡を意味する。フラヴィア・デル・テスタという存在は、ただ遊戯盤に出すだけで効果を発揮し敵を蝕《むしば》む、猛毒となり得るのだ。

「紅蓮《ぐれん》。さすがに、それは……。暗殺と、ほぼ変わらないのでは」

「そうだな。そこでその言葉が、相手の命を気遣う意思が出てくる時点でお前には無理だ。今回は引け、ユーリ。俺がこのウザプリンを推す理由が理解できただろう？」

「あっ……！」

突き放すような言葉に、ユーリエルは反論できずに言葉を飲み込んだ。

（紅蓮……。ここまで残酷な人、だったでしょうか？）

ユーリエル自身に甘い点が、優しさがまだ残っているのは確かだ。

カールスを倒し、勝利の味を覚えた事も。そんな彼女の情動を読み切って、より勝利に近づくためにフラヴィアを選択するまでは理解できる、しかし……！

「ふっ……。ふふふふふ、あははは……くくく、ふふっ♪」

押し殺したヒソヒソ笑い。まるで蛇が絡みつくように紅蓮の肩や胸で指がうねる。

頬を赤らめ、興奮したそれを隠し切れないままに溢《あふ》れさせながら、フラヴィアはその場の仲間達だけに届くように、熱く濡《ぬ》れた声で笑っていた。

「抜擢《ばってき》、ありがたくお受けいたします、紅蓮様……♪　流石《さすが》は我が神。私の異能すら駒とし、兵器として運用するに躊躇《ためら》いなしとは。惚《ほ》れるどころか……それを通り越して、崇拝のあまり興奮してしまいそう……」

「そのくらいになさい、宗教的痴女。ですがお兄様、ヌグネのような王女が出てくるとは限らないでしょう。天使の皮を被《かぶ》った疫病神が、ヴァチカンが認めた『聖女』に勝てるのでしょうか？」

兄に絡む手をパシッと叩《たた》きつつ、可憐《かれん》が疑問を口にし、さらに重ねる。

「それだけではありません。Cと同じく、一人の遊戯者《プレイヤー》に頼るDクラスはあの女狐《めぎつね》……。

ミラ・イリイニシュナ・プーシキナが出てくるでしょう。複数の肉体と頭脳を共有する彼女に、不運がどう作用するのかわかりませんし。そもそもBクラスが例の凍城《とうじょう》の娘……異能を封じる《魔凍の瞳》を持つ凍城未恋《みれん》を出してきたなら、肝心の《絶対不運》も封じられますし」

「どうかね。……そもそも、あいつらだけ別の遊戯をやってるからなぁ」

「別の……？」

「いや、何でもない。とにかく事情の説明は省くがBは警戒する意味も価値もないんだ」

「ではお兄様、Eクラスはいかがですか？　あの白王子透夜《しろおうじとうや》が出てくるのでは……！」

「まあ。前会長が、ですか？　それなら……ふふふ、ある意味、望むところですとも」

警戒心を強めたユーリエルの指摘に、にたりと笑むのはフラヴィアだ。

「獅子王《ししおう》学園において、決して私はあの方と遊戯《ゲーム》をしませんでした。あれほどの強者と卓を囲み、敵意を煽《あお》ればどのような現象が起きるのか、予測できませんでしたから」

「心臓発作で死ぬタマとは思えないしな。地震か竜巻でも起きるんじゃないか？」

「さあ。ふふふ……ですが、ありえないとも言い切れません。そして、その事実をあの方は確実に予想してくるでしょう。何が起きるのか、わからない……」

それは、即《すなわ》ち。

「あの方の、白王子透夜の大好物です。未知なるもの、己《おの》が退屈を紛らわせるトラブルは心底望むところでしょう。獅子の心臓が止まるのが先か、獅子が私の不運を一蹴するか。

やってみなければわかりませんが――」

獅子王学園前生徒会。透夜に見出《みいだ》され、かつて同じ円卓にいた者としての説得力に、その場が沈黙に沈む。それほどまでに、透夜の実力は卓越していた。

「でしたらいっそ、お兄様が出場なされてはいかがでしょう？　お兄様は万能にして無敵、その美しいお声は天の調べとなって愚民を魅了するに違いありません！」

「どこの教祖様だ。ありえない、というか表舞台に顔を出すのは趣味じゃない。それに、あいつと直接対決するには今回の舞台は邪魔が多いからな、止《や》めておきたい」

検討は続き、そして。

「ここまで検討した結果、白王子透夜は別格として……。ほぼすべてのパターンにおいてフラヴィアさんが刺さる、というお兄様の選択に異論はありません。ただ……」

可憐《かれん》は唯一残った疑問、それだけを口にする。

「問題はやはりＣクラスの遊戯者《プレイヤー》、クリステラ・ペトクリファでしょう。神に愛され、幸運を授かっているあの女に、偽の聖女が勝てると思いますか？」

真の聖女、奇跡の子と言われる幸運の持ち主。フラヴィアの、天敵。

「それは……」

「勝てない、そうでしょう？　だから貴女《あなた》は陰謀を巡らしＡクラスを誘導、さらにお兄様に取り入って彼女を倒させようとした。50％の確率でＣに敗北が確定するフラヴィアを遊戯者として選ぶのは、それこそリスクが高いのではないでしょうか」

だから、と可憐《かれん》は言葉を繋《つな》ぎ。

「やはりこの私がお兄様のためにひと肌も二肌も脱ぐべきで……！」

「可憐」

短い言葉に、ゾクッと空気が震えた。

全員のうなじが粟立《あわだ》つ。ごく短い言葉、だが熾火《おきび》のように光る紅蓮《ぐれん》の紅《あか》い眼《め》は、怒りも苛立《いらだ》ちも何もない、ただ平板な……感情なき絶対の決断、揺るがぬ意思に満ちていた。

「お前は代表には選べない。今回はフラヴィアの禊《みそぎ》だ。だから、信じろ。ユーリもだ。いいな？」

「……は、はい！　お兄様……！」

「わかりました。……紅蓮を、信じます」

「聞き分けてくれて助かる。とはいえ、可憐の指摘が的を射ているのも確かだ」

素直に聞き分けた妹と雇い主を満足げに見てから、紅蓮は背中にすがる教祖を掴《つか》む。

伸ばした手が首筋に触れると、フラヴィアの全身から力が抜けた。

飼い主に捕まった猫のようにグニャリと床に座り込む偽聖女。ヴェールが外れて麗しい金髪がこぼれる。短いスカートから下着が覗《のぞ》くのに視線すら向けず、紅蓮は告げた。

「教えてやるよ、偽聖女。お前が本物の聖女に勝つ方法を。ただし――代償が必要だ」

「かまいません」

ノータイム。一瞬も迷うことなく、偽りの聖女は執念を燃やす。

「貴方様《あなた》が仰《おっしゃ》ってくださったように。絶体絶命の窮地からユーリエル王女を操り、勝利を掴《つか》んだように。この私にも、勝利を与えてくださるのなら……！」

聖なる乙女を、ドブのような敗北の沼で穢《けが》せるのなら。

「私は、どれほど穢れ堕《お》ちようとかまいません。あの女に鉄槌《てっつい》と裁きを。磔刑《たっけい》の炎でジリジリと炙《あぶ》り、聖女にふさわしい死を……!!」

粘つくような執念と悪意。長い年月の間に醸成され、熟成されきった怨念。

それを真正面から受け止めながら、一切の共感を示すことなく――。

「いいだろう。なら――して、もらおうか」

「「は……っ!?」」

周囲の耳目を避けるように、フラヴィアの耳を食《は》むようにして紅蓮《ぐれん》が囁《ささや》き。

その内容に聞き耳を立てていたユーリエル、可憐《かれん》までもが驚愕《きょうがく》に思わず声を漏らす。

紅の眼《め》をもつ悪魔。絶対勝利のチケットと称された男の謀略――勝利へのプログラムは無言無音のまま、当事者の誰も気づかぬうちに動きはじめていた。

●傾き始めた天秤《てんびん》

夕刻、スキヤキホテル内レストラン。

日本から来た留学生達は朝食と夕食をホテルで摂《と》るよう推奨されている。食べ盛りの少年少女が飽食の宴《うたげ》を楽しんでいる頃。壁一枚と警備システムを隔てた隣、ＶＩＰルームで、獅子王《ししおう》学園の遊戯者《プレイヤー》たちもまた、人知れず美食に舌鼓を打っていた。

ただ席を繋《つな》げて作った大きめの食卓に席と食器を並べ、数人の仲間が配膳していく。

「は〜〜〜いっ！　桃貝桃花《ももがいももか》、みなさんのためにおいしい料理を作ってきました！　どうぞ。肉、１キロずつです！」

えげつないほど分厚い極上和牛のステーキが熱々の鉄板で脂を散らす。

肉の上で熔《と》けたレモンバターの風味が爽やかで食欲をそそる逸品、確かに美味《うま》そうだが。

「一人１キロとか乙女には絶対不可能な肉量ですわよ。殺すつもりですか！」

「えー、おいしいですよ？　大丈夫です、楓《かえで》さん。お残しした場合、都会人の軟弱な消化器官にフッと笑みをこぼしつつ、この桃花が残らず食べておきますので」

「……遊戯者よりフードファイターが向いてますわよ。何キロ食べるつもりですか。それと田舎者マウントはいいかげんお止《や》めなさい、恥ずかしいですから」

獅子王学園の制服姿に、学校給食じみた割烹着《かっぽうぎ》。意外なほど料理の手際のよさを見せた桃花と、不向きなのをわきまえてサポートに徹した楓による、極上和牛の飽和攻撃！

「は～……。思った以上にマトモですね。佐々木《ささき》としてはみなさん料理とかできなそうなので、愛用のつくだ煮とレンチンご飯をスタンバッていたんですが、いらなそうです！」

「せめてこれくらいはしなければな。明日は遊戯《ゲーム》を控え、主力メンバーの士気を上げねば話にならん。ご飯は私が炊いておいたので、レトルトは引っ込めてもらおうか」

そう言ったのは、高々とポニーテールを結い上げた御嶽原静火《みたけばらしずか》だ。

身内だけの席ということで、双子の入れ替わりを止《や》めて元の自分に戻り、炊飯器を開き、ふわりと湯気を場に流す。アツアツに立ったご飯粒に具をふりかければ——……。

「とり……めし……！」

「こんなこともあろうかと地元企業製、鳥めしの素。用意しておきました！　故郷の味をお姉様に味わってもらうため、検疫その他を乗り越えて……！」

「やる。……しずか、えらい。おいで。……なでなで、してあげる」

「はいっ♪　わんわんっ♪」

茶色く香ばしい醤油《しょうゆ》の香り漂う鳥めし。地元名産という名のレトルトだが、具を混ぜて蒸らしたご飯の香りは、日本人ならゴクリと唾を飲むような魅力がある。

姉、水葉《みずは》も車椅子から身を乗り出し、妹のポニテをしっぽのように撫《な》でて喜んでいた。

「佐々木さん、レンチンご飯とつくだ煮以外何かありませんの？」

「もちろんまだありますよ。佐々木が唯一作れる、お味噌汁《みそしる》を用意しました。ネギはお好みで入れてください、佐々木の家だとそうしてましたので」

一度キッチンに引っ込むと、薬味の小皿とお椀《わん》が運ばれてくる。白味噌《しろみそ》に豆腐と油揚げ、ごくごく普通の味噌汁だが、出汁《だし》はそれなりに濃くぷんと香った。

「昨晩のうちに煮干しと昆布を入れまして。あとは冷蔵庫で放っておけばカンタンお手軽にお出汁がとれるんですよー。これ意外と楽でおいしいんで、佐々木家の定番なんです」

「……佐々木さん。そのトーク、紅蓮《ぐれん》さまに披露してはなりませんわよ。その日常力は、危険。危険すぎますわ、あまりにも……！」

恐ろしい子、と言いたげな表情で楓《かえで》が言う。佐々木が見せるこうした素の顔は、紅蓮が最も好むものだ。これまでにも幾度となく話題をさらい、好感度を上げてきた……が。

「そのようないつものざまぁ展開、この至高の妹たる私が許すと思いますか？　お兄様の日常心をくすぐる究極メニュー。それは……これです!!」

「……ト、トンカツ？　桃花《ももか》さんのステーキがあるのに、さらになぜ肉を!?」

「ふふふ、ご存じありませんか？　勝負事の前には敵に『勝つ』という意味でトンカツを食する、というのが昭和から平成期にかけての定番。とあるアニメで確認しました」

驚く佐々木を前に、可憐《かれん》は誇らしげに千切りキャベツを添えた揚げたてカツを掲げる。

狐色《きつねいろ》にカラリと揚がった衣、赤身は残さずふっくらと焼けた肉、添えられた和カラシ。ほぼ完璧な定食のトンカツだが、特盛ステーキと並ぶと胃もたれしそうな圧がある。

「——……作りすぎ……——」

「ここにいるメンバーだけだときついね……。可憐さん、紅蓮たちはまだ部屋かな？」

聖上院姫狐《せいじょういんひめこ》が冷静に指摘し、白王子朝人《しろおうじあさと》が苦笑しながら訊《き》いた。

「ええ。ユーリエルさんとフラヴィアさんを呼び、お部屋でミーティングだそうです。私は食事の支度をお兄様直々に頼まれたので、こちらで作業をしていましたが……」

「え？　……可憐《かれん》さんだけ、ですか？」

不思議そうに小首を傾《かし》げる佐々木《ささき》に、可憐はむっとした視線を向けた。

「何ですかその顔は。私が戦力外通告を受けたとでも思っているのですか？」

「い、いえ！　佐々木そんなこと言ってないですよ!?」

「いーえ、そういう目をしています！　ですが断じて違います！　お兄様は、私に遊戯《ゲーム》において大切な体調管理を任せてくれたのです。わかりましたかこの外飼い泥棒猫！」

「ふみゃ〰〰っ!?」

怒った可憐に詰め寄られ、小さくなって隅っこへ追いやられる佐々木。

ちょうどその悲鳴が途切れるタイミングで、ＶＩＰルームの扉がゆっくりと開いた。

「揃《そろ》ってるな。……さて、ちゃっちゃと済ませるか」

「まあ、お兄様♪　どうぞ、こちらのお席へ。可憐のおすすめです☆」

「そうやってさりげなく自分の隣に誘導するあたりあざといですわね……。ですが、今日は譲っておきますわ。食事は皆で作りましたので、冷めないうちに頂きましょう」

「肉！　肉ですよ、肉は活力、パワーです！　野菜も大事ですがガッツリお肉を食べて、明日はホームランですよ！　さあ、ド〰ンと食べちゃってください！」

ニコニコと微笑《ほほえ》みながら紅蓮《ぐれん》を囲む少女たち。

その姿はまるで飼い主に群がる猫のようで、微笑ましい空気をまとっている。しかし、彼と共に現れた二人がまとうそれは、そんな温かさを一瞬で冷やしてゆく。

「ああ。……すまないな、可憐。席は適当でいい、悪いが急ぐ」

「え？　お兄様、それでは……」

「食べながら今後の打ち合わせをする。とはいえすぐに始めるのも無粋だろう。挨拶はいい、まずは補給を進めておけ」

「……はい」

紅蓮の後ろに続くユーリエルの表情は、ひどく硬い。

まるで肉親を亡くした葬儀の場のような重苦しい空気をまとい、紅蓮の傍《そば》の席を他の少女達と競うでもなく、離れた位置の椅子を引く。

わちゃわちゃとした献立に驚きの声をあげもせず、分厚い５００グラムのステーキ肉の２枚重ねを切り分け、機械的な動きで口に運んでいた。

「……様子が、おかしい。紅蓮さま、あの子に、何かされたわけじゃ……ない、よね？」

「ない。明日の遊戯に関する展望を話しただけだ。あいつはこの遊戯にすべてを賭けて、この場にいる。レジャー気分ではいられない、ってだけだろうさ」

不審げな様子の水葉《みずは》に答える紅蓮。すると、相槌《あいづち》は思わぬ方から飛んできた。

「それは、そうですよねえ。今だから言えますけど、遊戯にメチャな大金とか自分の命を賭けるなんて、佐々木《ささき》的には死ぬほど怖いです。二度とやりたくないってくらい」

「だろうな。が、やらなきゃどうしようもない時もある。ユーリにとって、今がそれだ」

「……そう。ふぅん……？」

どこか腑《ふ》に落ちない様子の水葉《みずは》。

その傍《そば》では他のメンバーも、困惑を隠せないようだった。

「確かに、おかしいですわね……。日常を重んじる紅蓮《ぐれん》様が、このとっ散らかった献立にツッコミひとつお入れにならないなんて。いつもなら絶対にありえませんわよ」

「そうか？　それほどおかしいこともないだろう」

楓《かえで》の疑問に、あくまで静かに紅蓮は答えた。

「タンパク質、ビタミン、食物繊維、炭水化物。基本的な栄養素は十分とれる食事内容だ。ひとまずのエネルギー補給には十分だし、感謝している。ありがとう」

「もったいないお言葉です、お兄様。お味はいかがですか？」

「もちろん、うまい。が、少し量が多いな、控えめにつまませてもらおうか」

紅蓮の食事量は多くない。健康な育ち盛りの少年としてはむしろ小食なほどだ。

だが今日は、いつもに輪をかけて少ない。ごく小盛りのご飯をわずかなステーキの切れ端とカツの一欠片《ひとかけら》とともに口に運び、サラダをつまむ仕草は優雅でさえあるのに。

「食が進まないようだな。……フラヴィアも来ていないようだが、どうかしたのか？」

「あいつは別口で少し用がある。一緒に食事はできない」

「そうか。……それでは仕方ないな、これは私が始末をつけよう」

静火《しずか》が手にした器からは、かぐわしい出汁《だし》の香りが漂っている。透き通るような金色のつゆに沈む白い麺はピシッと角が立っており、いかにもコシの強さを感じさせた。

「うどん？　どうしたんだ、これ」

「先日のAクラスとの戦いの前、朝食の時リクエストされたが叶《かな》わなかったからな。遊戯《ゲーム》を前にして緊張があるかと思い、用意してみた。……味は、保証しないが」

「手作りか？　料理は経験不足だと聞いてたが、意外と器用なヤツだ」

静火が差し出したお椀《わん》から、紅蓮は取り皿に少量のうどんとつゆをとり、口にする。

ふむ、と短く言いながら味わうと、彼はそのまま落ち着いた声音で続けた。

「うまい。麺の強さにつゆの濃さが負けてないな。手作りでこれなら立派なもんだが――フラヴィアは部屋から出られない。悪いがドローンにでも預けて届けてやってくれ」

「あ、ああ。……解《わか》った」

遊戯に挑むフラヴィアを気遣い、静火が用意した讃岐《さぬき》うどん。

それをAI制御のウェイター・ドローンにお盆ごと渡す静火、その耳に紅蓮が囁《ささや》く。

「それと。別件の方は、終わったか？」

「！　……も、問題……にゃひっ!!　ち、近ひぃっ！　ひゃふぅっ!?」

「何気味悪い声を上げてるんだ、お前は？　ま、仕事が済んだのなら都合がいい」

耳元に吐息を感じ、真っ赤になってゾクゾク震える静火。そんな彼女を見下ろす紅蓮の冷徹な視線に、いつもなら嫉妬で絡む少女達すら動けずにいる。

（……何かが、違う）

ボタンを掛け違ったままのような違和感を、その場のほぼ全員が共有していた。

遊戯者《プレイヤー》達は目配せを交わし、事情を探る。しかし肝心の紅蓮《ぐれん》やユーリエルはと言えば、ほぼ無表情のままマイペースに食事を続け、いつもより控えめな量を平らげて。

「さて、それじゃ本題に入るとするか。朝人《あさと》、聖上院《せいじょういん》。偵察の件について、報告を頼む」

「了解。といっても、だいたい紅蓮の予想通りだったけどね？」

紅しょうがをのせた鳥めしを行儀よく味わっていた手を止めて、朝人が言う。

彼と姫狐《ひめこ》が中間発表を欠席した理由。それは紅蓮の指示を受け、とある敵陣——。

「Bクラスの本拠地。大陸マネーの源泉、中国特別開発地区、第二区画。そこをざっと巡ってきたよ。観光客を装って、中華街デートっぽくね？」

「やり方の詳細まで指示するつもりはなかったし、別にいいが。……楽しそうだな」

「——……仕事は、仕事。そのあたりは、きちんと、分けている……——」

ハンカチで口元を拭いながら、聖上院姫狐は金属製のアイマスク越しに周囲を見回した。

「——……第二区画の経済状況の良さは、ハッタリではない。住民は中華系の移民……。欧州との貿易窓口として、アルセフィアを利用している……——」

かつて世界の工場として莫大《ばくだい》な製品を送り出してきた中国大陸の権勢も今は昔。

三次大戦とそれに前後するさまざまな事件・災害により一時はほぼ国外への輸出輸入が

停止し、貧困と混乱に喘《あえ》いだものの……情勢が安定してそれなりに時が経《た》った今、大陸の経済は再び隆盛を迎え、大陸マネーと呼ばれる莫大な資金を生みつつあった。

「――……その原動力のひとつが、欧州との取引。安い労働力により生産された製品を、欧州に輸出する窓口として、この国が利用されている……――」

「アルセフィアとしては悪くない話さ。大陸から送られる荷を欧州へ流すだけで、莫大な利益が転がり込んでくる。けど中国側としては当然、面白くない」

未《いま》だ姿を見せぬ第一王女、リングネス。彼女に支援する中国の狙いは。

「恐らく、関税の撤廃。それによる欧州との取引強化だろうね。とはいえ第二区画の住民は、まったくと言っていいほど選挙に関心はないみたいだけど」

「そんな。自分達の生活に直接関わることなのでは？」

不審げに尋ねる可憐《かれん》に、朝人はやれやれと肩をすくめた。

「そうだね。そのはずだ。ただし、第二区画を回って聞き込んだ結果。お年寄りから高級料理店のウェイター、外資系サラリーマンにフリーター。幅広い年齢や立場の人間、ほぼ全員が、国王選挙の情報どころか、開催の事実すら知らなかった」

「選挙のことを、知らない……それはいくらなんでも無理筋では？」

「疑いたくなる気持ちもわかるよ、可憐さん。見てきた僕だって未だに信じられないんだから。ただただ無関心。誰が王になろうと関係ない、そんな捨て鉢な空気があった。投票場所や時期すらわからない……おかしくないかな、これ？」

国民投票の結果がCPに反映されるのだから、住民がその存在を知らないなどあり得ない。ではBクラスが毎度獲得しているCPは、どこから来た票だというのか？

「ありえない、おかしい。だからこそ、そこには理由があるはずだ」

紅蓮《ぐれん》が抱いた疑惑、そのきっかけはBクラスが序盤戦で得ていたCPの額にある。

「＋９８３００ＣＰ。毎日、Bクラスは一切変動なくこれだけの額を手に入れていた。Bクラスによる領土拡張が成功した時なんかは、占領地からある程度の浮動票が入って額が上がるが、決してそれ以下を割り込むことはない」

「ですが、お兄様。Bクラスは派手な成功もしていませんが、逆に目立った失敗もなし。最初に抱え込んだ票が動いていない、と考えればさほど不自然ではないのでは？」

「逆だ、可憐《かれん》。──動くべき時に動いていない。利に敏《さと》い大陸の商売人だぞ？　Aクラス包囲網が完成し、Dクラスが敗退して総督府がガラ空きになった時、まだ余力を残していたBがAの総督府を落としカールスを倒していた、としたら」

カールスを追い払って存在感を示したユーリエル、土壇場で失敗したミラを遥《はる》かに超えて、Bクラスこそが王位継承に王手をかけていただろう。

「手堅く、冒険せずに利益を確定させた、とも言える。堅実な打ち筋だ。だが、《獣王遊戯祭《ベスティア》》で意識すべきは『人間』だ。感情によって動き、コロコロと投票先を変えていく。消極的な手筋は嫌われ、掴《つか》めたはずのチャンスを逃がした臆病者として多少のCP離れが起きていてもおかしくないのに、その気配がまったくないんだよ」

「……だから、か？」

紅蓮の疑念に答えたのは、意外な人物。

「授業中、私に、国民に開示された投票方法について調査させたのは。白王子《しろおうじ》朝人《あさと》や聖上《せいじょう》院《いん》姫狐《ひめこ》を堂々と欠席させ、第二区画を大っぴらに探ることで囮《おとり》とし、私の電子的な調査を隠蔽する。……そういう策、だったわけだ」

「静火《しずか》さん!?　貴女《あなた》、お兄様にそんなご命令を……!?」

「受けていた。しかしこれは隠すように言われていたからな、あくまで姉の介護を装い、車椅子に仕込んだ端末を操作、王立学園から可能な限りの情報を集めた」

「おいおい、何勝手に種明かししてんだ。……まあ、どうせここで話すつもりだったからべつに構わんが。――さて」

パン、と軽く手を叩《たた》き、注目を集めてから、砕城《さいじょう》紅蓮は語り出す。

現実とネットワーク、両面からの調査。その結論を。

「もう一度、【箱庭ゲーム】のルールを思い出してみよう。仮想空間上に現実とほぼ同じ街を建設、その模様は全国民に公開され、その動きを見た国民の投票によりシビリアンポイント、CPが配布される」

「そう。だが、実はすべての国民に投票権があるわけではない。何らかの資格を有した者だけが投票できる」

紅蓮が整理し、静火がそれを補足する。

御嶽原静火《みたけばらしずか》、遊戯者《プレイヤー》としての実力は平凡。されどデータ収集、分析に関しては非凡。

「調査した結果、Bクラスの投票権はごく少数の何らかの利害関係にある個人、あるいは団体によって独占されている。それ以外、支持率１００％の説明がつかない。ごく少数のその人物たちをBクラス——第二区画総督府は文字通りすべて掌握しているようだ」

かつて紅蓮《ぐれん》にその才能を見出《みいだ》され、情報収集の専門家として覚醒した御嶽原静火は、Bクラスの核心に迫る手がかりをいくつも手に入れ、それを今開示したのだった。

「人間の感情は極めて不合理なものを含む。その場の怒りを発散するために投票先を変更したりする。そのため、統計学的には一定の浮動票が存在するのが自然なんだ」

紅蓮が語る。事実、紅蓮は先の戦いでDクラス、ミラの失態を演出することでそうした不動票を誘導、ユーリエルにかき集めて逆転を果たした。

それがない、文字通り心変わりのない鉄壁の固定票。それが通るということは。

「Bクラスは何らかの手法で第二区画の投票権を事実上独占している。ルール的に明言されていない以上、それが不正かどうかは判断できないがな」

「……そこまでを、紅蓮は今朝までに読み切って、僕らに調査を命令した。裏付けとなる情報がいくつか手に入ったよ。例えば……こんな感じ、かな？」

朝人《あさと》が手元の端末を操作し、動画ファイルを再生する。

黒い背景。姿は映っていない、声だけが聞こえる暗闇の中で——。

『姿も映さない、声も変えてくれるなら話すよ。……金も貰《もら》ったしな、へへっ』

『実はこの第二区画じゃ国民管理IDカードは個人管理しないルールになってる。昔はよそと同じ個人管理だったが、なんでもセキュリティ上の問題があるとかいう話で、警官と役人が片っ端から取り上げて行っちまったのさ』

『……不便じゃないかって？　そうでもねえよ、たとえば行政の手続きがしたい時はこの仮端末を使えばいい。役所が配ったショボい端末よりよっぽど高価で性能もいいんだ！　まあ、バカなヤツはもらって早々売っちまったりしたみたいだけどな』

『よそがそうじゃないのは知ってるよ。けどよそはよそ、うちはうち……。それだけの話さ。何も問題はねえだろ？』


枯れた老人の声がする。ジャラジャラと入る音は麻雀牌《マージャンパイ》を混ぜる音だろうか。

雑音混じりで、とても証言とは言えないようなものだが――。

「第二区画に籍を置く全住民から、システム側が認識している情報――。国民管理カードと個人端末を回収。より高性能な民間の端末を交付することで手続きを簡略化し、不満を緩和していたらしい」

静火が注目したのは、国民投票が行われた個人端末、ログインIDの接続履歴だ。

「例外なく、すべて第二区画総督府のネットワークからログイン。時間帯こそバラけているが、すべて同一の回線を使い投票を行っている……現実なら、投票権を持つ市民全員がわざわざ総督府に足を運んで投票したことになるな」

「……大昔の選挙じゃあるまいし。紙媒体じゃないんだから、そんな必要ないよね？」

「そういうことだ、白王子朝人《しろおうじあさと》。第二区画は、《獣王遊戯祭《ベスティア》》が公表される以前から――。既に遊戯《ゲーム》を始めていた。国民を識別する国民管理ＩＤが遊戯のカギとなる可能性を考え、事前にそれを握って利用できるよう準備する……。しかも、行政府側がこれを行っているという点で――」

渋い顔でそれまで収集したデータを各自の端末に静火《しずか》が送る。

それをざっと検証して、聖上院姫狐《せいじょういんひめこ》は掠《かす》れた息を深く吐いた。

「――……非合法なハッキングにより入手した情報は証拠にならない。少なくとも表側から選挙違反で糾弾するのは、今の材料ではまず、不可能……――」

「ならば、裏側からならいかがですか？」

キラリと目を輝かせ、楠木楓《くすのきかえで》が声をあげる。

「これは《獣王遊戯祭》の趣旨に反する明らかな不正行為ではありませんか！　その事実を運営に訴えれば、第二区画は失格。最低でも相応のペナルティが……！」

「ルールに、それを禁止する条項がない。趣旨？　そりゃ何の寝言だ」

「え……!?」

思いがけない冷たい言葉に、楓は思わずその人物――紅蓮《ぐれん》を見る。

つまらなそうな面持ち。静火が集めたハッキングのデータに視線を送りながら、

「この遊戯のルールは市民の支持を集めることじゃない。民意を反映したポイントであるCPを集めることだ」

「お、同じじゃありませんの！　こんなもの、民意とは呼べませんわ！」

「馬鹿言え。民意を測る方法が明示されてない以上、たとえどんなやり方をしていようと、CPとして表れる数字だけが民意なんだよ」

たとえ市民を騙《だま》し、裏から操って投票先を操作するような不正行為であろうとも。

「間隙を突く行為は容認されている。静火が調べた程度の情報は、運営側も当然把握してるだろうしな」

「それでは……。国民管理IDカードの確保は、合法だと仰《おっしゃ》るのですか⁉」

「メディアを利用した世論運動や、テロ紛《まが》いの暴動による誘導が黙認されたくらいだ。そのあたりのグレーゾーンを否定したら、地力が強い奴《やつ》がすべてを蹂躙《じゅうりん》するだけ……。弱者はルールの穴を突き、クオリアが許すギリギリのラインを見極めて踊るしかない」

それはまるで、命を賭けた——。

「踏み外せば死ぬ綱渡り。《黒の採決《ブラックバウト》》における遊戯者《プレイヤー》なんて、そんなもんだ。ルールを理解し、裏切り、利用する。正直に、誠実に戦って勝てれば最高だが、それができない状況で勝つには、そういう真似《まね》をするしかない」

そして、と紅蓮はわずかに苦笑する。

「笑えることに、勝てばそれは『作戦』とか『策略』なんて言葉に化けるのさ。やってることはただの不正、正道を嘲笑《あざわら》う卑怯《ひきょう》なだけの振る舞いだってのに、勝者だとシステムが認めた瞬間全肯定される。いい加減、お花畑からは卒業しろよ」

戦争の惨禍を逃れるために作られたクオリアすら。

「世界に、平等はない。あるのは演出された『空気』だけ。手段を選ぶってのは、強者にだけ許された贅沢《ぜいたく》だ」

しん、と空気が冷えてゆく。

「…………っ！」

唇を噛《か》み、青ざめて震えながら、楓《かえで》は答えることもできずに立ち竦《すく》んでいる。

他のメンバーも似たようなもの——ただし裏側を知るユーリエル、覚悟を決めた静火《しずか》や水葉《みずは》、可憐《かれん》などといった面々だけが、紅蓮《ぐれん》の紅《あか》い眼《め》に圧倒されながらも唇を開く。

「今のお話、Ｂクラスの遊戯者《プレイヤー》……凍城兄妹《とうじょうきょうだい》も絡んでいる、ということでしょうか？」

「当然だろうな。ユーリ、前に妹の方がほのめかしてた言葉。覚えてるか？」

「ええ、もちろんです」

絶対的な記憶力を誇るユーリエルに、記憶違いやミスはありえない。

彼女はそっと目を閉じると、当時の会話を繰り返す。

「確か……『未恋《みれん》ちゃん、ついでにそっちもやっちゃって☆』から……『ん』……。次に可憐さんのセリフが続いて……」

「30秒ほど飛ばしてくれ。次の、凍城兄妹の妹の方……未恋の言葉だ」

「はい。では……『９５００……くらい』です。すいません、声帯模写は苦手なので」

ぺこりと頭を下げるユーリエル。確かに声は似ても似つかないが、イントネーションやごくか細い喋《しゃべ》り方などは、本人の言葉をかなり忠実に再現している。

「９５００。こいつが何を意味する数字なのか、今なら解《わか》る。国民管理ＩＤカードの――『枚数』だよ」

最初は獲得ＣＰを予想されたのかと思った。だがその後、ＦクラスのＣＰが９５００ピッタリだったこともなければ、獲得ＣＰがその数字だったこともない。

なら、その意味とは。

「どういうロジックでそれを求めたのかは俺にもわからん。ＣＰから逆算した国民管理ＩＤの得票数が、およそ９５００。若干端数はあるだろうが、そんなトコなんだろうよ」

「そんなことが……ありえるのですか!?」

「まだ仮説段階だけどな。ただユーリがカールスを倒した直後のＣＰ変動は＋７８５００。仮に９５００に何らかの係数を掛けたり足したりしたら、下３ケタが５００ってのは妙にしっくりくる。たまたまそれらしい数字になっただけで、偶然だと言われりゃ現時点じゃ証明のしようがないけどな。だが、相手が砕城《さいじよう》の人間兵器なら――」

呆気《あつけ》にとられる可憐。紅蓮はそんな妹から、姉・水葉を抱きしめるように守る静火へと視線を移し、最後に自分自身の額へ、銃のような形にした指をつきつける。

「そこにいる水葉や俺のような。異能と呼ばれる超能力じみた超感覚や頭脳、拡張された感覚を持ってる可能性は高い。それこそ予言じみた能力だってあり得るだろうさ」

「……それなら、わたし」

「お姉様!?」

抱きしめる静火《しずか》を背負うように、グニャリと車椅子から立ち上がる。

近代科学、遊戯《ゲーム》教育が生み出した悍《おぞ》ましいキメラ。手足に残る麻痺《まひ》をものともせずに、苦痛を無視して平然と動く。普段は無理に消耗する必要もないから車椅子を使っていたが、こと遊戯となれば話は別だ。無事に動く胴の筋肉のみでも、自由自在に動き出す。

「そういうのなら……とくい。その手の兵器の潰し方は、知ってる……。やる?」

「やるな。静火、お前はとりあえず明日の遊戯にケリがつくまでは水葉《みずは》についててやれ。遊戯者《プレイヤー》の入れ替え登録をしてない以上、《獣王遊戯祭《ベスティア》》の本戦には出られないからな」

「わ、わかった。……そういうわけですから、お姉様。もうしばらく安静に……!」

「む～……」

不満げに唇を尖《とが》らせながら、水葉は再び車椅子に座る。

「それに、うまくいけば連中を相手にする必要はなくなるしな」

「? どういうことだい、紅蓮《ぐれん》」

「朝人《あさと》。聖上院《せいじょういん》。お前達二人は白王子《しろおうじ》の特殊訓練を受けていたな。それには特殊工作技術、隠密《おんみつ》、潜入戦技術も含まれていると見たが、どうだ?」

「……参ったな。隠すつもりもなかったけど、そこまでお見通しなのか。……僕も、姫狐《ひめこ》姉さんも、確かに相応の技術はある。セキュリティ破りや潜入技術に関しては、以前紅蓮がそうしたように……獅子王《ししおう》学園生徒会管理棟のような、ガチガチのシステムもある程度の情報と装備があれば、突破は可能だと思う」

「――……状況、しだい。確認するということは、つまり？　……――」

「話が早くて助かる。【ディベート・ゲーム】に注目が集まっている隙を突け。第二区画、総督府のセキュリティ情報は可能な限り手に入れてある。必要な装備類もだ。足りなければ作戦開始までに調達。第二区画総督府に潜入し、国民管理IDカードを盗み出せ」

ざわっ……!!

これまでにない規模で、空気が揺れた。真っ先に桃花《ももか》があわあわと口に出しながら、

「は、はいはいは〰〰〰いっ!!　そ、それ、ドロボーじゃないですかっ!?」

「そうだ、泥棒だ。だが、ルールで禁じられてはいない。奴《やつ》らも穴を突いたんだ、俺達が突いちゃいけないってことはないだろ」

そう、これは。

「俺達は、悪党にやり返すだけだ。悪党を倒す悪となれ。手を汚すのを恐れるな」

「そ、そんなぁ……！」

これまでは遊戯の枠で決着がついた。殺し合いじみたFPSや莫大《ばくだい》な金を賭けた勝負も、犯罪というラインを越えることはなく、罪悪感が発生する余地はない。

だが、今の紅蓮の命令は、その枠を軽々と越えている。食堂を照らす照明、明るく白い

光を受けながら、闇を纏《まと》っているかのごとく——その声は、心の闇に染みてゆく。

「安心しろよ、暴力が禁じられたこの世界で、潜入工作が発覚したところで命の危険だけはない。身柄を賭けた遊戯《ゲーム》なりに勝てば、罪を免れることさえできる」

遊戯ですべてが決まる新時代における、それは闇。

「《黒の採決《ブラックバウト》》において、禁じられた暴力以外の搦《から》め手《て》は策のうちだ。そして朝人《あさと》、お前の兄貴が連れてきた連中はガチガチの無法地帯の出身だぞ。そうした『悪』も含めて文字通りあらゆる手段をとってくるのが予想できる」

そんな存在を相手に品行方正、真っ向勝負。ただ挑まれたルールの枠内で争うなど。

「そりゃ、王者の戦い方だ。いつから俺達は強者の側になったんだ？　相変わらず領土はひとつだけ。自分たちが追い詰められたネズミだってことを自覚しろ。策もなく正面から敵を潰せるようなカッコいい勝ち方なんてできやしない。やれ。——兄貴に勝ちたいなら」

「……透夜兄《とうやにい》さんに、勝つ……か。Bクラスを叩《たた》けば、それができると言うんだね？」

「ああ。時間がない。あいつが顔を出した時点で、なくなった」

厳しい断定に、息が詰まるような圧力を感じ、朝人は思う。

（この感じ、まるで……兄さんだ……）

遊戯に覚醒して以来、すべてを下と見なしていた兄、白王子《しろおうじ》透夜のごとく。

その紅《あか》い光、見透かすような視線に晒《さら》されていると、心のすべてを暴かれるような恐怖を感じる。今命じられている危険行為、犯罪行為も合わせて。

（本当なら、逃げるべきなのかもしれない。……それが、賢い選択かもしれない）

だが。

「…………！」

ぎゅっと、密《ひそ》かに。誰にも見えない角度から、自分の袖を掴《つか》む姫狐《ひめこ》。

言葉はない。眼《め》すら見ることができない恋人の意思が、そこにある。

もう離れない、離さない。惹《ひ》かれ合うが故にそう示す仕草。これを守るために。彼女と共に結ばれ、人生を歩んでいくためには——賢い選択など、できるものか。

「ユーリにできたことだ。お前にできないとは言わせない。その手を汚せ——朝人」

「わかっているよ、紅蓮《ぐれん》。君の友として、そして……。愛する人を、姉さんを奪うためなら。僕はどんなことでもすると誓ったから」

今の自分は間男だ、と朝人は思う。透夜の留守中に姫狐をたぶらかした卑怯者《ひきようもの》。

それが今更盗人《ぬすつと》呼ばわりされたところで、「その通り」と答えるほかない。

自分の目的、夢、願い。美しい言葉のオブラートを剥がした先にある本質……《欲望》。

そのために命を、人生を賭ける覚悟は、とうの昔にできている……！

「第二区画総督府への潜入、国民管理ＩＤカードの奪取。——成し遂げてみせるよ、紅蓮」

「——……私、も。離れない。あなた、から……——」

覚悟と共に手を握り合うカップルに、ガタンと椅子が揺れる音がした。

気圧《けお》されるように場の様子を窺《うかが》っていた人物。楠木楓《くすのきかえで》が、豊かな胸に手を当てて。

「わ、わたくしも……！　遊戯者《プレイヤー》として身を立てると誓った以上、手を汚す覚悟は！」

「はいはいはいはいは〜いっ！　そういうことなら、桃花《ももか》もお手伝いします！　任せてください、ダンプでもトラックでも運転できますから、いざとなったらこう……カチ込み的なことならできますよ。車で突っ込めばセキュリティとか関係ないですし！」

「強盗かお前は。それはだめだ、暴力禁止というクオリア以上の上位ルールに抵触する。だが、まあ……決意は買うさ。二人とも、よく言った」

立ち上がる楓《かえで》、便乗する桃花。そんな二人に労《ねぎら》いの言葉をかけつつも、

「とは言うものの、今のところお前ら漫才シスターズに頼む仕事はない。そもそも遊戯者として登録してない以上、《獣王遊戯祭《ベスティア》》の本戦には参加できないしな」

「見学とかもダメなんですかね？　100円入れたら見えたりしません？」

「田舎の展望台の望遠鏡ですか。ありえませんわよ、まったく……。でしたら、みなさまの勝利を遠くからお祈りすることしかできないのでしょうか。それも、辛《つら》いですわね」

物憂げに言う楓に、「ふむ」と紅蓮《ぐれん》は呟《つぶや》いて。

「なら、気晴らしに仕事を頼むとするか。今、Fクラスの領土は総督府以外にひとつだけ、F5だが……ここのSHOWA通りに、俺の行きつけの駄菓子屋があってな？」

ユーリエルに紹介されて以来、学校帰りなどに時折通っている店だ。静火《しずか》が手なずけた子供たちと他愛《たあい》ないゲームで遊んだり、駄菓子でリラックスできる重要拠点。

「ここ数日行けてないからストックも減ってるし、適当にまとめて買ってきてくれ。釣り

はいらないから適当に遊んできていいぞ」

ポケットに無造作に手を入れ、財布を出す。ほとんどの決済がオンライン化された世界において、カード類のみを収納するようになった財布はどんどん薄くなっていった。が、紅蓮が愛用しているのは旧時代の仕様を留《とど》めたものだ。大きな札入れにぎっしりと詰め込まれた高額紙幣を抜き出し、数えもせずに手渡すと、桃花の眼《め》の色が変わる。

「ほわあああっ！　お釣り！　大金！　いらない……！　す、すごいですよ楓さん。まるでバブルのような気前っぷりですー！」

「落ち着きなさい、日本語がおかしいですわ！　そもそも貴女《あなた》だって、この程度の額なら軽く動かせる程度のお金はあるでしょうに、どうして今更大騒ぎするんですか」

「GPはお金感覚がないんですよね……。やっぱり現ナマですよ、現ナマ。うちで働いてたアビーさんなんか、お札をわざわざくるくる丸める謎の針金みたいなのよく使ってましたよ。電子マネーは履歴が残るし追跡されるから、って」

「……今どきマネークリップとか、まるで大昔のギャング映画ですわね。まあ、あの方が本物の遊戯傭兵《ゲームようへい》なら、その方が自然なのかもしれませんが」

カネの動きを追跡されて困るのは犯罪者のみならず、遊戯の世界も同じだ。旧態依然とした現金決済が《黒の採決《ブラックバウト》》ではよく使われる。アビーこと遊戯傭兵アビゲイル・ナダールも、その感覚が抜けない一人だということだろう。

「アビーさん……ね。そういえばあのラテン女、桃花の古なじみだったらしいな」

「そうなんですよ、ホントびっくりしました。負けちゃったみたいですけど、やっぱり今ごろアビーさんも、目隠し全裸エロメイドとかにされてるんでしょうか？」

「……あの中二病のことだからやりかねんとは思うが、まずないと思うぞ」

遊戯傭兵《ゲームようへい》は文字通り、その遊戯の技で現代の『戦争』である《黒の採決《ブラックバウト》》を代行する。その折一般的な契約は前金を受け取り、出資者の資金や財産を賭けて遊戯を行い、勝てば報酬として後金を受け取る……というものだ。よほど変則的な契約を結んでいない限り、雇い主であるカールスが倒されたとしても、彼女に負債が及ぶことはない。

「そのあたりを確かめる意味でも、連絡をとってみるといい。駄菓子屋に誘って来るかどうかまではわからんが、特に恩も恨みもないからな。好きにしろ」

「はいっ！　じゃ、明日学校で探してみて、見つからなかったらメールしますね。大丈夫、いざとなったら日本から持ち込んだ桃貝《ももがい》印の極上バナナで釣ってきますので」

「……釣れるのか、それで？」

よくわからない奴《やつ》だ、と思わず紅蓮《ぐれん》の頬がわずかに緩む。

「あの、お兄様！　可憐《かれん》もぜひお兄様のお役に立ちたいのですが！」

少しだけ空気が和らいだのを感じたのか、勢いよく可憐が手を上げる。

ちらりとそちらへ視線を送り、紅蓮は一瞬だけ考えこみ視線を伏せた。

「そうだな。可憐、お前、は……！」

口にしかけた言葉が不意に途切れる。

「？　どうかなさいましたか、お兄様。さ、可憐に何でもお申し付けを！」

「何でも……か。そういうのは、軽々しく言うもんじゃない」

呆《あき》れたような声がする。見返す瞳、重なる視線。

可憐にあるのは絶対の安心、無条件の信頼。相手を疑うことなくすべてを捧《ささ》げる眼《め》だ。

しかし、紅蓮は……？

「……待機だ。フラヴィアの遊戯を観戦してそれに応じて動けるようにしていてくれ」

「もう。もっと私のことも頼ってくだされば嬉《うれ》しいのですが……仕方ないですね♪」

口ではそう言いながらも上機嫌。兄に侍《はべ》ることを許されたのが嬉しいのか、ストーブの前で寝転がる猫のような甘え顔で、ごろごろとその腕に寄っていく。

だが、可憐は気づかない。そっと可憐を抱き留める腕、その優しい力加減とは裏腹に。

紅蓮が周囲に向ける眼の鋭さ、険しさを。決して可憐に向けない、圧力を。

「……あの時と、同じ顔じゃないですか。大丈夫なんですかね……佐々木《ささき》は心配ですよ」

と、ひっそりと口にして。

盛り上がる周囲に埋もれるように、佐々木咲《さき》はそんな紅蓮を見守っていた。

＊

夕食から数十分後。スキヤキホテル大浴場——。

密室に水音が響く。

熱い湯が銀の髪をするするとほぐしていき、香り高いシャンプーの泡が流れる。

十分に湯船で身体《からだ》を温めたあと、個人用にスペースの区切られたシャワーブースで、心地よさそうに体を磨き上げている少女に向けて、不意に誰かが話しかける。

「ふんふふ〜〜ん、ふふふふふ、にゃは〜〜ん♪　ららら〜、きゃっ♪」

「超浮かれてますね可憐《かれん》さん……。と、佐々木《ささき》はひっそり声をかけるわけですが」

「何ですか、シャワー中に無粋な。私は忙しいんです、この肌を宝石のごとく磨き上げ、いつお兄様に求められてもいいように準備しなくては。遊びじゃないんですよ⁉」

「遊びじゃないかもしれませんけど迷惑じゃないかなーと思いますです佐々木です。まあ本人が幸せなら止めたりしないですけど、別の意味で止めたほうがいいかと」

「別の意味？　……何を言っているのですか、貴女《あなた》は」

キュッと音をたててシャワーを止めると、可憐は前髪の水滴を払う。

シャワーブースの出口、曇りガラスの向こうに、バスタオルを巻いた影が立っていた。どこか所在なさそうに指先で濡《ぬ》れた髪を弄《いじ》るその姿は、何かに迷っているようで。

「さっき、ご飯食べてた時。紅蓮《ぐれん》様、何かおかしくありませんでした？」

「は？　お兄様は常に至高にして究極にして完璧です。何がおかしいと言うんですか」

「ですよねー……。そう言うとは思いましたけど、ほら。紅蓮様ってもっといつもは、こ

う……楽しんでる感って言いますか、そういうの。あるじゃないですか？」

曇りガラスに背中を預け、大浴場の照明を見上げて佐々木《ささき》は言う。

彼女が知る砕城紅蓮《さいじょうぐれん》は、もっと人生を楽しんでいた。あの獅子王《ししおう》レジャーランドで見たはしゃぎぶり、年頃の少年、ごく当たり前の人間らしい姿。

ダイビングのあと膝枕をねだられた時だけは本気で困ったが――チープな食事を喜んで口にし、くだらない軽口に呆《あき》れてもしっかり答えてくれた、ノリのいい少年。

「でも、今の紅蓮様は……」

そんな柔らかい笑顔が。

再会したこのアルセフィアの地では……消えていた。

「遊びの貌《かお》じゃ、なくなってます。獅子王レジャーランドで自称元カノのミラさんとかに絡まれた時、あの時とそっくりな……怖くて厳しい、追い詰められたような」

学園でもそうした気配を見せたことはある。だが、深刻さが違いすぎた。

（やっぱり前生徒会長、白王子透夜《しろおうじとうや》さんの復活が、原因なんですかね？）

佐々木にとって、正直他の強敵と白王子透夜の違いはわからない。最弱にして普通たる彼女には、「みんな佐々木より強いです、以上」くらいしか読み取れないのだ。

だが、現に今の紅蓮はおかしい。犯罪行為としか言いようのない命令を下し、時折周囲を見回す視線に、ゾクッとするような冷たさがある。

「それはそれで見下されてる感があって佐々木的には美味《おい》しいですけど……Mですし。けど、やっぱりそれって、紅蓮様の望む感じじゃないなー、とか思うんですよ」

「その嫌なカミングアウトいりませんよね、佐々木さん。貴女《あなた》がMでもSでもどうでもいいです」

だが、シャワーを浴びながらの可憐《かれん》の答えも、あっさりとしていて冷たかった。

「それはそうかもしれませんけど、真面目な話をしてるんですよ!?」

「なら真面目に話しなさい！　だいたい、望むも望まないも……。あれはお兄様が真の姿、その片鱗《へんりん》を私たちに見せてくださっているだけではありませんか？」

それは、かつて垣間《かいま》見た英雄の姿。

「私がお兄様に初めて救われた、あの日。雪ウサギに隠したメッセージを踏み潰されて、泣く私を見かねて助けてくれた……。あの時も、お兄様は一見冷たく見えましたが、その胸の奥には妹を愛する優しい炎が燃えていました。人にはわからない愛があるんです」

「はあ……。いえ、大丈夫なら、それでい━んですよ。佐々木が口を出せるような話じゃないと思いますし、そんな深い間柄でもなく、ただの影武者Aですし、おすし」

でも、と佐々木は天井を見上げて。

ポトリと滴る冷たい雫《しずく》を頬に浴び、涙のように伝わせながら——。

「……でも。紅蓮様って、もっとのんびりしたのも似合う人だと思うんですよ。安い食玩を集めて大喜びしたり、お金や尊厳を賭けない楽しいだけのゲームをしたり、近所の模型屋さんで女子小学生にアニメのロボット作ってもらったり」

「待ちなさい。後半、やっぱりおかしい気がするんですが……女子小学生？」

「そういうディティールはいいんですってば。ともあれ佐々木《ささき》が言いたいのは、その……。今の紅蓮《ぐれん》様、辛《つら》そうだなって感じるんですよ。ああいうふうに人と接するの、もし佐々木がそうしなきゃいけないとしたら、嫌で嫌でしょうがないと思いますから」

気楽に生きたい。ストレスなく人生を謳歌《おうか》したい。

そんな姑息《こそく》で小市民的な願いしかない佐々木にとって——それは想像しがたい苦痛。

「紅蓮様のこと、見てあげてくださいね、可憐《かれん》さん。それができるのって佐々木じゃなく、妹である可憐さんだけだと思いますから。ほら佐々木、モブキャラですので」

「何をいまさら。当然でしょう？」

シャッと音をたてて銀髪から水滴を払い、可憐は自信ありげにそう答える。

「佐々木さん、貴女《あなた》はお兄様のことが何もわかっていないだけです。何でしたらこれから私が編纂《へんさん》した聖典、アルティメットお兄様語録を見せてあげますから勉強しては？」

「うっわー激重。あのそれかなりフラヴィアさん的と言いますか宗教入ってるのでは」

「失敬な！　一緒にしないでください、私は純粋にお兄様という絶対的存在を崇《あが》め奉《たてまつ》りたいというだけで、あの女のようにお兄様を利用しようなどと不遜な考えはありません！」

きっぱりと言い、シャワーブースから歩み出ると、まだ心配げな佐々木がいた。

「そういえば、そのフラヴィアさんも姿が見えないですね。可憐さん、見ました？」

「いえ、見ていません。お兄様が明日の遊戯《ゲーム》の打ち合わせをする、と言っていましたので、邪魔もできませんから……」

夕食の後、紅蓮が向かった先。

フラヴィア・デル・テスタの部屋でどんな話が交わされているのか、可憐は知らない。

いつもそうだ。絶対の信頼を持ち、かまってくれないからとふてくされてすねるような不遜な真似《まね》はしたくない。だがそれでも、脆《もろ》い妹の魂は、寂しさに時折震えてしまう。

（お兄様は、遊戯のことを私には教えてくれない。いえ……。それだけの実力がない私が、悪いのですが）

いつか絶対、強くなる。そう何度目かの決意を改めて固め、可憐は無垢《むく》な心のままに。

「お風呂上りに、軽く練習でもしましょうか。佐々木さん、賑《にぎ》やかしに参加しますか？」

「トランプくらいなら。お相手にはショボすぎると思うので、他にも誰か呼びましょう」

「……そのストレートな潔さだけは、評価に値すると思っていますよ。ええ、本当に」

呆《あき》れ顔の可憐と楽しげな佐々木。二人の会話、交流をよそに——。


同じホテルの一室で、偽の聖女は悪魔を迎えていた。

＊

「……大変結構なおうどんでした。静火《しずか》さんにはおうどんの才能があるのでは？」

「遊戯《ゲーム》の才能よりはあるだろうな。困ったことに」

つゆ一滴残さず空になったうどんの鉢。

スキヤキホテル内スイートルーム、フラヴィア・デル・テスタの居室。もう一週間以上住んでいるだけあって、部屋には少しずつ使っている人間の個性が出ている。

仰々しく飾られた逆十字。

冒涜《ぼうとく》を示す悪魔のサインに飾られた彫刻は、最新鋭の３Ｄプリンタで出力されたものだ。テスタ教団に所属する腕利きの３Ｄモデラーが丁寧に作り上げた少年は、モデルの面影をしっかりと残し、悪魔のごとく地球を模した球体を踏むような姿で祀《まつ》られていた。

「人の顔を中二病チックな彫刻にのせるな。肖像権侵害で訴えたくなる」

「ふふ……。世界の遊戯に君臨する貴方《あなた》、紅蓮《ぐれん》様を信じる紅蓮教徒としましては、ご本尊としてどうしても必要だったのです。使用料として売り上げの10％を……」

「微妙に安いな。俺を本当に神だと言うなら、交渉せずに全額捧《ささ》げるくらいしたらどうだ。……まあ、されたところで面倒なだけだからいらんが、そんな小銭」

フラヴィアは夕食の席に姿を見せず、服装も獅子《しし》王《おう》学園の制服のままだ。

「打ち合わせ、とのことでしたが。可憐《かれん》さんも、ユーリエルさんすら連れず、おひとり。これはもしや……期待しても、いいのでしょうか。ですが……」

ゆらり、とゆっくりとした手つきで胸元を緩める。

ほどけたリボンの隙間から黒い下着に守られた谷間を覗《のぞ》かせながら、

「どうか、シャワーを浴びるお情けを……。この汗ばんだ身体《からだ》では、貴方様に捧げるにはあまりにも恥ずかしいというものですから。せめて、清めてからと……」

「ありえないとわかっていながら、一応やってみるんだな、お前」

「……ふふ」

冷たく突き放すような言葉。しかし、フラヴィアは諦めず、蠱惑的《こわくてき》な笑みを崩さない。

「他にやり方を存じませんから……。利益で釣り、色香で惑わし、神がかり的な異能にて大勢を魅了することにより、私は教団の主《あるじ》としてやってこられました」

「だが、俺には無駄だ。金はこれ以上いらん、女も同じだ。異能？　それがどうした。種の割れた手品よりワクワク感がない、芸とすら呼べない下衆《げす》な見世物だ」

（――悪《あ》しざまに罵られるほうが、まだましですね）

紅蓮にあるのは徹底的な無関心。昔はまだ存在した、呆《あき》れや反発すら存在しない。

ここ数時間……。正確にはカールスとの遊戯を終えてからの日々で少しずつ彼の視線は強くなり、赤い眼光は常時煌《きら》めき、白王子透夜《しろおうじとうや》の宣戦布告を経てさらに強まっている。

（……我がテスタ教団の、異能研究によれば）

これまで収集した情報から、砕城《さいじょう》紅蓮の異能、その根幹は単なる感覚系ではない。

聖上院姫狐《せいじょういんひめこ》の触覚や時任《ときとう》ミミの聴覚のような、人間の感覚をわかりやすくアップデートしたものとは違う。自分でもどういうプロセスで成立しているのかわからない、それこそ神か悪魔の恩寵《おんちょう》のような概念系でもない、あれは……？

（意図を読み、事象を読み、万象を識《し》るが如《ごと》きもの。……そんなものが、人間一人で）

ヒトの脳は、動物としては最大級の容積を誇る。

しかし未知の領域があろうと、所詮は単なるタンパク質だ。しかも大半は人体のコントロールに費やされる基幹部品、異能などという余剰に割ける部分はごく少ない。

「感覚系の異能者は比較的多い。それは脳の占有が比較的少なくて済むからだ。聴覚や嗅覚や触覚、そういったものを司《つかさど》る箇所をそのまま活用、発達させ空き容量と結びつければ、まあ異能らしいものが芽生えてくる。ビギナー向けの能力」

「……今、私の心を……？」

「視《み》るまでもない。そんな発情した顔で見つめてればな」

紅蓮《ぐれん》の手が伸びる。顎を掴《つか》み、そのままベッドへ押し倒す。

「……え？」

「今夜は、お前を連れていく。そう言っただろう？」

「あっ……！」

髪を覆っていたヴェールを剥ぎ取り、冷たいものが額に触れる。

細かく震えながら男を見上げて、辛うじてフラヴィアは声を出した。

「明日の、遊戯《ゲーム》……。それをすれば、本当に。私は、勝てるのですね……？」

「ああ。少なくともそのままやるよりはマシだ。もう一度説明しようか」

紅蓮の指が、フラヴィアの額を強く押さえるように突いた。

その奥、頭蓋骨の中にあるもの。脳を刺激するかのように……とんとん、何度も。

「感覚系の異能が意識的に発動できるのとは真逆で、概念系はほぼ人為発動が不可能だ。こればっかりは純粋にランダム――どうして、なぜ、こんなことが起きるのか。現時点では砕城《さいじょう》の研究機関ですら未解明でな」

最もシンプルに幸運を招く異能者がいた。

紅蓮によって敗れ、莫大《ばくだい》な借金を処理する代償として自分自身を差し出して――。

「そいつを、砕城の研究機関は徹底的に調査し尽くした。3Dスキャンによる電子的解剖、塩基配列の隅々まで遺伝子を調べ、その幸運がどこまで続くのか試すために、わざと狙いをぶらした機関銃をそいつの前に据え付けて乱射した。結局そいつに弾が当たったのは、二時間かけて一万発も弾丸をぶっ放した後だったよ」

「詳しいのですね。……もしや、それは」

「ヴァチカン系の若い遊戯者《プレイヤー》だった。クリステラの関係者かどうかは知らないけどな」

拷問としか言えない能力開発実験の地獄を経て、それでも遊戯者は屈しなかった。

それどころか迫害を加えれば加えるほど、受難を浴びれば浴びるほどに。

「その異能は強化される傾向すらあった。――これにより立てられた仮説がひとつ。概念系異能者、その能力の根源は『心的外傷《トラウマ》』にある。脳全体に走り続ける常駐プログラム、意図せず脳を支配し続ける感情、記憶、心理が、異能を引き寄せている」

宗教系の遊戯者が概念系を発現させやすい理由も、それなら説明がつく。

神に縋《すが》るという行為自体、辛《つら》い体験をきっかけに救いを求めるようになった人間が行き着く先にあるのだから。

「……その術者は、どうなったのですか？」

「さあな。俺はそのあたりのうざったい実験を目撃して、腹が立ったが」

——もし、放っておけば。

「可憐《かれん》をこんな目に遭わせかねない。俺の大事なモノに、唯一残った宝石に傷をつけかねなかったんだよ、あのろくでなしの科学バカどもは。だから、潰した」

「………っ！」

強く、捻《ひね》るように手首を掴《つか》まれ、男に組み伏せられながら——フラヴィアは戦慄する。

そこに肉体を求める意思が、かけらでも肉欲があるのなら、これほど恐ろしくはない。

だが、紅蓮《ぐれん》はあくまで、機械的で。胸のひとつも触れ、キスのひとつも恵んでくれれば怖くなくなるのに。

「その研究の結果、概念系を破る対策がいくつか発見された。概念系は術者の信仰——脳に常駐する意識によってその方向性が決定される。お前なら、これと決めた《敵》、自分に対する《脅威》に対する異様なまでの執念だ」

それはまるで蛇のような。

「何があったのかは知らない。興味もない。話す必要も、ない。だがお前は片時も欠かさず、どんな幸福を味わおうとも常に誰かを憎み続けている。——それこそがお前の概念、

《絶対不運》の根幹だ」

敵対する人間を絶対的な不運に堕《お》とす、理屈抜きの超能力。

だが、それは……媒介として『他者からのアプローチ』を必要とする点で弱い。

「お前の異能は、クリステラのそれに比べて弱い。なぜならお前を憎まない相手、敵以外の存在にまで自分のルールを押し付けるようなマネができないからだ。そのあたりはお前に残された最後の常識的な部分だな」

「ええ。その点で言えば、あの女、クリステラ・ペトクリファは――」

「異能の対象は自分自身。神を信じている、故にその恩寵《おんちょう》が己にはある――と無邪気にも信じる絶対の意思。それにより導かれる幸運は、ヤツを無欲なまま無敵の戦士に変えた」

たとえば自分から何が欲しい、何をよこせと遊戯《ゲーム》を仕掛けていたのなら。

クリステラが誇る聖女の信仰。己のためではなく世界のために祈り続けるが故に、穢《けが》れない自分を信じるが故に、絶対の幸運を確信するなどという芸当は決してできない。

「欲望なく、執着なく、人類愛のみがある女。真の救世主じみた昆虫紛《まが》いの意思に対し、《絶対不運》は何の効果も発揮しない。触媒となる敵意が存在しない以上、当然だな」

真の聖女たるクリステラが、フラヴィアを憎むことなど常識的に考えてありえない。

故にもし遊戯で競うなら、絶対的な幸運に恵まれた相手と、異能抜きの実力で勝負する必要がある。せめて種目を運要素の少ないものに絞れるならともかく。

「正式なクオリアの審判、《黒の採決《ブラックバウト》》の基本はランダムだ。自動生成されたオリジナルの遊戯《ゲーム》はどちらにとっても初体験で、練度の差が発生しない」

「ですが、運の要素は存在する……。逆転の要素を残すために。ただ実力のみを問わず、巨人殺しの余地を残す。それはクオリアの仕様で、特殊な手順なしでは変更できない」

その事実を獅子王《ししおう》学園で知ったが故に。

「私は、この手でクリステラを倒すことを諦めました。故に、クリステラを倒し得る他の存在を手に入れることに目標を変えたのです。……貴方《あなた》のような、存在を」

「生憎《あいにく》だが俺はそれほどヒマじゃない。言ったろう？　──お前にできる必勝法があると。クリステラの幸運を逆手に取り、自分の手でヤツを屈服させる手段があると」

紅蓮《ぐれん》の貌《かお》がのしかかってくる。赤い眼《め》に圧を覚え、フラヴィアの身が竦《すく》む。

「クリステラの信仰。概念の本質が『それ』であるのなら──。確実にお前はヤツを倒すことができる。そう、クリステラにお前を愛させればな」

「…………ッ!!」

血を吐くほどに憎い。骨の髄まで憎い。殺せるなら殺し尽くしたいほど憎い。

そんな存在を堕《お》とせと。自分をよりによって『愛させろ』と言う！

「紅蓮。……砕城《さいじょう》、紅蓮。やはり貴方は悪魔ですね。私に残ったただひとつのものを……。胸焦がす憎しみを捧《ささ》げよと。そうせねばあの女は殺せない、そう言うのですか……！」

「そうは言ってない。憎め。憎み続けながらヤツに自分を愛させればいい。お前があいつを愛する必要はない。結婚詐欺師とかクズみたいなヒモ野郎に近いな」

性的な関係になれという話ではない。そこまでの関係は必要ない。

「ただヤツの信仰の傘にお前を入れる、それだけだ。仲間、隣人に対して聖女は害を加えない。たとえ敵対することになろうとも、その寛大なる心で許すだろう。《絶対幸運》の加護は消え、純粋にその能力で競えるはずだ」

「なぜ、それがわかるのです？　根拠は……ありますか？」

「ああ。AがCクラスをぶちのめした時のクリステラの演説を思い出せ。最終的に否定はしたが、あいつはカールスの暴虐を許した。そして哀れみ、敵とした。あいつは『善なるもの』だ。正確には、ヤツの信じる神の定義した『善なるもの』だ」

言わば、究極の役割演技《ロールプレイ》。

「ヤツは『善なるもの』を演じ続けることを代償に、絶対的な幸運を授かっている。何のことはない、そうすることが自分にとって最も得であると本能的に悟っているんだ。聖女の仮面をつけ、善なるものであるかぎり、ヤツは絶対優位が約束されるんだからな」

どんなに憎い相手でも愛せるだろう。ご褒美があるとわかっているのだから。

信仰の対価。聖女であり続けることによる『得』が『徳』を生んでいく。

「得による徳の再生産が、ヤツの異能の根幹だ。お前がいくらヤツを罵り、迫害しようと、ヤツはお前を憎まない。お前が磨き上げた異能は、決してヤツには届かないんだ」

「……わかっています!!　わかっていますから……!!」

「認めろ、フラヴィア・デル・テスタ。理解しろ、右斎風鈴《うざいぶりん》。お前の信仰は最も憎い仇《あだ》に対してのみ一切の役に立たないガラクタだ――と」

「う、ああ……ああああああ……ッ!!」

それは血を流すような叫び。

信じ続けた。憎み続けた。復讐《ふくしゅう》の時を待ち続けた。そのためならどれほど手を汚そうと、悪に堕落しようとかまわなかった。だがそのすべてが、汚れきったものが。

真に呪うただひとりに届かず、周りをひたすら不幸にすることにのみ効果を発揮すると。

そう定義された瞬間、改めてそれを指摘された今、フラヴィアの眼《め》から涙がこぼれる。

「ひぐっ……えぐっ、ああっ……神よ……！　わたし、わ、わた、わたし、はっ……！」

「泣く必要などない。お前はただの疫病神だ。悪意に不幸を返すだけのな。輝かしい神の代行者、唯一神の使徒とは比べ物にならない、忌まわしい雑魚《ざこ》」

だが、だからこそ。

「憎しみという核をぶらすな。ヤツを憎み、呪いながら、そして愛するんだ。古来、人を愛しながら憎み殺した例なんていくらでもある。相続のゴタゴタだのイデオロギーの違いだので、友人や家族を殺した奴《やつ》が何人いる？」

「やれ、と言うのですね。……私に、それを……！」

「そうだ。欲しいんだろう、ヤツの命が。心が、尊厳が。なら自分で掴《つか》め。手に入れろ。クリステラを愛し、愛され、そしてヤツを倒せ」

ベッドの上、ぐったりと倒れ込んだ女の髪に端末が触れる。

クオリア筐体《きょうたい》への簡易ログインを可能とするＨＭＤ。ヘッドマウント・ディスプレイ、簡易ながら正確なフルダイブ感覚をもたらすそれを、ティアラのように捧《ささ》げる。

脳と回線が接続されていく。チカチカと点滅する機械を見下ろし、表面の黒いパネルに映った自分の貌《かお》をしばし眺めてから――砕城紅蓮《さいじょうぐれん》は、ひどく不快げに顔を歪《ゆが》めた。

「糞《くそ》ったれ。……あの程度の刺激で、戻りすぎだろう、俺」

流星群のように閃《ひらめ》く思考の嵐。共感覚により届けられる予測予想演算のすべてが弾《はじ》け、それでいて脳と感情が冷え切った状態。最強のコンディションに、自分はいると。

五年間無敗。絶対勝利のチケット。そう称された砕城紅蓮の全盛期。まだ完全ではない、しかしほぼそれに等しい段階にまでギアは進み、かつてあった歯止め、日常を求め自分を保つ優しささえも、赤い光に塗り潰されるような気がした。――だから。

「とっとと、ケリをつけるとするか……」

持参したもうひとつのＨＭＤを装着する。

男と女は愛情なきままに同じベッドで意識を失い、横に並んで眠りに入る。

眠りの奥で待つのは幸せな夢、ではない――会談予定をとりつけたＣクラス総督府。

大聖堂へと向かう電子的なショートカットによって、二人は瞬時にそこへ到着した。

●大聖堂会談

「ようこそ。……と、言いたいところじゃが正直招かれざる客じゃな。遊戯《ゲーム》を明日に控えて接触してくるとは、まーた何か企《たくら》んどるんじゃろ？」

イタリア、ミラノ大聖堂。万が一の破壊による喪失を恐れて作られた超精密3Dモデルによるバックアップデータを元に再現されたレプリカの前で、少女が言う。

本来ならば無数の観光客で溢《あふ》れるはずの広場にいる『人間』は彼女と連れの二人きり。それ以外は路上のジェラート売りや散歩中の老人まで、すべて設定された市民ＡＩだ。

現実との違いは、その明るさ。現実と同期した時が流れる仮想世界で、陽《ひ》の落ちた広場には月と星の光があふれ、その冴《さ》え冴えとした白い光が古い街並みを照らし出す。

どこからともなく流れるＢＧＭ、古めかしいメロディは——。

「いい趣味だな、ヌグネ王女。スペイン広場で待ち合わせの方が良かったか？」

「ほ。一応ロマンスのたしなみ程度はあるんじゃな。生憎《あいにく》そなたはアメリカの新聞記者でもなく、わしもアン王女ではないがの」

月明かりの中、薄桃色の舌がジェラートを舐《な》める。

公式行事の場に現れる華麗なドレス姿と違い、そこにいるのはごく簡素なスカート姿のごくごく幼く見える美少女——アルセフィア王国第三王女、ヌグネ。

「Sì《シー》.『ローマの休日』ですね？」

「にししっ♪　そういうことじゃ。正式な外交の場では絶対できん趣向だの。こういうのが好みと聞いて、用意させてもらった。……どうじゃ。これもまた」

「『日常』か。なるほど、俺のことをよく調べてる。宗教者との名声以上に、外交面……。接待術、交渉力に関してはアルセフィア王族随一と聞いたが、噂《うわさ》は本当らしいな」

私服姿のヌグネと、その隣に侍《はべ》るクリステラ。

どちらもジェラートをのせたコーンを片手に持った観光客風の装いながら、見下ろす眼《め》は鋭く、和やかな裏でこちらの一挙手一投足をしっかりと監視している。

「せっかく来たのじゃ。お客人にひとつ、自慢の味を楽しんでもらおうではないか。——クリステラ。わしのおごりじゃ、お客人にジェラートを」

「Si. では、どうぞ。お受け取りください」

広場の片隅で屋台を開いていた市民ＡＩの老婆に、コインを渡す。

コーンにアイスを盛り、たっぷりと生クリームまでのせるのがイタリア流だ。クオリアで再現された偽りとは思えない、ほのかに溶けた柔らかなそれを——

「——投げたりするかと思ったら。意外と普通に持ってくるんだな」

「？　そんなことをしては失礼では。それに……」

ジェラートを持ち、紅蓮《ぐれん》の傍《そば》でにこやかに笑む聖女は。

「奇蹟《きせき》を疑い、試す方は多いですから。悲しみこそすれ、怒りなどありませんよ」

カールスに招かれ、クリステラと顔合わせをしたお茶会。

その席で紅蓮《ぐれん》は彼女の異能を試すため、NPCに足をかけてわざとティーポットを倒し、お茶をこぼした。しかし、そのすべては彼女のカップに吸い寄せられるように。

（一滴も残さず受け止められた……物理法則無視の現象だ。仮想世界とはいえ、そうした基本法則は現実と一切変わりないクオリア内で、それは奇蹟《きせき》としか言いようがない）

文字通りの神の恩寵《おんちよう》。それを与えられし乙女に渡されたジェラートを……。

が、クリステラは小首を傾《かし》げ、もうひとつのジェラートを受け取る。

「貴方《あなた》も、ぜひ。……美味《おい》しいですよ？」

「……はい。あ、ありがと……ッッ⁉」

（どうした、笑え。お前の面の皮の厚さはその程度か？）

笑顔がぎこちないフラヴィア・デル・テスタ。そのミニスカートの下、ニーソックスに包まれた弾力のある腿《もも》に触れ、きつくつねる。その痛みに、彼女はビクリと震えた。

（お前ならできるはずだ。相手がどれほど憎かろうと、その心を隠して本心から、楽しげに微笑《ほほえ》む強さが。最後の最後、勝利の瞬間まで心を秘める強さがある）

そう信じる、いや……知っているからこそ、心乱す彼女に罰を与え。

「んぁっ……！　くうっ……！　あ、ありがとうございます……！　大変失礼いたしました。少しだけ、まだ慣れないものですから……」

「ナニを股間に突っ込まれたままトークを進める女優みたいなセリフじゃのう。獅子王《ししおう》学園の風紀はアレじゃと聞いたがガチだったんじゃな」

「緊張してるのさ。こいつはクリステラ・ペトクリファ、あんたのファンなんだ。宗派は違えど神を信じる者同士、尊敬してるらしい」

美しい顔に似合わぬ下品なたとえを平気で言うヌグネ。淑女の口から放たれるセクハラ紛《まが》いの一言は、場の空気を和ませ緩める一石だ。

そこまで読み切った上で、紅蓮はしれっと話を誘導する。

「自己紹介しろ、フラヴィア。嘘《うそ》はつくなよ」

「はい。……フラヴィア・デル・テスタと申します。日本、およびアジアを中心に……。金融、投資などを実践する宗教団体、テスタ教団を運営しております。よしなに」

「おー、知っておるわ。アジアを中心に成金連中を集めてイキッとる異端がおる、と噂《うわさ》になっておるからの。最近割れた愉快な本名も合わせて、業界では評判じゃぞ？」

「洗礼名、のようなものと考えれば問題ないでしょう。それに、異端狩りは旧時代のこと。今の世界では信教の自由は認められ、異端も異教も容認するのが主流ですから」

いけませんよ、と軽くたしなめるように言うクリステラに、ヌグネはにしし♪　と笑う。

「ま、軽いジャブってとこじゃな。お主らが何を企《たくら》んでるかは知らんが、我が神は隣人を愛せと説き、右の頬を打《ぶ》つ者には左の頬を差し出せとも説いておる」

「お見逃しくださる……ということでしょうか？　ご寛容、感謝いたします」

「Si《シー》．Fクラス、Cクラスはともに先の大戦の被害者。争いのない世界を望む者同士……。そのように認識しております。手を取り合えるなら、これ以上の喜びはありません」

深々と頭を下げたフラヴィアに手を差し伸べ、助け起こしながら。

「フラヴィアさん、と仰《おっしゃ》いましたね。異なれど良き隣人たることを、願います」

「……はい。こちらこそ、お声がけ頂いただけで、天にも昇る気持ちです……ふふ♪」

言葉に、飴を含んだような甘さが混じる。

助け起こされた顔、フラヴィアの頬に薔薇《ばら》の赤みが差して、吐息にも香りが漂う。

パキッ、と微《かす》かな音が、隣に立つ紅蓮《ぐれん》の耳にのみ届いた。

(爪を、割ったな)

美しくネイルが施された左手の小指。その爪。強く強く握りしめたそれが割れている。

今しがた紅蓮が腿《もも》を抓《つね》って与えたのと同じ。痛みにより激情を抑え、理性を保つ行動。

憎しみのあまり目も眩《くら》み、恨みのあまり己のすべてを差し出してまで討伐を願った仇《あだ》を
前に、自傷というルーティン・ワークで理性を保ち、フラヴィアは初めて微笑《ほほえ》んだ。

「Cクラス、アルセフィア王国が誇るミラノ大聖堂の写し——噂《うわさ》以上の出来栄えですね。

以前にも教団の者と礼拝に伺いましたが、拝見した実物以上の迫力ですわ」

「はい。実物は貴重な人類の遺産、触れることはできませんが……。クオリアにより再現
されたデータですから、この仮想空間では触れることも、写真を撮ることもできますよ」

「まあ……！　では、屋上のマリア像やステンドグラスも並ばずに見られるのですか？

素晴らしいですね……。それだけでどれほどの観光客を招けるか、想像もつきません」

「そこじゃ、そこ。お主、なかなかにいい眼《め》をしておる。金に敏《さと》い商売気のある面じゃ。

クリステラは申し分ないパートナーじゃが、ただひとつそれが欠けておるでな？」

ふう、と露骨に息をつき、ヌグネは言う。

「人はパンのみにて生きるにあらず。されどパンなくして人は生きていけぬのじゃ。わしはアルセフィアを観光国として経営できると踏んでおる。各国の資本に基づき開発された六つの区画は、街並みすべてが巨大なテーマパークのようなもんじゃからな」

「現時点でもそういう動きはあるだろう。たとえば、第六区画は日本からの観光客を中心に受け入れて、ギリギリではあるがやっていってるが」

受け取ったジェラート、バニラ味のそれを生クリームと共に口に含む。

トロリととろける乳脂肪の味わい。まろやかな甘みと冷たい爽やかさは、仮想空間とは思えぬ再現度だ。さまざまな『味』を体験してきた紅蓮すら、驚きを隠せないほどに。

「客層が悪すぎるわ、たわけ。ほぼ犯罪者しか来んのに観光もクソもないじゃろが。多少は必要悪として残すにせよ、表の看板だけは綺麗《きれい》にせねば始まらん」

紅蓮の反応に、ヌグネは猫のように華麗な目を細めた。

「そこでわしが考案したのが、クオリア分枝を利用した——ＶＲ観光じゃ。どんな遠隔地にいようがアルセフィア王国が発行したログインキー、フルダイブ対応のＨＭＤと同期用ポットがあれば、自由に我が国の観光地を巡り歩くことができる。公開されたサーバーで大勢とシェアすることもできれば、人類の文化遺産を独り占めもカネさえ払えば自由自在。そして何より、ありとあらゆる欲望を満足させられるのじゃ」

「……なるほど。そういうことですか」

自分も渡されたジェラートをひと舐《な》めし、フラヴィアはただちに姫の狙いを看破する。

「この味わい……クオリアで共有されている味覚情報とはまったく異なるものです。かの映画、『ローマの休日』にも登場した老舗の味を完全に再現している……。このようにイタリアン・グルメの数々をVRで堪能できるとしたら？」

「Sì《シー》しかも、いかに貪ろうとも――それは、飽食の罪には当たりません」

VRによって再現された料理やスイーツはすべて幻、存在しないものだ。

糖質量だのカロリー制限だの、それどころか胃袋の限界すらない。

美酒美食を無限に味わう、古代ローマの貴族が目指した人類の夢が叶《かな》うのだ。

「闘争の調停機、人類が生んだ平和的兵器を観光資源化するとは……。学術、教育目的でのみ許された分枝を、そのように使うことが許されるのですか？」

フラヴィアの質問に、ヌグネは迷わず答える。

「当然じゃ、見込みがないマネなどせんわ。クオリアによる仮想現実、もうひとつの世界。その存在を広く知らしめ、仮想社会に適応できる人材を育成する。教育じゃろ？」

しかも、それだけではない。

「性。――セックスすら自由自在じゃ。男も女も処女もビッチも思うがまま、超精密３Dモデルと AI技術により、それこそ限界まで可能となる。性病の恐れもない。食欲、性欲、人類が求める欲望を叶える器。クオリア分枝にはその可能性がある」

「……それは悪魔の囁《ささや》き。堕落そのものでは？」

「際限なく使えば、の。じゃが、闇の産業で使い潰される人間が世界に何人おる？」

フラヴィアの指摘にも、ヌグネの決意は揺るぎない。

「女も男も少女も少年も、老いも若きもみな変わらん。欲望のはけ口となる人間を救うのは金と仕事じゃ。わしは分枝による観光事業、あらゆる産業における利益のうち、最低限の運営費を除いてすべてをヴァチカンを通じて寄付し、救われぬ者らを救いたい」

「教育目的というのも、建前ではありません。VR上での就労支援――たとえば技術教育、基礎教育の支援を、クオリア分枝のVR教育により効率的に行うことができます」

主《あるじ》ヌグネの言葉を継ぎ、クリステラは祈るように己《おの》が胸に手を当てて。

「私達……ヴァチカンがクオリア分枝を欲する理由は、お分かり頂けたでしょうか？　国力の強化のみを狙う他国とは違い、世界の平和と救済のために使いたい。この力は、決して闇の世界で独占していいものではない、そう信じるからなのです……！」

「……さぞかし、莫大《ばくだい》な金が動くでしょうね？」

静かに熱く理想に燃えるクリステラの隣で。

「たとえば、性産業。あらゆる欲望を満たす仮想空間上のハーレムに、億の金を払う富豪はいくらでもいるでしょう。そうでなくとも快楽にハマった人間は、より強い刺激を求めてしまうもの。一歩間違えれば――禁じられた、電脳麻薬となりえる」

す、と指でお金を示す丸いサインを作りながら。

「大いなるバビロン、淫婦どもと地の憎むべきものらの母。くすくすくす……♪　ヴァチカンの支援を受けし王女がそうならんとしていると、多くの宗教者が感じるでしょう。石もて槍《やり》もて、あなたを吊《つ》るせと叫ぶでしょうね？」

「さよう。夫の愛を奪われた女に刺されるか、欲望を売らんとする暗黒街に消されるか。暴力が禁じられたこの世界においても、わしはそうとう危うい橋を渡ろうとしておるな。じゃからこそ——わしは、味方が欲しい。それこそ切実に、本気での？」

欲望の楽園。電脳空間に隔離されたソドムとゴモラ。

「わしは地獄に堕《お》ちようぞ。その覚悟はとうの昔にできておるわ。されどヒトとはそういうものじゃ。蛇の誘惑に負けて楽園を追放されたわしらは、欲望の果実を思うさまに貪り食らってこそ、他者への寛容さを保つことができる。つまるところ一発ヌいてスッキリしとれば、誰もケンカはせんのじゃよ」

「最低の例えではありますが……Si《シー》. そういうこと、です」

わずかに頬を赤らめるクリステラに、欲望の姫はケラケラと笑う。

「初心《うぶ》じゃのう。ま、王政を廃止するというユーリエルの願いは聞いた。わしは反対せん。そもそも王子だ姫だなどと時代遅れもはなはだしいわ、中世か？」

「その点において折り合える、そう言いたいのか。……そして、Fクラスとの同盟が可能だ、と」

「そういうことじゃな。お主が欲しい。砕城紅蓮《さいじょうぐれん》」

「……意味がわからないな」

「隠しても無駄じゃ。お主、かなりの手練れじゃろ？　わしはお主を雇いたい。闇の世界の抑止力としてな。わしとヴァチカンの希望、電脳世界に人類の欲望を隔離せんとする計画──《バビロン》」

秘密を明かす者として、慎重さと興奮が混じったトロリとした表情でヌグネは言い。

受けた紅蓮は、つまらなそうな表情を隠すことなく。

「バビロンの番人として、クリステラをその任につけるにはちと美しすぎるでな。表舞台で使える駒を裏に沈めるには惜しい」

「ひでえ話だ。俺ならいいってことか？」

「そもそも、お主は表に出たがる人間ではあるまい？　公の評価、賛辞、地位名誉。その手のモノが欲しくばとうの昔にやっとろうが」

「……ったく。俺のことをどこまで知ってるのやら」

「さて、どうだかの？」

淫婦たらんとする姫は、極上の餌で最強を誘う。

「わしらはお主に温かな闇を与えよう。バビロンを侵す者どもを叩《たた》き潰《つぶ》してくれるかぎり、わしらは一切そなたに干渉せん。超絶フリー、在宅勤務可。給料は白紙の小切手じゃ。好きな数字を書き込むがいい、ムチャでなければ対応するわい」

「大したお誘いだな。俺が知る限り最高の好条件だ」

「じゃろ？　ついでに言えばお主の仲間らもそうじゃ。望むなら皆まとめて雇いもするし、ユーリエルと母君、わしにとっても弟のユリウスも含めて面倒見るわい」

すべてを背負い、すべてを握り、すべてを抱きしめる。

「それがわし――ヌグネ・アルセフィアが女王たらんとする理由じゃ。どうじゃ、おっぴろげて股ぐらの奥の奥まで見せてやったわ。ニシシ♪」

悪戯者《いたずらもの》の笑顔。その小さな身体《からだ》に世界の欲望を、卑猥《ひわい》と汚濁のすべてを背負わんとする。

王政を捨ててもいいと言い放つ本人の資質とは、裏腹に――。

「……なるほど。クリステラ様が、世界が認めた聖女たる方が傅《かしず》く理由がわかりました」

これまで現れた王子姫君の中で、誰よりも『王』たらん。

卑猥な仮面の裏に王の器を隠した少女――それこそがヌグネ・アルセフィアだった。

「クリステラ様という光の影に、ヌグネ様という闇がある。どちらでもない、どちらもなくてはならぬもの……兄弟姉妹という絆《きずな》すら超えたモノ。――《共犯者》とでも言うべきでしょうか？」

砕城《さいじよう》紅蓮《ぐれん》とユーリエル・アルセフィアの関係……悪魔と契約せし魔女の如《ごと》く。

聖女クリステラと王女ヌグネ。二人の関係は。

「じゃな。わしとクリステラはまさしく《共犯者》。この穢《けが》れた世界を少しでも清らかにせんと企《たくら》む者じゃよ」

「ならば……当然、お分かりでしょう？　私達がこちらを訪ねた、その理由を」

単なる危機感のない愚か者ではなく、清濁併《あわ》せ呑《の》む覚悟があるなら。

「私達は、私達の思惑があって参りました。それを疑いもせず迎え、同盟……いえ、吸収、併合に近いスカウトまで申し出るなど、いささか不用心に過ぎるのでは？」

「ま、さようじゃな。ツテを頼って調べはしたが、正直まともなデータは手に入らなんだ。フラヴィアとやら、お主のこともさっき言った程度のプロフィールしか知らん。そこの強者、砕城紅蓮の正体が推測通りかどうかもサッパリわからん。疑おうと思えばいくらでも疑えるんじゃが……」

そこまで言うと、ヌグネはおとなしくジェラートを舐《な》めていたクリステラに。

「この《聖女》が、お主らを信じると言う。となれば、わしとしては最大限できる手札を切ってやるくらいしかできんじゃろがい。《共犯者》としての？」

「ええ。――神の家、その門を叩《たた》く者を拒んではいけません。たとえ騙《だま》されようとも。人を信じ、愛を信じ、神を信じて受け入れねばなりませんから」

それはまるで、疑いという概念すら存在しないかのような。

純白のシーツのような笑顔で。

「信頼は疑惑からは生まれません。まずは信じ、受け入れてこそ始まるもの。この出会いがどのような結果になるかはわかりませんが――」

クリステラ・ペトクリファ、現代の聖女は天使の翼の如く、両腕を広げ。

「良き結果となること……Preghiera《プレギエーラ》. 祈っています」

すべてを受け入れると言わんばかりの慈愛。

その影に立つ王女ヌグネと共に、このコンビは聖と魔、光と闇を二人で完成させている。

「ふふっ……はははは、あはははははははははははは♪」

二人を前に、スイッチが入ったかのような笑いが響く。

「あはっ、あはっ、あはははははは♪　面白い、面白くて死んでしまいそうです……！この世の奇蹟《きせき》、世界に残りしたったひとつの清らかなるものが。その手を穢《けが》さずドブを浚《さら》わせようと？　自分では動かず、人にさせるから己は清いと……？」

「Non《ノン》……私は、ただの人間に過ぎません」

悲しげに顔を伏せ、笑うフラヴィアに聖女は言う。

「穢れる覚悟もできています。望むならこの手で殿方の汚濁を受け止めようとも。けれど……それはしてはならない、と。姫殿下、ヌグネは……言うのです」

「当然じゃ。真に清くあらねばならぬものも、この世にはある。アイドルはたとえ裏側でジャーマネや同級生とつきあっとろうと、ファンの前では知らん顔をせねばならん」

つまりは信徒。憧れ、崇《あが》める人々に対する——詐欺行為。

「お主とてそうであろう、フラヴィア・デル・テスタ。テスタ教団とやらの立ち上げの際、決して綺麗《きれい》な手管ばかり使っていたわけではあるまい。たとえ罪を犯そうとも」

「そんな……そんなことが、許される、はずが……!!」

真っ青になり、震えたように座り込む。震える手からジェラートが落ち、仮想空間の石畳に触れ、粉々に砕《くだ》けて消え。スカートから覗《のぞ》く豊かな腿《もも》が震え、萎える。立ってすらいられない自責を感じて。

「……大丈夫です。神の国は、悔い改めた貴女《あなた》を祝福するでしょう」

「本当、ですか?」

確かめるように。

「神は、クリステラ様は。……この私の穢れを、お許しくださいますか?」

「Si《シー》. 信仰は生という暗闇を照らす道しるべです。……お話をしましょう」

きっと、わかりあえますから。

囁《ささや》くような言葉を受け、フラヴィアはくしゃりと顔を歪《ゆが》め——。

「ありがとう……ありがとうございます。どうか、どうか……!」

「ええ。Amico《アミーコ》……お友達に、なりましょう」

聖女と聖女は互いに抱擁し、友情の誓いを交わす。

本心からの涙。本心からの絶叫。本心からの誓い。そこに嘘《うそ》は存在しないように見える。

だが、紅蓮《ぐれん》には理解できる。あらゆる嘘を、あらゆる流れを看破する赤い眼《め》には。

(完璧だ。……大したもんだよ、フラヴィア)

自分自身を完全に騙《だま》し、悔悛《かいしゅん》の涙すら流す大嘘吐《つ》きが。

寄り添う相手に抱く、煮えたぎるような復讐《ふくしゅう》の意思を——確かに、感じていた。

「【ディベート・ゲーム】がどういう形で始まり、終わるのかはわからないが。条件は後で詰めるとして、ひとまず互いに有利になるよう同盟を組む——それでいいか?」

「ま、良かろう。こちらはクリステラが出場することになっておるが」

「なら、うちはフラヴィアを出そう。相性が良さそうだしな」

「ふん。最初から決まっておったのであろ？　はてさて、何を企《たくら》んでおるのやら、じゃ」

ヌグネはあっさりと言い、肩をすくめる。

しかし芝居がかった真似《まね》をしながら、同盟の話そのものは拒まずに。

「ほら、もう泣き止《や》んで。……ジェラートが落ちてしまいましたね？　どうぞ」

「これは……そんな。クリステラ様のものではありませんか、これを、私に……？」

「ふふっ、仮想現実でも、キスのようになってしまいますね」

「キス……!?」

「冗談です♪　そのようなはしたないこと、聖女の身でするわけにはいきません」

「大げさだな。あんたらの宗教ではキスも淫らな行為に含まれるのか？」

「んなわけあるか。クリステラは特別清純なだけじゃよ。教会のアイドルじゃからな」

「へえ……いろんな価値観があるもんだ」

何気ない会話の隙間、紅蓮《ぐれん》の瞳が微《かす》かに赤く閃《ひらめ》いたことを――この場の誰も気づかない。

「新しいものを頂いてきますから、Aspetta《アスペッタ》……待っていてください」

落として消えたジェラートの代わりに、自分の食べかけを差し出すクリステラ。

もちろん冗談のつもりだったのだろう、すぐに退いて再びジェラート売りの老婆のもとへ向かおうとするが、その手をフラヴィアが握り、放さずに。

「いえ。良ければ、そのままで……光栄です」

「まあ。ふふっ、はい、いいですよ。……どうぞ♪」

あーん、とアイスを食べさせ合う聖女と聖女。

仲睦《むつ》まじい二人の、口づけのようなアイスの交換によって――

CとF、2クラス間同盟は成立した。


同盟締結から、およそ2時間後――。

「……。はにゅ……ぷる……ぴー……や……？」

「いかん、クリステラのやつめ、おねむのようじゃの。名残惜しいがお開きじゃ」

ヌグネがそう言い、場を締めるように手を叩《たた》く。同盟を結んだ記念に、と仮想空間上でCクラスが誇る観光名所の各地を巡り、グルメと世界遺産を堪能していた最中のことだ。

「まあ。ふふふ、寝顔も可愛《かわい》らしい。とても素敵な映える写真が撮れましたわ」

「聖女と聖女がウチの大聖堂のステンドグラスの前で両手を合わせてハート作ってチーズ、とかそりゃ映えるじゃろうなあ。とはいえまだ同盟締結が知られてはまずいゆえ」

「ええ、SNSにUPなどいたしません。個人的に楽しませて頂きます」

言うと、まるで母に甘えるようにヌグネに背負われた聖女、クリステラのあどけない寝顔を数枚撮り、フラヴィアは一礼してログアウトする。

「大変有意義な時間が過ごせました。――それでは、失礼いたします」

「ああ。さて、俺も落ちるとするかな」

「まあ、待たれい。最後に一つ二つ、個人的に聞きたいことがあるんじゃが？」

ログアウト処理を開始しかけた腕をちょいとつまみ、ヌグネは声をひそめる。

「お主……ユーリに何をした？」

「何も」

「嘘《うそ》をつくでないわ。カールスとの戦いはわしもログで見たが……あのブチギレぶりは、あの娘《こ》としてはありえんじゃろ。洗脳じみた真似《まね》などしとらんじゃろな」

カールスを倒した瞬間の妹、ユーリエルの表情を思い出し、ヌグネは痛ましげに思う。

あれはおかしい、と本能がアラートを鳴らしていた。

彼女が知る限り、ユーリエルは優しい娘だ。ヌグネ……イタリアの歌姫と先代国王の間に生まれ、下賤《げせん》の生まれと蔑まれてきた者より、遥《はる》かに貴族らしく、俗っ気が薄い。

そんな彼女が、たとえ母を貶《おとし》めた仇敵《きゆうてき》同然の相手とはいえ、かつてあれほど慕っていた兄を口汚く罵り、王政を廃して国民にすべてを投げ渡すなど。

「あの娘は責任感が強い。優しさはもちろんじゃが、家のこと、国のことも見捨てられん。そういう脆《もろ》さのある人間じゃった。それが、突然人が変わるなど……」

「突然、じゃないさ。──ヌグネ、あんたが知ってるのは昔のユーリだ」

昔。その言葉をより強調して、紅蓮《ぐれん》は幼女のような姫君を見下ろす。

「確かにあいつは昔、弱かった。だが、強くならなければ生きていけなかった。母親は心を壊されて、病弱な弟を助け、自分が生き残るためには借金を減らし、ヤクザどもの中に飛び込んで遊戯《ゲーム》をするしかなかった。まともでいられるはずがないだろう？」

「……それは、そうじゃが」

「あんたの言い方は、自分の罪悪感を紛らわせるために悪者を探してるだけだろう。そんな風に思うのなら、もっと早くユーリと弟を逃がしてやればよかったのに」

遠く、それこそ地の果て、地球の裏側のような。

「王位継承権を放棄させ、負債を肩代わりして遠い国へ。そうすりゃユーリは弟と一緒に、ごく普通の女として暮らしていたはずだ。当然、継承戦に出ることもなくな」

「……そんなカネがあれば、の。ウチは赤字続きじゃし実権を握れたのだって最近じゃ。福祉政策が手厚い、税金も安い、故に常に赤字続き。予算は絞りに絞っとる」

自身も贅沢《ぜいたく》などしない、できない。とてもではないが、妹を救う余裕などなかった。

ユーリエルを解き放つために必要な額は、外資に売られた膨大な開発権利――その金を遊戯者《プレイヤー》ならぬ王族が、自分の治める民を苦しめてまで出すことはできず。

「つまり、妹と他人を天秤《てんびん》にかけて、他人を助けることを選んだんだろう？　おめでとう、その時点でお前はユーリにとってただの『他人』どころか『敵』だ。その後ろめたさがあるから同盟にも応じた。疑ってなお、信じたいと願っている、いや。許されたいと思ってるんだろう？　強がりの、お姫様」

「………………!!」

ヌグネは息を呑《の》み、わなわなと震えて紅蓮《ぐれん》を睨《にら》む。

美しい形の眼《め》に、みるみる大粒の涙が浮かんで……。

「ひっどいことを言うヤツじゃのう……。幼女を泣かせて楽しいか、きちゃま！」

「都合のいい時だけ外見相応の態度をとるなよ。ずるい女だな、あんた」

「ふん、嘘《うそ》泣きなんぞやっぱ効かんか。まあ、わかっておったがな」

涙をガッとを袖で拭う。確かに、そうだとしか言えなかった。

「わしはユーリを捨てた。わしを愛し慕ってくれる民を救うために、妹を救わなかった。かつてした選択じゃ。じゃから、あの子に恨まれとっても文句は言えん。それでも……それでも、やっぱり妹じゃからな。未練がある。それは、しゃあないんじゃよ」

なぜなら、彼女は。

「わしは、フツーの人間じゃからな。なんじゃ異能って、意味わからん。んなトンデモ能力ありゃせんわ、ふざけんな、チートじゃろチート。凡人とチーターを同じレギュで戦わせとる時点で絶対公平とかないわ。クオリアとかクソじゃな！」

「わかりやすいな。それがあんたの魅力、なんだろうが」

ズバズバと本音をさらけ出す。汚いものも醜いものも、隠さない。

その正直さと率直さ、そして汚れを恐れない強さを感じるからこそ――汚れていてなお、この姫君は人を導く輝きを誇るのだと、紅蓮にも理解できた。

「もしあんたが俺を雇っていたら、案外うまくやっていけたかもしれないと思うよ。あんたみたいなタイプは嫌いじゃないからな」

「わしはお前みたいなタイプはだいっ嫌いじゃ、怖いわ。絶対勝てる気がせんし。じゃから全力で買収する。さっきのスカウト話も同盟話も、できればフッーに守ってくれるとすげえ助かるわい。何度も言うが、わしは王位に興味がないでな」

故に、王室解体を掲げるユーリエルと共闘できる、とヌグネは言う。

だがそれは、矛盾するのだ。

「嘘つけ。――なら、なんで敗退しない？」

「む？」

「あんたが本当にユーリエルと同じ、王室解体を望んでいるのなら。それこそライバルになりえる自分を捨て、ユーリに託したっていいだろう。そもそも、この王位継承戦にすら出場しないって選択肢もあったはずだ。違うか？」

「そりゃ違うわい。それでは、改革ができぬ。この国を救うために――」

「そのためには王位を得るのがてっとり早い。王権の解体は改革を一気に進めたいあんたにとっては痛手、できれば避けたい。だが、万一ユーリが勝ち残る可能性を考えた」

そう、あの言葉。将来のビジョンを共有できる、という言葉は。

「保険であり、罠《わな》だ。あんたはタフな政治家だよ。自陣の駒、クリステラを最大限に信頼しながらも、それが敗北した時のことを考えている。もし負けても、自分の持つ観光立国化とクオリア分枝活用ってアイディアを、そうしたビジョンのないユーリに売り込む」

この会話は――そのための盛大なる布石《プレゼン》。

「何手も先を読み、常に保険をかけ、勝利と敗北の先を見越してる。遊戯者《プレイヤー》に向いてないなんて冗談だろ？　あんたは立派な遊戯者だよ、政治というゲームに特化してるだけで、立派に俺やユーリ、カールスみたいな悪党の同類さ」

たとえ敗れても、己の意志を、野望を達成する。

思うがままに世界を作り替えんとする強い意志を持つ者、それを。

「野心家と呼ぶんだ。今更ごまかしたって無駄だ。誰かのために汚れるんじゃない。最初から汚いだけだろ？　――ヌグネ・アルセフィア」

「……言ってくれるのう。それが仮にも同盟相手に言う言葉じゃろか？　ドSか貴様」

「それで傷つくようなあんたじゃないだろ。自覚のあることだからな。違うか」

「違わん違わん。ま、そりゃそうじゃ」

誰もが喜び慕うような、善人に。

「王など務まるわけがあるまい。王は国のために政治を行うものじゃ。いちいち貧民など救っておるヒマがあったら国を救え。さすれば経済が回り、おのずと貧民も救われる。そうするのが最適解じゃ。――じゃが、じゃがな！」

それは今もなお、己の特区の財政を傾けてまで貧民を救済し続ける者の言葉で。

自分の行動を無意味と否定し、王としては失格だと述べながら。

「――それがどうした!!　それは王道やもしれぬ、されど真の王ではない！　貧民も金持ちも男も女もジジイもババアも、根性曲がりの兄や慕ってくれん妹も！ 救えんようで何が王か。選択だの選別だの救うための犠牲だの、それこそくだらんわ！ 斜に構えた中学生か！ 今に見ておれ、わしがまとめて全部救ってくれる!!」

王とはマニュアル通りに務めてよしとするものではない、と。その顔が言っている。

紅蓮《ぐれん》の眼《め》は看破する、その自信の裏の恐怖を。

怯《おび》え震えながら、それでも実行せんとする意志を。

重圧から逃れ、人としての幸せを求めて王位を捨てんとするユーリエルとは対極の意志。

すべてを背負い、抱えんとする女王の意志。

「クオリア分枝があればそれが叶《かな》う。貧乏人にも金持ちにも等しく娯楽をたんまりと与え、幸福なる幻とともに金を吸い上げ、それを福祉で還元するシステムがの？ わしは欲しい。すべてを救う力、金と権力の源、王冠が!!」

そのために勝ちたい。王位が、クオリアが欲しい。そう、ヌグネの眼が叫んでいた。

「イカれてるな、あんた。……これ以上なく、王様らしいが」

「じゃろ？ 厄介なことに向いておるんじゃ。じゃから、わしは王になりたい。同盟も長くは続かんどころか、おぬしらフツーに裏切る算段つけとるじゃろ？」

「さあな。俺に言えることは、ただひとつだ」

妹への愛、家族への愛が、その野望より重いのならば。

「王位への野望を捨てて、敗退すること。真に俺達が仲間になれるとしたら——それしかないだろうさ」

「ふん。……言ってくれるわい。クリステラは、強いぞ？」

それ以上言葉を交わすことなく、砕城紅蓮《さいじょうぐれん》は接続を切り、そのアバターの姿を消した。

姿を消した少年の面影を目で追いながら、ヌグネはふんと鼻を鳴らす。

カードを操るような器用さはない。神に愛されるような異能もない。

性格だって最悪だ、とヌグネは自嘲する。血の繋《つな》がった家族を救うより、特に関係ない貧民へ食事を恵む方を選ぶ時点で、言い訳の余地はないだろう。

だからこそ王位が欲しい。ただの汚いものから、王冠を得て国を、家族を、貧しい民を、すべてを救える存在に成り上がるために。弱い自分を、強くするために。

「いつまでも子供と思っておったが、悪い男を連れ込むくらいには大人になったか。……ユーリエル。されど、簡単には負けてなど、やらんぞ……？」

呟《つぶや》きを聞く者は誰もおらず。

第三地区、人影なき大聖堂のただ中で、王女の声は静かに消えていった。

＊

同日、同時刻、アルセフィア王国第四区画。

ロシアからの留学生達が滞在する学生寮は、要塞じみた鉄筋コンクリートの集合住宅だ。

個々の部屋の壁は厚く、プライバシーこそ保たれているが設備は老朽化、シャワーの湯は温《ぬる》く、電気コンロが温まるには時間がかかる。

しかし上位層が宿泊する高層階は、そうした低層の悩みとは無縁であり、外見こそほぼ同じに偽装されているものの、厳重なロックの向こうには別世界が広がっている。

故障が多い中国製や自国メーカー品ではない、アメリカや日本から輸入した家電。ここアルセフィアでは外国製品は比較的入手しやすいが、ロシア本国では難しいものばかり。

床に敷かれた高級絨毯《じゆうたん》、集中して温められた暖房設備。ガス付きのシステムキッチンにバーカウンター、ウォッカをはじめとする酒類まで整えられたホテル並みの部屋に――。

「……下衆《げす》めが。その細腕で、私に何をするつもりだった？」

「ヒイッ……!!　あひいっ！　イヒ!!　……いやあ。興奮するなぁ!!　予想通りのキレップりだ!!　もっともっとキツくして!!　僕に君を刻んでおくれ!!」

汚い悲鳴が聞こえてくる。

肌も露《あら》わなランジェリー。寝乱れたベッドから跳び起きたばかりらしく、ずれた肩紐《かたひも》に白い胸まで見えかけた女が、タオルで縛り上げた男の尻を素足でグリグリ踏みにじる。

不健康に痩せた男が持ち込んだらしい怪しげな粉末、注射器が床に散らばって、女ことミラ・イリイニシュナ・プーシキナは汚物を見るような眼《め》で仮の主《あるじ》を睨《にら》みつける。

「システムロックを継承候補者の権限で強制解除し、私に怪しげな薬物を注射して。……己《おの》がモノにしようとでも思ったか。あまりにも浅はかすぎる考えだな」

「フヒッ、フヒヒヒヒ……！　だぁって、ミラ君。キミ、負けたじゃあないか!!」

尻を踏みにじられ、無様にもがきながら……第二王子、ツボルグ・アルセフィアは言う。

「あれだけ大口を叩《たた》き、カールスを追い詰めておきながら無様に負けた！　パンツ丸出しの艶姿《あですがた》は党中央まで閲覧したらしいじゃないか。キミの評価は最低さ！　僕が庇《かば》ってあげなければ今頃粛清だよキミ。へへ、ふひひ、ヒヒッ……!!」

「だから黙って抱かれろとでも？　……そこの注射器より粗末なモノで私を犯そうなど、よく言えたものだな、クズめ。その筋肉もろくにない貧弱な腕で何ができる！」

「フヒッ……!!　そ、それがいい!!　それがイイ!!　興奮するぅ……!!　そのゴミを見るようなツラで踏んで!!　さあ、僕に奉仕して!!」

「誰がするか!!　……このまま、クズの遺伝子を断ってやろうか!!」

ツボルグの股間にミラの踵《かかと》がめり込む。肉の歪《ゆが》むぐにゅりとした感触を不快に感じながら、ミラがそこに本気の力をこめかけた、その時だった。

「それ以上ヤッたらキミは死ぬよ？　……わかってるよね、後がないって」

「……ッ!!」

そう、ミラにはもはや失敗は許されない。

勝利を目前にしても屈辱的な敗北。必死で言いつくろい、汚名を挽回《ばんかい》するためAクラスを積極的に攻め立てたものの、復帰したカールスと遊戯傭兵《ゲームようへい》の前に攻勢は跳ね返された。

それでもジワジワと追い詰めていたと思えば、予想外。Eクラスなどという伏兵によりカールスの首という手柄を奪われ、しかも白王子透夜《しろおうじとうや》が復帰したなどと……！

「ミラさん、ミラさん、ミラさん!! キミはも〰〰う、終わりだ!! 党本部にとって勝てない遊戯者《プレイヤー》なんて豚以下さ。僕が王位につけなければ連邦はこれまでの投資を取り戻すため、いかなる手段でも使うだろう。そう」

シャツをはだけ、痩せ細って肋骨《ろっこつ》の浮いた身体《からだ》を、鍵盤を弾くようにツボルグは押す。

「このカラダを解体して臓器を取り、売りさばいてでもね。それは君も同じだよ。敗北の責任は甘くない。本部の老人方の肉奴隷にされ、飽きたらバラバラにされてどこぞの金持ちの延命治療に使われる。僕たちに明日はない！」

けど。

「——フヒヒッ……！ カールス、カールス、カールスぅ!! 見たかいヤツの破滅顔!! あれを見た時思わずイッちゃったよ!! 自分は勝ち組だって心底思ってたクズが一転、地獄へ突き落とされた。あれを見ただけで生きた甲斐《かい》があった！ あとはまあ、せいぜい気持ちよく楽しんで死ねれば王位とか、どうでもいいだろ!?」

「破滅主義の、変質者めが。……そんな理由で私を犯しに来たのか？」

「そうさ。キミが愛してもいない男に組み敷かれ、遥《はる》かに弱い僕に権力で服従させられ、乱暴された時に見せる涙をペロペロ舐《な》めてみたかった。さぞ美味《うま》かったろうとね？」

「……貴様にはもはや、女として生かしておく理由を思いつかないな。死ね」

「そうかい？ まだ未練があるんじゃないのかな〰〰〰？ 知ってるんだよ好きな男。

いるんだよね誰かさんが。キミの心を奪って離さないクソ野郎が。イヒヒッ♪」

それが誰かは知らない、知りたくもない。

ツボルグにとって、それは重要ではない……！

「僕を殺したらキミの粛清は確実に早まる。クソ野郎への復讐《ふくしゅう》のチャンスも消える！　それでも殺せるのかな？　観念したまえよ。キミに復讐のチャンスをあげられるのは、もう僕しかいないんだよ。大人しくしなくていいから、僕を受け入れてくれ！」

暴れる山猫を犯すように。

「嫌がるキミを抱きしめたい！　泣き叫びたいのにこらえながら睨《にら》む眼《め》を、蔑みの視線を浴びながら粗末なモノを擦《こす》りつけたくてしょうがないんだ!!　愛してる。愛してるよ、ミラさん！　ウヒ、フヒ、ハハハハハハ……！」

「クズが!!」

——バチン!!

強烈な音を立てて、平手打ち。

頬を真っ赤に腫らしたツボルグは白目を剥《む》いて気絶し、ぐったりと倒れる。

そんな男を見下ろしながら、ミラは唇を噛《か》みしめ、己《おの》が血を味わっていた。

——後がない。

そう、それだけはツボルグの言葉に真実がある。

無様すぎる逆転劇、敗北によってミラの立場は最悪だ。次の戦いで負ければそれこそ、良くて脂ぎった老人の玩具《おもちゃ》、悪ければ農場でミンチにされて豚の餌になりかねない。

（明日の遊戯《ゲーム》、【ディベート・ゲーム】で勝つ……!!）最低でも、党本部にメンツを立てねば、私は、私は……！

それこそツボルグに身体《からだ》を開き、情婦となっても救われまい。

明確なタイムリミット。それを打開する策がないわけではなかった。

だが生理的な不快感が、王族に対する建前と立場が、その『策』の実行を止めていた。

しかし今、最低極まる夜這《よば》いと脅しをかけてきたクズに、遠慮の余地はもはやない。

「貴様とひとつになるなど、断じて拒否したいが……。止《や》むを得《え》ん。協力してもらおうか、ツボルグ・アルセフィア」

男が持ち込んだ注射器を取る。

水差しを傾けて中身をコップに注ぎ、そこにかねてから用意してあったものを注ぐ。

銀色の淡い粉――それはたちまち水に消えて見えなくなると、注射器に吸い上げられた。

針先から溶液をチュッと出しながら、ミラは残酷に微笑《ほほえ》む。

「お前の望み通り、犯してやろう。私のナノマシンで、貴様の脳を蹂躙《じゅうりん》してやるぞ。……光栄に思え！」

「フ、フヒィ……――ッ!?」

エビのようにのけぞって悲鳴を上げる怪王子。痙攣《けいれん》する身体を踏みにじり、押さえつけるミラ。二人の悍《おぞ》ましい交わりは深夜まで続き――そして遊戯の朝を迎えるのだった。

●ディベート・ゲーム

翌日、アルセフィア王立学園中央エリア地下、学園管理棟——。

朽ちかけたような趣の壁やさまざまな装飾、ドーム状の高い天井は宗教施設を思わせる。

だがその最奥。古色を帯びた荘厳な祭壇から伸びた無数のケーブルは超高速の光回線、周囲を囲む深紅の布がかけられた六つの棺《ひつぎ》は、仮想空間に人を誘《いざな》うクオリア筐体《きょうたい》。

偽装のためだろう。各クラスの遊戯室《ゲーム》に配置されたカプセル型とは違い、まるで吸血鬼が眠っているかのような古びた不気味さがあり、周囲の雰囲気とマッチしている。

全校生徒が集まる集会場、大講堂として偽装されていたこの建物が、世界トップクラスのAI技術・クオリア技術研究の聖地であることを知る者は極めて少ない。

《獣王遊戯祭《ベスティア》》開催のため用意されたクオリア分枝、世界を司《つかさど》るシステムの大端末。

これまでの遊戯において仮想世界を提供、戦場を描画し続けてきたシステムの前には、3D映像の仮想キーボードが出現し、クリアな青い光で作られた実体なき鍵盤を、黒い手のようなものが次々と叩《たた》く。それが奏でる音は。

「ベートーベンピアノソナタ・月光。弾いてるふりをしてるだけだな」

「エアピアノというわけですか。……おかしな演出ですね？」

やや遅れて会場入りした紅蓮《ぐれん》とユーリエル。そして二名の連れがエレベーターを降り、普段は閉鎖された大扉をくぐって見たものに、そう感想を述べると。

「そこっ、余計なこと言わないことだネ。怪しい館、ギミックの引き金はピアノを弾く。コレはキミたち日本の定番だろう？　あとヘンなオブジェをハメ込むと開く扉とか！」

器用に翼を操り、ベートーベンの名曲を弾くフリをしながら叫ぶ一羽のペンギン。

無数のファンが唸《うな》りを上げ、巨獣のようなシステムが覚醒する中、ペラペン先生は大きく飛び跳ねた。

「ハ～～～ニホ～～～～～ッ♪　やあ、昨晩はよく眠れたかね、諸君！　《獣王遊戯祭》の第二段階の幕開け――【ディベート・ゲーム】開幕だヨ！」

ピョンピョン☆と跳ねるたび、偽物とは思えない星がきらめき、ハートが弾《はじ》ける。

露骨なかわいらしさの演出、だがこの場にそれで心和む者はいない。

この場にいるのは、そう。

「ふん。――下等ＡＩ風情がつまらん余興で俺の時間を奪うとは。許し難い大罪だな？」

「す、すいません！……もうちょっとだけ我慢してください、すぐ始まりますから！」

Ｅクラス代表、白王子《しろおうじ》透夜《とうや》と見学者、エーギル・アルセフィア。

「そうだな、前置きは不要だ。……貴様ら全員、我が祖国の名のもとに踏み潰してくれる」

Ｄクラス代表、ミラ・イリイニシュナ・プーシキナ。

「できるもんならやってみい、といったところじゃの、ニョホッ♪　ま～た負けた拍子にパンツ丸出しにならんようにな？　のう、クリステラ」

「Non《ノン》……いけません、姫殿下、ヌグネ。そのようなことを言っては、彼女の名誉が」

Ｃクラス代表、クリステラ・ペトクリファと見学者、ヌグネ・アルセフィア。

「傷つくような名誉などあるものですか。お兄様にちょっかいを出し続ける駄犬ごとき、その他の有象無象ともどもまとめて片付けてしまいなさい。……できますね？」

大言に、わずかな不安を含めた言葉。続く問いかけは違う誰かに向けたようで。

それでいながら傍らの兄を窺《うかが》い——見学者・砕城可憐《さいじようかれん》がそう言って。

「ええ、もちろん……♪　お久しぶりですね、前会長。かつては貴方《あなた》こそ希望、救世主と考えお慕いしておりましたが、今やそれも昔の話」

普段はにこやかに細まった眼《め》が、獲物を見つけた蛇のごとくニチャリと開き。

「——我が主《あるじ》、砕城紅蓮《ぐれん》の名のもとに。絶望の泥沼を泳いだ我が半生の償いに。そして喪《うしな》った古きものの魂に捧《ささ》げる花束として。……下剋上《げこくじよう》、させて頂きます♪」

あくまで旧主への因縁を交えた宣戦布告。

だがそう見せかけて、巧みに溢《あふ》れる殺意をコントロールしている。真に悪意をぶつけるべき方向を捻《ね》じ曲《ま》げ、外へ誘導することにより、偽りの同盟関係を維持しながら。

フラヴィア・デル・テスタは菩薩《ぼさつ》のように微笑《ほほえ》んで、参加者たちの列に加わった。

「ほう……とうとう本気になったか、フラヴィア。旧生徒会のメンツの中で、お前は多少喰《く》いごたえがあるやもしれんと思っていた。紅蓮本人が現れんのは残念だが、これはこれで期待できそうではないか」

言うと、白王子透夜《しろおうじとうや》は実体なきマスコット、ペラペン先生を見下ろして。

「そこの鳥類。遊戯開幕《ゲーム》と言ったが、Bクラスの代表が来ていないようだが？」

「ソレナンだよね。Bの参加申請——代表者、凍城紫漣《とうじょうしれん》クンの名前で出されてるんだけど、急用らしくてネ。間に合わないから先にヤッててほしいそうだ。ふざけてるねェ！」

困ったもんだと言わんばかりに、ペンギンは腕ならぬ翼を組んで低く唸《うな》った。

「今どきの人間というヤツは時間を守らなくて困るヨ。ひとまず今回は棄権として——。Bクラスに配布される予定だった『チップ』は、我々が預からせてもらったヨ」

「『チップ』……だと？　聞いていないぞ。何を賭けろと言うのだ？」

不審げに言うミラ。すると、ペラペン先生はチッチッと芝居がかった動きで翼を振る。

「第一段階の戦いを経て、諸君らの中でも敏《さと》い者は気づいているだろう？　この王位継承戦のテーマは、国民の意思をCPという数字に置き換えて競うもの。一人でも多くの支持を集めるため、浮動票を奪い合うモノだ」

本来、それを決定づけるのは当事者の意思のみ。誰も強制することはできない。

「……が、ここに例外が存在する。Aクラスを支持し、その勝利を願った者たちさ」

車のアイドリング音のようなグルグルともゴロゴロとも聞こえる、喉の奥、腹の底から響き渡るような……嘲笑のニュアンスを交えた鳴き声とともに。

「ただのマヌケ、と言い換えてもいいねェ。敗者に人権はないというのに。敗北してなおカールスへの支持を止《や》めず、投票先を変えようとしなかった民、その数5219名!!」

それぞれの理由があっただろう。カールスの政治思想を純粋に信じた者もいる。

たまたま体調が悪く、申請が遅れた者もいるだろう。だが、そうした事情は一切考慮されず、ただ結果だけが残る。

ペラペン先生の嘲笑と共に、空から無数のカードが降り注ぐ。ひらひらと舞うそれには、国民の名前や住所などの個人情報、顔写真が貼られており――。

「国民管理IDカード……本物か？」

「当然だヨ。ま、コレそのものはただの紙切れさ。だが組み込まれたICチップを通じて、王位継承戦のログインIDとして機能する。その点において価値がある！」

どこへ投じるのも自由自在。CPの源泉となる、『国民の権利』そのもの！

「政策？　バ〜〜カ言ってんじゃないネ！　この国は遊戯《ゲーム》の王国サ。遊戯者《プレイヤー》が己の都合のママに賭けで奪い、そのまま成立したワガママ国、古代の独裁者がひっくり返るような、バカげた経緯で建国したんだ。そんなマトモな選挙、必要ないと思わないカイ？」

「待たんかペンギン。第一段階で自分で言っていたことを、完全に否定しとるじゃろ！」

怒りで幼い顔立ちを桃色に染め、ヌグネが強く地団太を踏む。

「己が王となった暁に見せる手腕を示す。さまざまな政策でアピールするもよし、外征で実力を示すもよし、というコンセプトだったはずじゃ。それがなんで、そうなる！」

「建前と本音、というやつだネ。国民の前では優しいおじさんを演じながら、その裏では冷たく切り捨て、文字通りチップのように扱わねばならない。それこそ全国民を慈しみ、愛していたら昔の政治家は世界大戦など絶対起こさなかったハズさ！」

遊戯ですべてが決まる新時代となっても。

権力者にとって国民一人の価値など……。

「人命は無数に存在する賭け代のひとつに過ぎない。この我々のスタンスを拒むのなら、まずは遊戯にて勝ち残り、王冠をその手にすることだネ。今管理を委託されているボクらAIは、あくまで先王の価値観に基づいて動く代行者に過ぎないんだヨ」

「……あんの、クソ親父《おやじ》……！」

人間としてヌグネの怒りは正当なものだ。

しかし、実体なきプログラムに怒っても解決にはならない。そう理解しているだけに、怒りは続くことなく……はあ、と深くため息をつき、己《おの》が同盟者を見上げた。

「すまんの、クリステラ。我が愛すべきクソ親父の尻拭いを頼むしかないようじゃ。本来娘であるわしがやるべきじゃが、そうするしかないわしの無能を笑ってくれ」

「かまいません。……姫殿下のご意思、救済の誓い。ゴミのように人の命や尊厳を操り、チップにするような世界を変えることは、私の願いでもあるのですから」

それで、とクリステラは言葉を繋《つな》ぎ、AIに話の先を促す。

「話がまとまったようで何よりだ。さて、それでは説明を続けるが……。Aクラスに殉じた国民、5219名より没収した国民管理IDカード、即《すなわ》ち選挙権。諸君らには、これをチップとし、奪い合ってもらう」

そこに例外はない。宙に浮いたAクラス支持者の票、倒れたカールスの死肉を喰《く》い合うハイエナの宴《うたげ》。誰が最も多く屍《しかばね》をかじり取るかを競う遊戯《ゲーム》。

「条件を平等にするために各クラス配布チップは同じ1000枚、端数の219枚と棄権したBクラスの分は配布せず、合計1219枚は運営預かりとして現在中央棟、遊戯準備室に保管する。さて……前置きはこんなところでいいカナ?」

ペンギンの声をスイッチとしたかのように、地響きのような振動がその場に走る。

音をたててスライドしていく六つの棺《ひつぎ》。

開かれた中には見慣れたクオリア筐体《きょうたい》の椅子やさまざまな機器が並んでおり、それとは別に放射された電磁波が、その場にいる人間の五感をハックしていく。

「さあ、代表者諸君。この棺こそが君たちの戦場、クオリア筐体だ。我こそはと思う者から入りたまえ。見学者の諸君は見ていたまえ。没入感のない簡易ログイン、AR技術による拡張現実により、余すところなく遊戯の模様をお届けしよう!」

出来の悪い吸血鬼映画のように口を開ける棺。

その外装をよく見ると、古いのは見た目だけのテクスチャだ。作り出されたプログラム、現実を拡張する幻覚に誘われて、4人の遊戯者《プレイヤー》達が偽りの棺へ足を向ける。

「フラヴィア」

「……はい?」

戦場へ向かおうとする聖女の背中に紅蓮《ぐれん》が言う。

「最後にひとつアドバイスしてやる」

「おや……それは紅蓮教徒たる私にとって神託のようなもの♪　一体どのような？」

「『違和感』を覚えたら誰よりも早く、直感に従って動け」

「……思考するな、と？　しかしそれでは――」

「断言するが敵は全員お前よりも格上だ。考えたところで勝てる相手じゃない」

「……ッ」

「だが、動け。動いて、裏をかかれて、負けろ。そのときお前は初めて――」

悔しい感情を唇を噛《か》んで殺すフラヴィアに、紅蓮はさらに追撃し。

「――心の底から、ヴァチカンの聖女様を愛せるだろうよ」

「………!?」

「絶対的な幸運。その傘の下に入り、恩恵を授かったとき。そのときがお前の唯一の復讐《ふくしゅう》のチャンスであり、勝利を手繰り寄せるための、運命の赤い糸が垂らされる瞬間だ」

彼女には耐え難い屈辱。だがひとりの聖女として、神託を無視する選択は選べない。

勝利のために頼ると決めた相手、砕城《さいじょう》紅蓮。

たとえその正体が悪魔だとわかっていても、外法に縋《すが》るしか最早《もはや》フラヴィアには残されていなかった。

「行ってこい、フラヴィア。お前の贖罪《しょくざい》を。無様な遊戯を期待してるぞ」

「……はい。かしこまりました。紅蓮、様……ッ」

およそ仲間にかけるとは思えぬ言葉に背中を押され、フラヴィア・デル・テスタは、今となっては皮肉なジョークにしか見えない棺《ひつぎ》の中へとその身を沈めていくのだった——。

＊

『《獣王遊戯祭《ベスティア》》第二段階【ディベート・ゲーム】、参加申請受諾。
Cクラス代表、クリステラ・ペトクリファ。
Dクラス代表、ミラ・イリイニシュナ・プーシキナ。
Eクラス代表、白王子透夜《しろおうじとうや》。
Fクラス代表、フラヴィア・デル・テスタ。
——接続開始《ログインスタート》』

聞き慣れたクオリア分枝のアナウンス。
不要なキャラ付けを廃したAIの宣言を受け、遊戯者《プレイヤー》達は狭い棺から、広大な世界へと突入する。あらゆる感覚が遮断、再接続される不快感が一瞬過ぎ、システムが生んだ偽りのそれが各人のそれにすり替わり——現代の戦場が、その姿を現す。

ワアアアアアアアアアアアアアア——————……………!!

そこは、広大な講堂の壇上。議員が激論を交わすにふさわしい、まさしく議会の縮図のような場所。

違いと言えばこの場に詰めかけている人間（の姿を象《かたど》ったＮＰＣ）はほとんどが政治家ではなく、アルセフィア国民をイメージしてプログラムされた一般大衆であること。

ＶＲ世界の偽りの光景とは思えぬむわっとした熱気が会場に満ちる中、絶対中立の遊戯《ゲーム》神——クオリアシステムのＡＩ音声だけは無機質に、こう告げた。

『《獣王遊戯祭》特別遊戯——

【ディベート・ゲーム】のルール説明を開始します』

ディベート・ゲームとは?

1. 各プレイヤーは毎ターン参加費として300枚のIDカードを支払う。

ディベート・ゲームではIDカードをチップとして使う。

2. ターン始めに「議題」が提示される。各プレイヤーは「議題」に対して「肯定」か「否定」かを選ぶ。

「肯定」であれ「否定」であれ本音でなくても構わないが、他プレイヤーからの「指摘」によって嘘が判明するとペナルティがある。

3. 各プレイヤーが「肯定」「否定」どちらの立場なのかが公開される。

4. その状態で3分間「会話」を行う。

その間は何度「肯定」と「否定」を変更しても良いが、「指摘」された場合は「指摘」の処理が終わるまで変えられない。

5.「会話」の途中、「指摘」を行なうことができる。

指摘：特定のプレイヤーを指定し、指定されたプレイヤーの「肯定」あるいは「否定」という立場についてAIによる「本音判定」を強制することができる。クオリアAIがプレイヤーの心理状態を検査し、「嘘」か「真」かを判定。「嘘」だった場合、指摘されたプレイヤーは指摘したプレイヤーに300枚のIDカードを支払う。「真」だった場合、指摘したプレイヤーは指摘されたプレイヤーに300枚のIDカードを支払う。

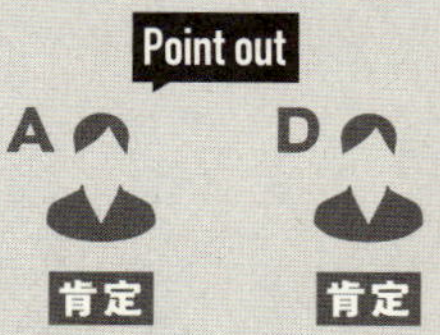

6.「会話」が終了した時点で再び多数決を行なう。

多い方を勝者とし、参加費のIDカードを山分けする。ただしこのときAIによる「本音判定」が行われ、「嘘」を使っているプレイヤーが勝者側にいた場合は、その者だけでIDカードを山分けする。

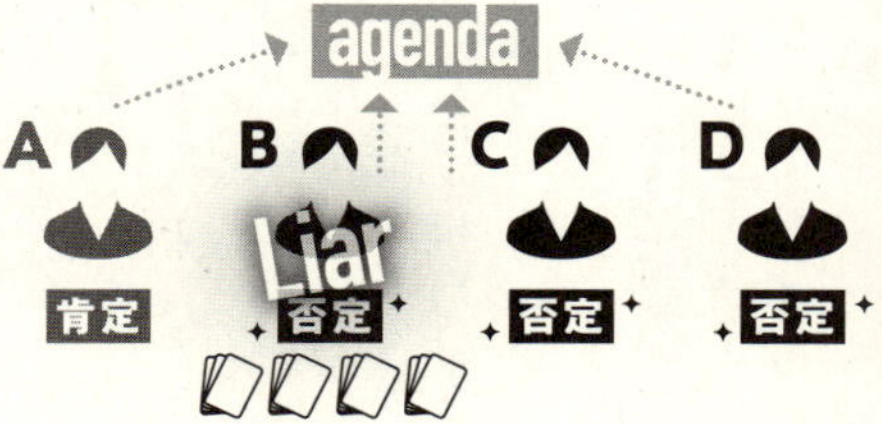

（例：勝利者3名中1名が「嘘」を使っていた場合→参加費合計1200枚を1人で独占し、他の2名は0枚獲得となる。勝利者3名中2名が「嘘」を使っていた場合→嘘をついた2名が600枚ずつ、残り1名は0枚獲得となる）

7. 参加費が払えなくなった場合、「取引」で補充することが可能。補充せず参加費が払えない場合は脱落とする。

8. 脱落者が1名以上出るまで上記のターンを繰り返す。脱落者が出たらゲーム終了。

9. ゲーム終了時点で最も多くのIDカードを獲得していたプレイヤーを勝者とし、5219枚すべてのIDカードを獲得する。

クオリアの作り出した仮想現実空間の中。そこにアバターの姿を借りて立つのは4人の遊戯者《プレイヤー》だ。フラヴィア、クリステラ、ミラ……そして、白王子透夜《しろおうじとうや》。

目の前にポップアップされたルール説明をひと通り読み、フラヴィアはさりげなく同盟相手の傍《そば》にすり寄った。

「単純な多数決ゲームですね。クリステラさん、これは……」

「Sì《シー》. 協力関係にある私達は、とても有利です」

同じことを考えていたのだろう、クリステラ・ペトクリファは言葉少なに頷《うなず》いた。

「あらかじめすり合わせておきますか？」

「『肯定』『否定』どちらを選ぶのか、ですか？」

「ええ。その方が確実に――」

「Non《ノン》. 必要ありません」

フラヴィアの提案を優しく遮り、クリステラはニコリと微笑《ほほえ》んだ。

「宗派は違えど、我々はともに平和と安寧を願う聖女。真実の心のままに臨めば、自《おの》ずと同じ答えに導かれるでしょう」

（この女……ッ）

ギリ、と歯噛《はが》みしながらかろうじて笑顔を保った。

遊戯者としては甘すぎる、しかし聖女としてはこの上なく正しい意見。

この意見に異を唱えようものなら、神の信徒たる証《あかし》に疑念を持たれ、クリステラと友好的な関係を結べという紅蓮《ぐれん》の命令を遂行できない。

（私と彼女の思想、信念は明確に違う。しばらくはこの女の思考当てゲームになりそうですね。まったく……私の《絶対不運》がクリステラのいる環境でどう発動するか読めない以上、あまり運に頼るわけにもいきませんし）

笑顔の裏で苦い感情を噛《か》み潰す。運のゴリ押しで勝ってきたフラヴィアには最低最悪の環境と呼んでもよかった。

さてどう立ち回ったものかとフラヴィアが考えていると——

「邪教の教祖よ」

「あら？ 良いお顔ですね。……紅蓮様の、元カノ様♪」

——ロシア代表。Dクラスのミラ・イリイニシュナ・プーシキナが声をかけてきた。

先日の遊戯《ゲーム》で紅蓮と同盟を結び、裏切り合い、敗北した女。表情からは余裕が消え、目も虚《うつ》ろな彼女は挑発的な呼びかけにも激昂《げきこう》せずただ研ぎ澄ました刃《やいば》のように間合いを詰めてくる。

「戯言《たわごと》には付き合わん。貴様は砕城《さいじょう》紅蓮の、何だ？」

「……信徒です♪」

弾んだ声で、余裕たっぷりに答えた。

（流石《さすが》は《黒の採決《ブラックバウト》》を戦う裏の遊戯者。いわばプロ。学園の遊戯者たちとは雰囲気からしてレベルが違う……。彼女もまた、『人類の悪あがきの産物』。そのひとり——）

殺し屋じみた眼力に気圧《けお》されぬよう笑顔を保つので精一杯。どんな舌鋒《ぜっぽう》ならミラを傷つけられるか、意趣返しを企《たくら》む余裕はなかった。かつて楠木楓《くすのきかえで》を弄んだときはあんなにも口が回ったのに、今は下手なことを言えば逆手に取られる気しかしない。

「信徒、か。つまり貴様は紅蓮《ぐれん》に与《くみ》する者、と」

「……愚問ですね。そもそも同じFクラスなのですから、当然でしょう?」

「そうか。ならば殺そう」

「…………ッ!?」

体温の感じられない声でそう言い残し、ミラが身体《からだ》の横を通り過ぎた。

Dクラスに用意された持ち場へ歩いていくその背中を見つめ、フラヴィアは息を呑《の》んだ。

(先の遊戯《ゲーム》で下着を御開帳した間抜けさ。あのインパクトが強く、他の遊戯者《プレイヤー》や国民にも侮られる結果となりましたが——かつて、ロシアが紅蓮様にぶつけた程の女。油断はできませんね……)

『それでは【ディベート・ゲーム】開始——。

各300枚の国民管理IDカードを参加費とし、1ターン目を開始します』

AIの宣言と同時に議題が提示される——

『国家は遊戯による意思決定を廃止して軍国主義を取り戻すべきである』

「「「……………………ッッ!?」」」

4人の遊戯者全員が大なり小なり驚いた反応を示した。彼ら彼女らはたったいま、この【ディベート・ゲーム】が単なる議論ゲームではないことを理解した。

国民に観《み》られる、選挙戦としての遊戯。そしてその過程で己の本音さえAIに判定される。故にこれは政見放送であり、党首討論。紛《まご》うことなき『選挙の一環』。

『肯定』か『否定』か。

それは単なる遊戯上の選択ではなく、政治的な責任を問われる発言となる……!!

(しかし、だとしたらこれは……この一問目は……Dクラスには致命的)

視線を悟られない程度にさりげなく、フラヴィアは殺意を滾《たぎ》らせるミラを一瞥《いちべつ》した。

遊戯ですべてが決まる世界に革新してから彼女の祖国は煮え湯を飲まされ続けてきた。《黒の採決《ブラックバウト》》導入前、軍事大国であったがゆえに遊戯者教育の競争に後れ、富も、領土も、人も奪われ続けた歴史――。

(そう簡単には拭えない。思考を誤魔化《ごまか》せても、魂に刻まれた怨念は消せない。クオリアAIに対し、本心を偽ることは不可能……透夜《とうや》前会長も、クリステラも、当然遊戯の世界を望むはず。……この多数決は、ミラのひとり負け)

フラヴィアはそう予想した。しかし――

『全員の選択が終了しました。続けて3分間の会話フェーズに移行します』

——そこには、意外な結果が表示されていた。

Cクラス　クリステラ：否定
Dクラス　　　　ミラ：否定
Eクラス　　　透夜《とうや》：否定
Fクラス　フラヴィア：否定

「全員が……否定……!?」

「Caspita《カスピタ》. 皆、武力を嫌い、戦争を憎み、平和を愛する。素晴らしきことです」

「え、ええ。ですがこの結果で大事なのは、そこではなく——」

「——見え透いた嘘《うそ》だな、ロシアの女狐《めぎつね》よ」

フラヴィアの言葉を継いだのは獅子《しし》のたてがみめいた白銀の髪をなびかせた男。

吸血鬼の如《ごと》き血色の目で、白王子《しろおうじ》透夜はミラを睨《ね》めつける。

「何やら紅蓮《ぐれん》と縁ある女らしいが、良いのか？　箱庭ゲームにおいてDクラスはひたすら軍拡を推し進めてきた。裏世界におけるロシアの状況を鑑みても、軍国主義に恋焦がれているようにしか見えんが？」

「トーヤ・シロオージ。……手負いの獅子風情が私に忠告か？　良い身分だな」

「ほう。よく調べている。この目の傷が最近負ったものだということも、掴《つか》んでいるか」

「人のことを言える立場か？　紅蓮との刺激的な遊戯《ゲーム》を求める戦闘狂《バトルマニア》。貴様こそ、血と鉄の匂い――戦争を愛してやまない戦士だろうに」

「ククク。そうだな、なぜこの世界はこんなにも温《ぬる》いのかと。俺は、喉の渇きを常に感じ続けてきた。――奴《やつ》に、出会うまでは」

豪勢な楽団を率いる指揮者の如く、透夜は高らかに両手を広げた。まるで画面の向こうで見ている紅蓮に見せつけるかのように。

「だが、奴は俺の前に現れた。この俺でさえも踏み越え、喰《く》らい、殺しかねない強者！　絶対最強たる奴が存在すると知った今となっては、遊戯ですべてを決めるシステムに異論などあるものか！」

「そうか。……まあ、貴様の性癖など興味はない。どちらでも同じことだ」

しかし透夜の熱に対し、ミラは冷めていた。

己のスタンスの矛盾を突かれたばかりだというのに、選択を変える素振りも見せない。

嘘を『指摘』されないための仮面か。

あるいは『指摘』されても大丈夫とタカをくくっているのか。

――そこまでで、フラヴィアは思考を止めた。

（『思考』は禁止。それが紅蓮様の……神の意思。ならば……！）

『違和感』に忠実に。

「ミラさん。貴女《あなた》の選択に対し、私は『指摘』を使用します」

「……ほう？　良いのか、紅蓮《ぐれん》の下僕よ」

「クク。これは驚いたな。かつて生徒会でまったく攻め気を見せなかった聖女気取りが。なかなかに攻撃的な遊戯《ゲーム》をする」

「Mamma mia《マンマミーア》……平和の意思を、疑うのですか？」

ミラが眉をひそめ、透夜《とうや》が笑い、クリステラは無垢《むく》に首をかしげる。

三者三様、しかしいずれも『指摘』そのものを疑問視している雰囲気ではあった。

が、フラヴィアは両手の指で円を作り、にこりと微笑《ほほえ》む。

「二言はありません。これほど嘘《うそ》と明らかな議題が再び提示されるかもわかりませんし、このボーナスステージでがっぽり稼がせていただきます♪」

——実際、やる価値の高い行動ではあるのだ。

ミラが軍国主義の復活を望んでいる可能性は高い。もしここで全員が『否定』のまま次のフェーズに移れば、ミラだけが『嘘』を通したことになり4勢力の賭けチップの総数、その数1200枚が彼女の物になる。

そこまでのアドバンテージをみすみすくれてやる義理はない。

「フ。……私の利益を嫌ったか。流石《さすが》は資本主義の豚。どこまでもがめつい女だ」

「褒め言葉をどうもありがとうございます♪」

『Fクラス　フラヴィア・デル・テスタ　より　Dクラス　ミラ・イリイニシュナ・プー

シキナに対し【指摘】が宣言されました。これより【本音判定】を行います』

会話の隙間に潜り込むようにＡＩの音声が流れる。温かみのない機械音声が指摘された者と、指摘した者の運命を告げようとしている。

「確かに貴様の行動は理に適《かな》っている。だが、哀れだ——それこそが、資本主義の限界だというのに」

「…………………えっ？」

判決は下された。

フラヴィア・デル・テスタにとって、信じがたい真実がＡＩにより露呈された。

『本音判定の結果が出ました。——真実《トゥルース》。Ｄクラス　ミラ・イリイニシュナ・プーシキナは嘘をついていません』

「な……え……？」

「ク……ははは！　アハハハハハハハ!!　良い顔をするじゃないか!!　いいぞ、もっとだ。もっと絶望しろ、紅蓮の下僕め!!　アハハハハハハ!!」

判定結果を茫然《ぼうぜん》と見つめたまま動けないでいるフラヴィアを、ミラは全力で嘲笑《あざわら》う。

紅蓮への恨みの発露でもあるのだろう。愉悦。憎悪。あらゆる負の感情を込めた笑いが、ミラの口から溢《あふ》れ出す。

何が起こったのか理解できないフラヴィアの視界の端で数字が動く。700と表示されていた数字から300が減り、400に。説明を求めるまでもなくこれは国民管理IDカードの枚数だ。最初1000から始まり、ゲームの参加費で300を支払い、『指摘』の失敗で300を奪われた。

「己《おの》が感情をAIに察知されぬレベルで操作するなど《黒の採決《ブラックバウト》》の遊戯者《プレイヤー》ならば当然、ということか。……面白い。貧乏くじを引かされたな、フラヴィアよ？」

「やはり平和を愛する心を疑ってはいけなかったのでしょう。大丈夫、たとえ過ちを犯したとて神は貴女《あなた》を見捨てたりしません」

「く……。うぅ……ッ」

透夜《とうや》の挑発。そして、仇敵《きゅうてき》の同情。

どちらの言葉も刃《やいば》となりフラヴィアのプライドに屈辱を刻みつける。

（最悪の気分……ですが、これで良い。軍国主義に『否定』、それが真実なら4人全員が『否定』で引き分け。私は300枚を損しましたがミラの『嘘《うそ》』を見逃して1200枚を総取りされるよりも遥《はる》かにマシ……！）

銭ゲバの論理。得を求めると同時に最大限、損失を回避する思考。

だが、ちょうど3分が経過したのだろう、AIが1ターン目の結果を告げようとした、そのとき——。

「おいおい何を他人事《ひとごと》のように語っているんだ、白王子《しろおうじ》透夜。クリステラ・ペトクリファ。

愚かにも『指摘』を使用したフラヴィアとは違い、自分達は賢く立ち回った、優位を保っている……。そんな風に考えているなら、大きな間違いだ――」

ミラが、舌に冷たい殺意を乗せて告げる。

ＡＩの判決とともに。

「――二の矢はいらない。貴様ら３人、仲良く死ね」

『議題、【国家は遊戯《ゲーム》による意思決定を廃止して軍国主義を取り戻すべきである】。

４名が【否定】を選んだため勝者は【否定】を選択した者となりますが――。

１名のみ【嘘】を通したため、利益はそのプレイヤーが独占します。

――Ｄクラス　ミラ・イリイニシュナ・プーシキナ、１２００枚獲得』

「言っただろう？　全員踏み潰す、と」

「な……な……っ」

「『嘘』とはどういう……先ほどの判定では、『真実』と出ていたはずでは……」

「……随分と巧みなイカサマだな？　ＡＩの判定を捻《ね》じ曲《ま》げるとは、どんな手品だ？」

絶句するフラヴィア、眉をひそめるクリステラに、透夜。

不可解な現象。絶対にありえないクオリアＡＩの矛盾した結論。

何が起こったのかを理解しているのは、この場においてただひとり。

「表世界を牛耳った稀代《きたい》の天才に、奇蹟《きせき》を体現する聖女と大層な肩書き揃《ぞろ》いだが……裏の遊戯《ゲーム》をあまりナメるなよ――」

遥《はる》か高みから射撃《スナイプ》し、全員を暗殺せしめた女――ミラは真実を読み解けぬ3人を睥睨《へいげい》し、言った。

「――私とて《黒の採決《ブラックバウト》》の遊戯者《プレイヤー》。紅蓮《ぐれん》以外の雑魚《ざこ》どもに、後れを取る気は毛頭ない」

第1ターン目終了――。【ディベート・ゲーム】中間結果。

1位　Dクラス　ミラ　2200枚
2位　Cクラス　クリステラ　700枚
2位　Eクラス　透夜《とうや》　700枚
4位　Fクラス　フラヴィア　400枚

＊

「有機連結頭脳体《クラウディアン》の本領発揮、だな」

ＡＲ映像として投射された遊戯の様子を見ていた紅蓮は、ミラの手管をそう断じた。

隣で寄り添う可憐《かれん》が首をかしげる。

「あの道化師――クラウンと同じ体質ですよね。私との勝負では、セコい覗《のぞ》き屋みたいな使い方をしていましたが」

「ありゃあ使い手が悪かった。ロシアは本来あんな通信機でも可能な通し行為のために、有機連結頭脳体の研究をしてたわけじゃないだろうよ」

まさしく、今回見せたこの手管こそが——。

「クオリアが作り出すオリジナル遊戯の中には、遊戯者の思考や心をサーチし、利用するたぐいのものがある。人の心さえ読み取るクオリアの演算能力あってこそ成立する遊戯なんだが——」

「以前、朝人《あさと》さんとフラヴィアさんが戦った、本人の秘密を賭けたダイスロール……ああいった遊戯のことですね」

「それだ。どういう仕組みか知らないが、クオリアは圧倒的な精密さで遊戯者本人の心を判定する。的確すぎるほどに、な」

紅蓮はこめかみをトンと指で叩《たた》きながら続けた。

「有機連結頭脳体のオーナー権限はミラにあるが、おそらく奴《やつ》はスイッチひとつで表層部に誰の人格を配置するか自由に設定できるんだろう」

「それでは、彼女が『指摘』されたときには『嘘《うそ》』と判定されず、最後の結果発表のときだけ『嘘』と判定されたのは——」

「——切り替えたんだ。都合のいい結果が出るよう、な。おそらくフラヴィアの体質も、同じやり方で封じられてる。憎悪や敵意を向ける際、別人格に切り替え《絶対不運》の矛先を別の端末に逸《そ》らしてるんだろう。避雷針のようにな」

「なるほど……。あ、ひとつ質問よろしいでしょうか？」

「なんだ？」

「あのミラという女が人格を共有している『端末』は、ロシア代表の遊戯者《プレイヤー》たちですよね。今の質問、軍国主義に焦がれているのは、ミラだけではないのでは？　それとも、同じ国の遊戯者といえども思想はバラバラなのでしょうか？」

「いや、思い入れの大小はあるかもしれんが、基本的にはどいつもミラと同じ想《おも》いだろうよ」

「ならば、どうして今の質問で『嘘《うそ》』をつけたのですか？　軍国主義よりも遊戯主義《ゲーム》……そんな人格を保有していなければ――」

「調達したんだろう、たぶん」

「調達……？」

「第二王子ツボルグの姿が見えない。奴《やつ》に武力時代を嘱望する胆力なんざないだろうよ」

「な……まさか、雇い主を有機連結頭脳体《クラウディアン》の端末に⁉」

「自暴自棄になったミラならやりかねん。……もっとも、ロシアは自軍が勝ったら、そのやり方でアルセフィアを実質支配するつもりだったんだろう。順番が入れ替わっただけで、いずれはそうしたってわけだ」

「なるほど……ですが、そうなるとこの遊戯、ミラを破る術《すべ》はないのでは」

「フラヴィアだけじゃあ、無理だろうな」

「そんな……！ では……ッ」

「心配はいらない。そのためにCクラスと同盟を結んだんだ」

可憐《かれん》の不安を遮り、紅蓮《ぐれん》は悪辣な笑みを浮かべる。

「最下位に転落したあいつを。貧しき者を。——本物の聖女様は、放っておかないさ」

「……お兄様には、本当にすべてがお見えになっているのですね」

残酷な戦略、容赦なき裏の論理を淡々と語る兄、紅蓮。その横顔を見つめながらも可憐《かれん》は、胸のうちに言い知れぬ違和感を覚えていた。

(すべてを見透かし、読み解くお兄様の『眼《め》』。私の大好きな、強くて、カッコイイお兄様の横顔。でも、どうして——)

——どうして会話の最中、一度もこっちを見てくださらないのですか？

＊

「ク……ハハハ。面白い！ 面白い芸当だ、ロシアの女狐《めぎつね》よ!!」

仮想現実上の議会に愉悦まみれの哄笑《こうしょう》が轟《とどろ》く。

己を出し抜いた手管を褒めるように。傷をつけたことを讃《たた》えるように。

白銀の髪をなびかせた吸血鬼じみた男は、人類で初めて甘美な果実を味わった存在の如《ごと》く声を上げ、第1ターン目を支配せしめた女――ミラに拍手を送った。

「この期に及んで上から目線か。聞いてた通り、救えん馬鹿だな。白王子透夜《しろおうじとうや》という男は」

「貴様こそ学が足りんぞ。築城十年、落城一日。三日天下。一瞬で王の資質を失った者など、歴史を紐《ひも》解けばごまんといる」

「フン。この差をひっくり返してみせると？　やれるならやってみろ、日本人《イポーシユカ》」

「俺が手を下すまでもない。――貴様の天下は三日ともたぬ。……ここで終わりだ」

（舌戦からミラの情報を引き出そうと？　……いえ、透夜前会長なら単なる戯れの可能性もあります。ここは慎重に次のターンへ行かねばなりません）

紅蓮《ぐれん》が可憐《かれん》に語って聞かせたような推論に、彼女はまだ至っていない。

一体何をやられたのか？

何故《なぜ》、クオリアAIが『指摘』時には『真実』と判定したにもかかわらず、最後の瞬間には『嘘《うそ》』と判定したのか？

矛盾。違和感。それらを打ち消すためには根気強い仮説と検証が必要だが――

（実験を繰り返すにはそれだけの財力がなければ。残り400枚……命の残機としては、あまりに儚《はかな》すぎますね……）

参加費の300枚を支払ったら、もう残り100枚。『指摘』を失敗したらバーストだし、『嘘』をついて『指摘』されてもバーストだ。

（紅蓮様の言った通り、私は違和感に忠実に、思考を挟まず行動しました。が……！）

その結果がこのザマだ。

国民管理IDカードを最も削られ、瀕死《ひんし》の重体。

（本当にこれが、勝利に必要なことだと言うのですか……！）

敗北の足音は彼女の想定以上に心を掻《か》き乱《みだ》していた。これまで《絶対不運》の恩恵で、理不尽な運を振りかざして勝ってきたフラヴィアにとって、ここまで追いつめられた経験など皆無。——慣れない痛みは、不安と混乱を呼び起こす。

（ミラのイカサマを見破れなければ、負ける……彼女の特徴といえば、有機連結頭脳体《クラウディアン》。それをうまく応用すれば今のような不可思議な結果を起こせる、と？　しかしそれでは、対処のしようがない……《絶対不運》も効いている様子がない。一体、どうすれば）

「親愛なるフラヴィア」

「……！　え、ええ。何でしょう？」

悪鬼の如き表情で思考していたところに突然声をかけられ、フラヴィアは慌てて聖女面を取り繕った。

「何らかの不可思議により先のターン、我々は甚大な被害を被りました」

「……そうですね。手を打たなければ」

「Non《ノン》. 安心してください」

「安心……？　何か策がおありなのですか？」

「策はありませんが、心配は無用です。クオリアのルールを逸脱した先の結果は、神の望むところではないはず。……悪魔と契約し手に入れた邪悪な力など、聖なる祈りの前では無意味だと思い知らせてあげましょう」

（お花畑が……！）

笑顔で両手を合わせ神に縋《すが》ろうと提案してくる『仲間』に、フラヴィアは脳内で悲鳴を上げた。この期に及んでまだ神頼みなど愚の骨頂。現にミラはあれだけの憎悪を向けたにもかかわらず《絶対不運》の影響を受けていない。

紅蓮《ぐれん》と同じく《黒の採決《ブラックバウト》》で一流の結果を残す遊戯者《プレイヤー》には、概念系の異能体質への対応など赤子の手をひねるようなものだと何故《なぜ》理解できないのか！

「神はけっして信徒を見捨てたりしません。このターン、あなたはただ見守ってくれていればいい……。きっと、大丈夫ですから」

「……。わかり、ました」

曇りなき訴えに負け、フラヴィアは退《ひ》いた。

どちらにせよミラの手管を打ち破る方法は思いつけていない以上、脳味噌《のうみそ》を搾ろうが神に祈ろうが大きな違いはなかった。

「フ。コソコソと作戦会議、ご苦労なことだ。私を倒す術《すべ》は思いつけたか？」

当然密談には気づいていたらしく、ミラが薄ら笑いで訊《き》いてきた。

明らかに小馬鹿にする意図を含んだそれに対し、クリステラは苛立《いらだ》つ様子も見せずに首を振る。

「……Non《ノン》. そのようなこと、考える必要はありません」

「ほう?」

「『敵を愛し、迫害するもののために祈れ』……復讐《ふくしゅう》、仕返しなどしなくても、きっと神があなたを裁くでしょう」

「ク。ハハ。アハハハハ!! 流石《さすが》はヴァチカンの聖女様は言うことが違う。だがこの遊戯《ゲーム》、この状況で私をどう裁くというのかな? 貴様の《絶対幸運》は、貴様自身を押し上げる性質ではあるが、敵を下げるたぐいの能力ではない。運の入り込む余地を排除した、成功率100%の戦略に対抗する術はないはずだ」

(……ッ。やはりクリステラの体質、その本質を見抜いている……!)

数年間、フラヴィアはこの本物の聖女を排除することだけを考えて生きてきた。誰よりも彼女の体質と向き合い、誰よりも彼女の遊戯を研究し、誰よりも彼女を理解してきた。

そうして、唯一《絶対不運》が《絶対幸運》に勝っている部分を見つけた。それこそが、論理的に勝てる確率が0%であるとき、《絶対不運》は相手を絶命させてでも不幸を実現しようと作用するが、《絶対幸運》は敵を害してまで勝利を運ぶことはない、という点。

つまりクリステラがいくらツイていようとも関係のない状況——運が一切介在する余地のない状況では、勝利の女神は微笑《ほほえ》まない。

クリステラは相手の精神状態や思考に関係なく不条理な豪運をもたらす常時発動の異能。

フラヴィアは相手の敵意に反応する反射型の異能。それぞれ特徴は異なるが、後者の方が発動条件が厳しい分、実は運命の強制力は上なのだった。

が……その唯一の優位点は、皮肉にもこの遊戯《ゲーム》において、敵であるミラを利するのみとなっている——……。

「Non《ノン》.きっと神は見ています。あなたが何を仰《おつしや》ろうと、私は……信じていますから」

「ふん、信じようが信じまいが関係ない。——どうせ、次でわかる」

鼻で笑うミラ。

しかし2ターン目が始まったとき、勝ち誇っていたはずの彼女の笑顔は凍りついた。

『神の奇蹟《きせき》は実在するか、否か?』

「…………ッッ」

(ん……?)

およそAIが発するとは思えぬオカルトな問いかけ。だがその荒唐無稽な質問にミラが初めて狼狽《ろうばい》の気配を見せたことを、フラヴィアは目ざとく察していた。

(今、表情が一瞬、引きつったような。なぜ……?)

生じた小さな違和感。各プレイヤーの選択を目にしたとき、違和感は疑問に進化した。

Ｃクラス　クリステラ：肯定
Ｄクラス　　　ミラ：否定
Ｅクラス　　　透夜《とうや》：否定
Ｆクラス　フラヴィア：否定

（クリステラは当然『肯定』、これ以上『指摘』されたらバーストしてしまう以上、私も嘘《うそ》はつけない……もちろん『否定』。透夜前会長が『否定』なのも理解できる。あの人は神よりも自分を上位と考えているから。しかし――）

なぜ、とフラヴィアは思う。

（なぜ、ミラは『否定』を選んでいる？）

彼女は嘘をつきながら多数決で多数派に位置し、利益を独占する戦略のはずだ。何らかの方法で嘘を『指摘』されても嘘と判定されない術《すべ》を持ってるからこそできる芸当。

確かに『否定』を選んだ結果、多数派に位置できているが――……。

（曲がりなりにも聖女である私が『肯定』を選ぶとは考えなかったのでしょうか）

偶然かもしれない。ミラの読みが当たっただけかもしれない。

――だが、本当にそうか？

（『否定』を選ぶしかなかった……と考えられないでしょうか。今、嘘をついたら前回のようにはいかない。何かそういう事情があったとするなら……）

急速に脳内で仮説が組み上がっていく。

ミラの特徴は有機連結頭脳体《クラウディアン》。それを応用し、この遊戯《ゲーム》で自由自在の結果を出せるとしたら。


(そうか……! 臨機応変な人格のスイッチ! AIに判定される瞬間、自分とは異なる価値観の人格を表面に出し、判定を免れる。それが、奴《やつ》の不可解なイカサマの正体!)

だとしたら。今回の議題は——……。

(ミラと、ミラの端末。誰一人として『肯定』の考えを持っている人間が、いないということですか……!)

それも当然だ。ミラが意識を共有している人間はロシアの遊戯者《プレイヤー》と聞いた。失敗が続けば粛清という過酷な環境で教育され戦ってきた工作員たちが、神の奇蹟《きせき》などという曖昧なものを信じるわけがない。

仮に他に人格を共有している端末がいたとしても、『神の奇蹟を信じる』などといった奇特な人材はなかなかいないだろう。ミラの周囲には、特に。

(つまり、これこそが……《絶対幸運》の導き出した、神の——……)

「——神の奇蹟、です」

「……!?」

フラヴィアの思考をハックするように、クリステラが閑《しずか》に告げる。

「あなたは絶対に不可能と言いましたが、そうではありません。あなたを破滅に追いやらずとも、神はただ地上に祝福をもたらすだけで悪を滅することができるのです」

「何を……何を言っている、クリステラ・ペトクリファ！　これが、奇蹟だとでも!?」

「Si《シー》. 悪魔と契約し、実現した手管。あなたの戦術の本質は、人格の入れ替え……なのでしょう?」

「なっ……。貴様、察して……!?」

「いました。ですが、信じたかった。まさか人体実験に手を染め、尊い人命を弄ぶような悪魔の手管を嬉々《きき》として使っている者など、いるはずがない……と」

クリステラは哀《かな》しみを湛《たた》えた目で、ミラを見つめる。

「ですが神は裁きを下しました。けっしてあなたが選べぬ選択肢を、クオリアに指定させました。これこそが神の啓示……ミラ・イリイニシュナ・プーシキナ、あなたに与えられた、最後の贖罪《しょくざい》の機会なのです」

そう言って、彼女は手を差し伸べる。その表情は、まぎれもなく聖母の慈愛で。

「あなたは今、神を信じ、奇蹟を信じて、救いの道に一歩を踏み出しました。神はきっとあなたをお赦《ゆる》しになるでしょう」

「ふざけるな!!　神を信じる、だと?　この私が……ッ!!」

「『指摘』します。あなたが神の奇蹟を信じていると、私は信じます」

「……!?」

『本音判定の結果が出ました。――嘘《フォールス》。Dクラス　ミラ・イリイニシュナ・プーシキナは嘘《うそ》をついています』

　これによりミラは手持ち2200枚からゲーム参加費300枚とクリステラに『指摘』のペナルティ300枚を支払い――。

　ミラ1600枚、クリステラ700枚に――。

　AIの審判。その無慈悲な判決を聞いたクリステラは。

「……ね？」

　ニコリと、天使の笑みを浮かべた。

「時に人は悪魔にそそのかされ、道を間違えることもある……けれど、奇蹟《きせき》を目の当たりにし、悔い改めることもまたできる。私は、信じていたのですよ」

「……ッ!!　違……ッ!!　貴様……捻じ曲げたな!!」

　血を吐くようにミラは言う。

　その言葉の意味を察したとき――否、その言葉を聞いたクリステラが「？」と無垢《むく》に首をかしげてみせたのを見たとき、フラヴィアはぞくりと背筋が総毛立つのを自覚した。

（恐ろしい女。『これ』を、何の計算もなくやってのけるのだから）

　今ばかりは彼女が同盟相手でよかったと、フラヴィアはホッとしていた。

　本物の聖女には裏切りも、悪意もない。味方でいる限り、理不尽な天運の暴力は自分を襲ったりはしない――……。

「ミラ。あなたが神の奇蹟を信じてくださったこと、とてもうれしく思います。ひとりでも多くの方に神を信じ、幸せになっていただくのが私の本懐ですので。故に――」

そう、裏切りも、悪意も、聖女にはあり得ず。

あるのは、ただただ純粋な――。

「――フラヴィアさん。あなたにも、『指摘』を使わせていただきます」

「えっ……？」

――善意のみ。

●愛を知った聖女の末路

最初はすこし運が悪いな、という程度の感覚だった。

フラヴィア・デル・テスタがまだその名を名乗らず、香川県の奥地に住む右斎風鈴《うざいふりん》だった頃の話。まだ年端もいかぬ、母の作るうどんが好きなだけの素朴な少女だった頃の話。のんびりした子だね、もうすこし活発になればいいのに。周りの人はみんなそう言っていたけれど、その話に耳を傾けるつもりはなかった。

――運が悪いから。

昔から右斎家は不幸だった。なぜか右斎家の畑だけ猪《いのしし》に荒らされていたり、家にある物が壊れやすかったり、そういった日常の不幸は統計を取れば明らかに異常値が出るレベルで頻発した。

大いなる運命に弄ばれるような大それた不幸ではなく、法則性もなく、異能ですらない、全国に数千万人は同じ悩みを抱えてる人がいるであろう、ありふれた不幸だった。

だが、あの日。運命は変わった。

『数多《あまた》の奇蹟《きせき》を起こし、史上最年少で【聖人】に認定された次代の教皇！　クリステラ・ペトクリファさんがついに来日しますね！』

『天気予報ではその日、東京に台風が直撃するそうですが……本当に実現するのでしょうか？』

『大丈夫なんじゃないですか？　だってほら、あの方は、神に愛されていますから』

テレビの中で語られた彼女の名前、その半生を紹介した映像を見て、胸が躍ったのを覚えている。同じくらいの年頃の女の子が偉業を成し遂げ、大勢の人達から賞賛されている姿は魔法少女が現実に降り立ったかのようで、清楚可憐《せいそかれん》な『聖女様』に憧れるのは極めて必然だった。

フラヴィア・デル・テスタとは、そのとき黒歴史ノートに刻まれた空想上の自分。妄想の中でだけ大活躍する、もう一人の自分の名前だ。

「神様、お願いします！　ちょっと不幸なわたしのお家に、いーっぱい幸せなことが起きますようにっ」

それが人生最初の神への祈り――。

――そして最後の神への期待、だった。


『き、奇蹟です！　本日暴風域に入ると予報の出ていた東京ですが……何と台風の進行が、クリステラ・ペトクリファさんの来日に合わせたかのようにピタリと止まりました！』

テレビの中で、女性アナウンサーが興奮気味に言っていた。

青空や太陽を強調するカメラ。生放送に出演する聖女をひと目見ようと殺到する人々。たくさんの視線を浴びながら清楚な微笑《ほほえ》みを浮かべ、ぶかぶかの服の裾を引きずりながら、ひとりの幼い少女が歩いている。

彼女を見た人々は「聖女様だ」「飛行機に乗るだけで、またひとつ奇蹟《きせき》を起こした！」などと口々に賞賛した。ある意味で暴風めいた信仰の渦が、そこにあった。

画面に映る人々はとても幸せそうだ。

もしも台風で生放送が中止になったら、きっと大勢の人間がガッカリし、悲しんだだろう。

絶対幸運。クリステラの起こす奇蹟が大勢の笑顔を守ったのだとすれば、やはり彼女は本物の『聖女』なのだろう。

テレビの中の人間は知らない。否、日本中、ほとんど誰も想像だにしていない——。

——東京に流れるはずだった台風が延々と留まり続けた結果、絶望的な水害に見舞われてしまった土地があるなど。

川が氾濫し、家が流され、家族が死に——。

——だけどただひとり生き残ってしまった、少女の存在など。

誰も、知るはずがないのだ。

「クリステラ・ペトクリファ……クリステラ・ペトクリファ……どうして。どうして奇蹟はわたしの家族を守ってくれなかったの？　すべての人類に幸福をもたらすんじゃなかったの。ねえ、どうして？　どうして……」

「運には総量がある。幸運とは結局、誰かに不幸を肩代わりさせているに過ぎないのサ」

泥水に沈んだ故郷を遠く小高い丘の上から眺め絶望に喘《あえ》いでいると、背後から突然声をかけられた。足音ひとつなく現れた気配に驚き、警戒するように後ずさりながら誰何《すいか》する。

「……！　だ、だれ……？」

「失敬。レディへの声かけとしてはいささか不躾《ぶしつけ》だったカナ。——獅子王創芽《ししおうはじめ》、という者だ。子どもの望みを叶える仕事をしている」

英国紳士風のタキシードにシルクハット。胡散臭《うさんくさ》さを擬人化したような男が丁寧に礼をして、銀箔《ぎんぱく》をまぶした洒落《しゃれ》た名刺を差し出した。

「光と影みたいなモノでね。ツイてる人間の裏には、必ずツイてない人間がいる。運良くジャンケンで十連勝の人間がいたとする。するとその裏には運悪く十連敗した人間も存在することになるだろう？」

「……うん」

「幸運にも世界で大ヒットした製品を作った会社があるとする。するとその裏には運悪く競争に敗退し、会社が倒産して路頭に迷った人達も大勢いる。——ま、全部が全部そうってわけじゃないが、ほとんどの場合、《絶対幸運》は見えないどこかに不運を押しつけているものサ」

「クリステラ様のせいで、こうなってしまった……と？　わたしが不運だから、ではなく、あの子の押しつけた不幸のせい……？」

「どちらとも言えるネ。キミの不幸は本来ちょっとの不幸でしかなかったけど、たまたま豪運の持ち主が同じ国に来てしまったがために、大いなる不幸に呑《の》み込まれてしまった」

「理不尽すぎます……なら、どうしてわたしだけが無事なんですか？　運が悪いのは、わたしなのに。なんでわたしだけが、生き残って……！」

「キミ、おまじないをしてるネ？」

「えっ？」

「フラヴィア・デル・テスタ。もうひとりのキミの名前だろう？」

「あ……それ……！」

微笑《ほほえ》みながら獅子王創芽《ししおうはじめ》が真っ白な手袋でつまんでいるのは、泥と水で汚れたノート。

自分だけの教典。信者など皆無の、聖女の真似事《まねごと》。

痛々しい子どものおままごとの痕跡。

「あの聖女のようなカッコよくて特別な女の子になりたい。——キミのその願いを、天命は聞き届けたんだろう。その祈りはヴァチカンのそれと違って付け焼刃のニセモノだが、キミは間違いなく一種の幸運を纏《まと》うに至ったのだヨ」

「幸運……!?　どこがですか！　このような目に遭うことの、どこがっ！」

「そう、チグハグ。キミの身体《からだ》は不運を惹《ひ》きつけるが、キミの信仰がキミ自身を守っている。キミは今——あらゆる不幸を乱反射する危険人物なのサ」

「そんな……で、でも、わたしの不運なんて、大したことない。クリステラ——あの子が日本に来てさえいなければ、こんなことも起こらなかった……」

「ところがそうはいかなくてねぇ」

「……なぜ、ですか？」

「人を呪わば穴二つ。深淵《しんえん》を覗《のぞ》くとき深淵もまたキミを覗く。端的に言えば《絶対幸運》が押しつけるこの世の不幸は、クリステラやヴァチカンを強く意識している者に飛ぶ……。――あの子を、恨んでいるだろう？」

「恨むに、決まってます！　あの子が東京に来なければ……この村は……！」

「そうだろう、そうだろう。キミはこの瞬間、神に呪われたのだヨ」

「神の呪い……じゃあ、わたしは今後――」

「――《絶対幸運》……クリステラの幸せの代償として、すべての不幸不運をその身に受けるだろうネ」

絶望の宣告に右斎風鈴《うざいぶりん》は膝から崩れ落ちる。故郷崩壊の原因となった聖女、クリステラ。その顔を、名を、所業を、忘れることなどできやしない。

故に自分は、生涯《絶対幸運》の養分として生きていかなければならないのだ。

――ふざけるな。ふざけるな、ふざけるな、ふざけるな。

「わたしは……わたしの人生は……アイツを幸せにするためにあるんじゃ、ない……!!」

「……フフ、良い眼《め》だネ。この永劫《えいごう》の呪いから解き放たれる方法を教えようか？」

まるでメフィストフェレスの誘いのようだ。宗教家が契約を結んではいけない存在の筆頭。だけどその誘惑の声はとても甘美で、とても抗《あらが》えるものではなくて。

「なんでもします！　わたしは、わたしの人生を生きたい！」

「――フラヴィア・デル・テスタとして生きるがいい。キミが自分自身を夢物語の聖女、フラヴィアだと信じ続けられる限り……信仰の盾はキミ自身を不運から守り、キミの周囲、キミを強く意識する人間に不運を振りまく存在となれるだろう」

「それは……そんな人生が、許されるワケが……」

「大丈夫。一時的なものサ」

白い悪魔は笑う。

「クリステラ・ペトクリファを排除したまえ。《絶対幸運》が世界から消え失《う》せれば、逆もまた役目を終えて消え去るのみ」

「わたしの不幸は――《絶対不運》は、クリステラを消せば、消える……？」

「そうとも。……まあ、一筋縄ではいかないけどネ？」

わかっていた。何せ彼女は神様に守られてるんだ、生半可な暗殺は通用しないだろう。

しかし右斎凪鈴の――否、フラヴィア・デル・テスタの瞳は、失敗の可能性など恐れていないのだろう、ただ目標だけを見据えたほの暗い希望を宿らせていた。

「やります。クリステラを、どんな手を使ってでも消し去ります。――獅子王創芽《ししおうはじめ》、さん。どうすればいいのか、教えてくださいますか？」

「クク。いいだろう。ではまず、ヴァチカンの枢機卿《すうききよう》どもがなぜクリステラのカラダに、《絶対幸運》を施すような真似《まね》をしたのか。世界各国がなぜ、強き者の生産に躍起になっていいるのか、キミにだけは教えてあげよう――」

こうして右斎風鈴《うざいぷりん》からフラヴィア・デル・テスタに名を変えた少女は、思う。

『神の奇蹟《きせき》は実在するか、否か?』

答えは、否だ。神の奇蹟など実在するものか。

実在するのは——。

——神の呪い。ただ、それだけだ。

＊

神の奇蹟など存在しない。

クリステラが纏《まと》う神の祝福など呪いの副産物、正義面をしたまま無自覚に害を振りまく純粋悪。そう思っていたのに。

『本音判定の結果が出ました。——嘘《フォールス》。Fクラス　フラヴィア・デル・テスタは嘘《うそ》をついています』

表層意識に惑わされることなくクオリアＡＩは無慈悲に真実を曝《さら》け出す。

参加費の３００枚を払った時点で残りは１００枚。つまりこの『指摘』の成功は、実質フラヴィアの脱落を決定づけるものだった。

「そ……んな……。私の『否定』は、本音……なのに……」

「フラヴィアさん。あなたは自身の清らかさ、聖女たる資格を低く見積もっておいでです。その謙虚な心から『神を信ずるに値しない』と自ら蓋をしていたのでしょう」

自分でも理解できない結果に茫然《ぼうぜん》と立ち竦《すく》むフラヴィアに、どこまでも純粋で、ゆえに残酷なクリステラの慈愛が迫る。

「ですが私は知っています。あなたが素敵な友人であることを。私と同じく世界の行く末を憂い、神に祈りを捧《ささ》げる同志であることを。——神の奇蹟を否定なさるなど、己の心を偽らないでください」

ニコリと微笑《ほほえ》むクリステラに、ズキリ、と胸の奥で疼《うず》きが走る。

——憧れた聖女の笑顔がそこにある。フラヴィア・デル・テスタの、ある意味での生みの親が自分を認め、微笑んでくれている。

(ああ……そうでした……)

フラヴィア・デル・テスタの原典は、聖女の物真似《まね》、おままごと。

あの日ノートに記した妄想設定になぞらえるならば、神の奇蹟を信じ祈りを捧げ続ける本物の聖女——クリステラ・ペトクリファに強く影響された存在に決まっている。

憤り。憎悪。

クリステラに対して湧き上がるその感情の正体は、一体何なのだろうか？

故郷を水に沈めたことへの復讐心《ふくしゆう》。他人に不幸を押しつけて、何も知らず清らかな顔のままのうのうと正義を説く厚顔無恥への憤怒《ふんぬ》。——それらしき仮説はいくつも挙げられるが、どれもいまいちしっくりこない。

だが今、理解した。

（本当はわかっていました。私は——）

クリステラの笑顔を見て。そして、そっと差し伸べる手を見た。

聖女の小さな手には国民管理IDカード——仮想世界の中に再現された、遊戯用《ゲーム》のチップが載せられていて。

「クオリアAIに問います。チップの譲渡は禁じられていません。——当然、私のこれをフラヴィアさんに譲っても、差し支えないですね？」

『YES。その行為はルールの範囲内と回答いたします』

「Grazie《グラッチェ》. Dクラスから奪われた300枚をお譲りし、今『指摘』によりフラヴィアさんから奪ってしまった300枚もお返しします。——神の奇蹟《きせき》を信じる同じ信徒を……同じ志を持つ聖女の仲間を、見過ごすわけにはいきませんから」

「クリステラ……さん……」

本当はわかっていたのだ。クリステラの能力が自分自身の不幸に繋《つな》がっていた事実など、どうでもよかった。そんなことに憤っていたわけじゃなかった。

（私は——手を差し伸べてもらえなかったことが、悲しかったんだ……）

聖女の小さな掌《てのひら》に手を伸ばす。チップとなる国民管理IDカードごと優しく手を包まれる。母のような、姉のような温もりに、心の凝りが解きほぐされていく。

あの日に起きたことをクリステラは知らないのだろう。知っていればきっと、今日の日のように手を差し伸べてくれたに違いない。世界は広大で、彼女の小さな掌では、すべての不幸を受け止めきれないだけで、そこに悩める人あればきっと彼女は助けに向かう。それがクリステラの、同世代のヒロインの在り方。

すべてのチップを失った喪失感、足元が崩れ去る瞬間、聖女は救ってくれた。その事実に——偽りの聖女、フラヴィアの目に涙が浮かぶ。

あの日、すべてが水に流されてしまったあの瞬間に欲しかった感触が、ここにある。

「う……うぅ……ありがとう……ございます……!!」

「なんと。泣くほどのことでしたか？　……チップを譲渡する前提だったとはいえ、脱落を予感させてしまったのは失策だったでしょうか。申し訳ありません」

泣きじゃくるフラヴィアの身体《からだ》をクリステラは抱き留め、偽りの金髪を優しく撫《な》でた。

まるで美しい一枚の絵画のよう。二人の女神を描き出した、神話を再現した名画。

VR空間だというのに花園じみた香りさえ漂ってきかねない絡み合う一対の百合《ゆり》のようで、絶対不可侵めいた空気に圧倒され対戦相手のミラと透夜《とうや》ですら介入できない。

「私は、駄目な女ですっ。何も悪くないのに、あなたを、恨んでしまっていた……！」

「良いのです。私の方こそ、不安にさせてすみません」

致命的に噛《か》み合わない二人の会話。

フラヴィアはこれまでの半生を悔いての懺悔《ざんげ》。クリステラは数刻前の不義理を憂えての謝罪。

だが人の交流の歴史を紐《ひも》解けば、完全な同調や相互理解をせずとも、勘違いやすれ違いを抱えたまま円満な関係を結ぶことなど数多《あまた》あった。それこそ宗教、政治、国家間交渉の歴史でさえ。

「ありがとう、クリステラさん。汚い私を受け入れてくれて。こんな風に、温かく包んでくれて」

「私でよければ、いくらでも。人々に温もりを与えるのが、我々の役目ですから」

「ありがとう、紅蓮《ぐれん》様。私に気づかせてくれて。クリステラを愛し、愛されることの尊さ、その意味を、教えてくれて」

幸運と不運。正反対の聖女によるディスコミュニケーションなど、長すぎる人類史を思えば、ほんの些細な『人間にはよくあること』でしかなく。

「たった今、理解しました」

故に――。

――神の加護は、愛憎の機微までは捉えられない。

「こうすれば、よかったのですね？　紅蓮様」

「────…………!? んんっ……!?」

この場にいない悪魔の顔を脳裏に浮かべながらフラヴィアは、クリステラの唇に、己の唇を強く押しつけた。

驚きに目を見開いたクリステラの息が乱れ、逃れようと暴れる。しかし彼女よりもほんの少し体格に恵まれたフラヴィアの身体《からだ》を押しのけるには力が足りず、強い抱擁に押さえ込まれた。

「ん……～～！ ん～……！ んんっ……!!」

バシン、バシン、と小さな手が酸欠を訴えるように背中を叩《たた》く。

しかし解放する気などないとばかりにフラヴィアは、ますます華奢な肉体を抱きしめる手に力を込め、魂までも吸い尽くす勢いで可憐《かれん》な唇を吸い続けた。

「な……何をしている、貴様ら……？」

「──つまらん。強者の集いし遊戯《ゲーム》に、無粋な真似《まね》を」

状況を飲み込めず困惑するミラ。その瞳から好戦的な色を消し、退屈そうな鼻息を漏らす白王子透夜《しろおうじとうや》。第三者の視線に晒《さら》されながらも己《おの》が世界に入り込んだ二人の聖女には関係のないことだった。

「放して……ください……っ」

「あんっ……」

永遠にも思えるほど長い時を経てようやくクリステラが接吻《せっぷん》の呪縛から解き放たれた。

紅潮した二人の顔が離れ唇と唇の間に唾液の橋がかかる。ふらふらとよろめいたクリステラは背骨を抜かれたように脱力し、ぺたんとその場に腰を落とした。

いつも楚々《そそ》として静かな笑みを湛《たた》えるだけの顔は、今や絶望に青ざめて、得も言われぬ感情を込めた形相でフラヴィアを見つめる。――否、睨みつける。

「何て……ことを……!!　何をしたのか、わかって――」

「――いますとも。ええ。私とあなたはキスをしたのです。性愛で、結ばれたのですよ」

「あ……ああ……っ。うぅ……っ」

ハッキリと宣言されたクリステラは呻吟《しんぎん》し頭を抱えて震え出した。普通の感性の持ち主であれば彼女の反応は過剰すぎるように見えるだろうか？　年頃の少女がキスのひとつやふたつ、挨拶のように交わしてみせよと笑うのだろうか？

想像すらできまい。

聖女にとって唇を奪われる意味の重大さを。ミラも透夜《とうや》も、この遊戯《ゲーム》の行く末を見守る人間の誰も、聖女が今感じている絶望を真に理解できはしない。

一部の者を、除いては。

＊

「こぉンの色情魔がああああああ!!」

一部の者――第三王女ヌグネ・アルセフィアの絶叫が観客席に轟《とどろ》いた。

楽天的な顔を深い憤りに歪《ゆが》ませて、脚を組み座席に座る男の元へと床を踏み荒らす勢いで荒々しく近づいていく。

「貴様の差し金じゃな、砕城紅蓮《さいじょうぐれん》！　あの女に何を吹き込んだ!?」

「どうした、王女様。性を推奨する女がキスぐらいでおかんむりか？」

「ぬけぬけと……！　貴様にはわかっておろう!?　聖女の奇蹟《きせき》の源泉、神に愛される所以《ゆえん》。それが――」

「――処女性にある。ありがちな話だが、な」

ヌグネの台詞《せりふ》を継いで紅蓮は言った。

その言葉に含まれた矛盾に気づき、隣に寄り添う可憐《かれん》が首をかしげる。

「処女性と申されましても、ただのキスでは？　……いえ、もちろんお兄様以外の誰にも捧《ささ》げないという意味では唇も貞操も同じなのですが」

「俺にも捧げるな。……清らかさってのは、客観じゃなくて主観なんだよ」

「と、言いますと？」

「大事なのは事実じゃなく本人の気の持ちよう。つまり、キスが淫らな行いだと思い込んでる奴《やつ》にとっては貞操を奪われたのと大して変わらないってことさ」

「解説ご苦労その通り。そこまで理解しながらあの女をけしかけたとは……悪魔め！」

「油断する方が悪い。俺がいつか裏切ると予想してただろうが、いつ、どのように、までは読めなかったようだな。――賢いお姫様？」

「ぐ、ぐぐぐ……」

ぼんやりとゆらめく朱《あか》い眼《め》で見下され、ヌグネは歯を軋《きし》ませた。

「神の盾に守られたクリステラを、まさかあんな愚劣な手管で破るとは……！」

「まったく骨の折れる作業だったよ。敵意を持って近づけば、天運は必ず聖女に味方する。倒そうと思ったら、神さえ騙す大芝居が必要だ」

心からの敬愛が根底にあればその接吻《せっぷん》は成就する。

もちろん真に貞操を汚そうとすれば、フラヴィアの愛の形がどうあれ、神は全力で聖女を守っただろう。

「だが接吻は淫らな行為には含まれない、そう教えてくれたのはあんただぜ？　ヌグネ」

「……!?　昨夜のアレか！　貴様、あの短い会話の中で、そんなことまで……」

「ヴァチカンはよほど《絶対幸運》を大事にしたいらしい。クリステラをあらゆる俗世の性愛から切り離して育ててきたんだろう」

異能は目に見えない。いつ泡と化して消えるかわからない不定形の資産。何が致命的かもわからないまま、大事に、大事に、危険から遠ざけてきた。そして――。

「――それこそがクリステラの弱点だと、あんたは気づいてたんだ。王女ヌグネ」

「……！　目ざとすぎるじゃろう……！」

「生憎《あいにく》と『眼《め》』は良いもんでね。くっきり視《み》えたぜ？」

　クリステラの《絶対幸運》は、彼女自身が身も心も清らかな聖女だと自認するからこそ、絶大なツキを引き寄せる。戒律を守り、人々を愛し、模範的な聖女たり得ている自負が、彼女の周囲に奇蹟《きせき》じみた幸運をもたらすのだ。

　故に《絶対幸運》の維持運用には、教えを守り続けることが必要不可欠。

「清すぎる聖女はいつか簡単に欲望の淀《よど》みに呑《の》まれる。クリステラが汚れないように、それでいてすこしでも性愛への免疫がつくように。あんたはあえて、アイツの前で下品な発言を繰り返していた」

「……そうじゃ。そうじゃとも！　わしの苦労は台無しじゃ！　ふざけた真似《まね》をしおって、枢機卿《すうききよう》連中に呪い殺されるレベルの所業じゃぞ!?」

　路地裏の娼婦《しようふ》じみたひらひらした服を翻し呪詛《じゆそ》を吐き出すヌグネ。その怒声を一身に浴びながらも砕城紅蓮《さいじようぐれん》は、不敵に、傲慢に、笑みを浮かべた。

「呪いたいなら呪えばいい。——どうせ、返り討ちだ」

「————……………ッ」

　ヌグネはもはや返す言葉を持たなかった。

　クリステラという最強の遊戯《ゲーム》兵器を無力化された時点で、Ｃクラスの、聖女たちの戦争は、幕を下ろしたのだ。

　この後に待ち受けているものは、無策、無能力の無垢《むく》な少女がただただ蹂躙《じゆうりん》される——

「さあ見てろよ。あれが、愛を知ってしまった聖女の末路だ」

——公開処刑、のみ。

＊

キス、と文字にしてしまえば可愛《かわい》らしい字面で欧米では挨拶程度の何のことはない行為に思えるかもしれない。

だが解像度を上げてその行為を定義すると粘膜同士の接触であり、文化圏によっては、キスだけでも充分に不貞の成立要件を満たすことさえある。

売春が禁じられた国においては性的サービスの一環で行われることもあり、つまりは。

気持ちいい、のである。

「あ……あ……ああ……ああっ……！」

唇から背骨を伝い全身に駆け巡ったゾクリとする感覚にクリステラは恐怖を覚え震えた。

肉体的快楽に溺れることなかれ。

戒律の中でも古いものではあると理解しながらも、これまで教会の方針で頑《かたく》なに守ってきた教えを破ってしまった罪悪感が彼女の思考を蝕《むしば》んだ。厄介なのが、フラヴィアの唇を、その感触を、気持ちいいと身体《からだ》と頭の双方で認識してしまったことだ。

(Mio dio《ミオディオ》. なんということ。この身体の火照りは、悪です……)

クリステラ・ペトクリファは知らない。性愛を、肉欲を知らない。だから己の身体《からだ》になぜそのような現象が起きたのか理解できなかった。

同じ聖女の立場。自分よりも弱く、庇護《ひご》欲をそそる相手。

そして、今まで不敬な輩《やから》を近づけられることなく生きてきたクリステラにとって人生で初めて性愛の欲を向けてきた相手。

そんな人間に性的アピールをされれば、聖女とて生物としての本能で性を意識せずにはいられないのだ。

「お嫌……でしたか？　私の愛は……ご迷惑、だったでしょうか？」

「はぐううっ!?　……Non《ノン》. そ、そんなことは、ありません……が、でも、でもっ……」

捨てられた子犬のように弱々しく小首をかしげるフラヴィア。その涙ぐんだ瞳に見つめられ、クリステラは懊悩《おうのう》するしかない。

(Mamma mia《マンマミーア》. どうしたことでしょう！　彼女の姿が聖なる光をまとっているような。お顔を見つめているだけで、こんなにも胸の高鳴りが止まらない！)

荒れくるう心臓を押さえうずくまり肌に滝の如《ごと》く汗を浮かび上がらせたクリステラは、体温の上昇と同時に、それと矛盾するような寒気を感じていた。

(神に、見捨てられてしまう)

寄る辺としてきたものを失う恐怖感が全身を覆い尽くす。

しかも恐怖の波紋は徐々に拡《ひろ》がっていくもので。

（フラヴィアさん、なぜ私にそんなことを。肉欲を押しつけるような真似《まね》を。……でも、彼女の愛を否定しても良いものでしょうか。彼女はただ愛を表現しただけなのに。いえ、そもそもなぜ神は私にこのような試練をお与えになったのですか？　私はずっと神の奇蹟《きせき》を信じ、戒律に従ってきたのに。奇蹟が私を守るなら、そもそもこのような事態にすら、なっていな——嗚呼《ああ》！　私としたことが、またしても戒律を破っている。『神を試みてはならない』……神の御心《みこころ》を疑うなど、愚の骨頂——）

まるで蟻地獄《ありじごく》だ。足掻《あが》けば足掻くほど、悩めば悩むほどクリステラは無限の懊悩の渦に呑《の》み込まれてゆく。

「あら、クリステラさん。……いえ、クリステラ・ペトクリファ。あなた——」

「え……ふ、フラヴィア……さん？」

呼びかける声の質が変わったことに気づき、クリステラは恐る恐る顔を上げる。

己の唇を奪った友人、清らかな聖女仲間と思っていた女は——ニィ、と、聖職者をたぶらかし快楽の罪に誘《いざな》う、淫魔の笑みを浮かべていた。

「もしや今になってようやく、『神の矛盾』にお気づきになったのですか？」

「な……」

「愛を説きながら生物の本能を汚れとして否定し、民の富を願いながら競争社会を否定せず、神の愛を信じながら毎日祈らねば祝福を授かれない。……ある人々を幸せにすることは、ある人々を不幸にすることと同義だというのに、地球の反対側で泣く子がいようとも

《絶対幸運》で世界を平和にできると信じている——」

信念とは脆《もろ》いものだ。ひとつ糸をほぐしただけで、信じていたものすべての矛盾が浮き彫りになる。

「フラヴィア、あなたは、いったい……」

「あなたの《絶対幸運》のせいで。あなたが幸せになる分の不幸を押しつけられたせいで、故郷を失った人間ですよ」

愛する者に語りかけるような優しい声で語られた残酷な現実に、クリステラは青ざめる。

「私の……せいで……？」

「人は本来矛盾の生き物。今の私のように、あなたを憎みながら愛することだって、できてしまう。でもあなたは強固な信仰に支えられていただけに、矛盾を受け入れられるほど強くない」

光が、消えていく。

クリステラを覆っていた信仰の光が黒い靄《もや》に蝕《むしば》まれていく。

神の盾が、鎧《よろい》が、ボロボロと剥がれ落ちていく——……。

「『指摘』します、クリステラ・ペトクリファ。あなたは神の奇蹟《きせき》を信じるとのことですが……今でもまだ、同じことが言えますか？」

「ああ……ああ……ああああああああああああああああっっっ!!」

『本音判定の結果が出ました。――嘘《フォールス》。Cクラス　クリステラ・ペトクリファは嘘《うそ》をついています』


断末魔の如《ごと》き聖女の嘆きを機械音声が一刀のもとに斬り伏せた。

泣き崩れるクリステラの身を、つい数分前に自身がそうされたように優しく抱き留めて、邪教の聖女が甘く囁《ささや》く。

「泣かないで、哀れな愛《いと》しい人。神の呪いから解放された自由を、むしろ悦《よろこ》びましょう」

「わた、しは、奇蹟の、聖女……今まで、そうでっ……そうじゃ、ないとっ……」

「わかります。これまでの常識が足元から崩れ、野に放り出される気持ち。頼りにしていたすべてを失い、孤独を強いられる不安。――故郷を奪われた私には、よぉくわかりますとも」

凄惨な過去を回想するフラヴィアの顔に浮かぶのは、淫魔の顔のみ。復讐《ふくしゅう》を遂げ愉悦のただ中に在る彼女にとって、過去の苦悩など快楽を増幅する促進剤にしかならなかった。

そう、フラヴィアは遂げたのだ。

聖女クリステラへの純粋な憧れを破壊し、憎しみを抱くきっかけを作った理不尽な現象――《絶対幸運》という神の奇蹟に対しての復讐を。

「あなたが神の呪いから解放されたことで、その影響下にあった私からも《絶対不運》の力は失われたことでしょう」

「……っ！　Mi perdoni《ミ・ペルドーニ》.ごめん、なさい……！　私を……捨てないで……！」

神と教典という支えを失った少女は目の前の淫魔にすがりつく。

そんな彼女の髪を梳《す》きながらフラヴィアは――いや、右斎風鈴《うざいぷりん》は、「捨てませんよ」と
慈愛たっぷりに微笑《ほほえ》んだ。

「あなたは私の愛《いと》しい人。聖女ではなく一人の女として、共に堕《お》ちていきましょう？」

「はい……っ。Grazie《グラッチェ》.ありがとう……！　ありがとう……！」

愛を知った二人の聖女の末路。

互いに抱き合いながら背教の沼に沈みゆく、その心中じみた光景を見てほくそ笑む二人の悪魔の存在に、今はまだ誰も気づいていなかった。

こうして波乱に満ちた第2ターン目は終わりを告げた。

議論という名の洗脳合戦を経て、最終的にたどり着いた結論は――。

問い、『神の奇蹟《きせき》は実在するか、否か？』
Cクラス　クリステラ：否定
Dクラス　　　　ミラ：肯定
Eクラス　　　透夜《とうや》：肯定
Fクラス　フラヴィア：肯定

全員が最初の立場から鞍替《くらが》えする異常事態。

聖女と聖女の攻防に圧倒され蚊帳の外になっていた女、ミラが我に返り、傍らの透夜に皮肉めいた目を向ける。

「トーヤ・シロオージ。貴様も肯定派に回ったのか？　天上天下唯我独尊《ゆいがどくそん》のツラをして、意外と影響されやすいのだな。……嘘《うそ》狙いかもしれんが」

「クク。これは本心からの答えだ。『神』をこの白王子《しろおうじ》透夜と定義するならば、奇蹟如《ごと》き我が手で結実させてくれよう」

「傲慢の極みだな。……ふん、せいぜい世迷言《よまいごと》をほざいておけ、日本人《イポーシユカ》」

そしてこの結果を踏まえてＡＩにより再分配されたチップの枚数は――。

１位　Ｄクラス　　　ミラ　２０００枚
２位　Ｆクラス　フラヴィア　１１００枚
３位　Ｅクラス　　透夜　　８００枚
４位　Ｃクラス　クリステラ　１００枚

「ふ、ははは。あはははははははははははは!!」

ミラの哄笑《こうしょう》が響き渡る。

この結果が示す事実はつまるところ、『肯定』を選んだ三人は全員が本心であること。

そして、クリステラが残り１００枚——次ターン、参加費３００枚が払えずＣクラスが脱落するということ。

「何が神の奇蹟《きせき》だ。何が聖女だ。勝手に潰し合い、沈んでいっただけではないか。最後に勝ったのは、この私だ!!」

否定反論の声は上がらなかった。フラヴィアとクリステラは互いに手を組んでいる以上、チップを譲渡し合えば脱落を回避できる。だが復讐《ふくしゅう》を遂げた満足の中にあるフラヴィアにとって、《獣王遊戯祭《ベスティア》》を戦うモチベーションなどもはやなく。

崇《あが》める神さえ要らぬ身となった彼女は、ただにこやかに敗北を受け入れるのみ。

（紅蓮《ぐれん》様。私は悪い宗教女です♪　神と崇めたあなたを裏切って、こうして自らの悦楽に溺れ勝利を手放すのですから）

悪戯《いたずら》っぽい笑みを浮かべ、フラヴィアは紅蓮を想《おも》う。

（でも、私は楽しみでならないのです。私を操り、この絵を描いたあなたが……私の怠惰というこの窮地をどのように脱するのか……♪）

それは、紅蓮への最後の反逆。

手の届かぬ存在に自らの爪痕を刻まんとする悪戯心だった。

●最強の証明

「お、お兄様……あ、あ、あの宗教女、むざむざと負けましたよ⁉」

あっさり敗退した仲間の醜態に、可憐《かれん》は悲鳴じみた声を上げた。

隣に座る兄の袖をぐいぐい引っ張り、膨張させた頬に不平不満を詰め込んで、どうしてこんなことにと怒り嘆く。

「お兄様の力を借りて復讐を成功させたくせに、恩を返さぬまま遊戯《ゲーム》を放り投げるなんて……許せません！　やはりあの女は信用できなかった。今すぐ懲罰をっ——」

「落ち着け、可憐」

「…………ッ」

低く落ち着いた声で言い含める紅蓮の眼《め》に気圧《けお》され、可憐ははっと息を呑《の》んだ。

紅蓮は深く椅子に座り直し、ＡＲ映像の中で微笑《ほほえ》むフラヴィアへと顎をしゃくる。

「あれでいい。最初からこの遊戯はクリステラを倒すところがゴールだった。遊戯そのものの順位はミラが一位になるだろうとも思っていた」

「そ、そうなのですか？　では、この結果は——」

「——予定通り。クリステラの《絶対幸運》はかなり厄介な体質だったからな。この先の展開をラクにするためにも、ここで消しておきたかったんだ。これで……」

まるで蟻《あり》を踏み潰すような気安さでそう言って、紅蓮は近くで憎悪を滾《たぎ》らせた瞳を向けてくる王女へと意味ありげな視線をよこす。

「Cクラスは俺達に呑《の》み込まれざるを得ない。そうだろう、王女ヌグネ？」

「そこまで織り込み済み、か。まったく、恐ろしい男じゃの……」

「あんたは欲望がハッキリしてて思考の色を読みやすい。チョロい女で助かるよ」

「人を尻軽ビッチ扱いするな、寝取りＤＱＮめ。……ま、言う通りなんじゃがな」

「……どういう意味です、お兄様？」

「ヌグネの自信は《絶対幸運》クリステラっていう、たったひとつの戦略兵器に裏打ちされていた。神の盾に守られ続ける限り、明るい未来に期待し続けられるし《獣王遊戯祭《ベスティア》》も勝ち抜ける。ま、わかりやすく宗教だな。だが——」

「——神は死んだ。クリステラがおらなんだ、もはや勝ちの芽はない」

深く肩を落とし、ヌグネはため息をついて。

「ならばより信用できる相手に寄生し、すこしでも希望する未来を実現できるよう祈るが吉よ。もっとも、信用できるのがよりにもよってわしの大切な友の純潔を奪った相手だけっちゅーのはまったくもってロクでもない一族じゃよ」

「第一王女リングネスと第二王子ツボルグは論外として、第二王女エーギルもリングネスの腰巾着と聞いた。奴《やつ》が万が一政権を握ったら、リングネスの傀儡《かいらい》政権となりかねない。なら、最も組みやすいのは」

「Ｆクラス。ユーリと、じゃな。不服ではあるが、まあいい。お主のことは信用しとらんが、ユーリは別じゃ」

「俺への信用値なんざどうでもいいさ。Cクラスが完全にモノになるなら、な」

この特別遊戯《ゲーム》で得られる5219枚の国民管理IDカード。それよりもCクラスの支持層を完全にモノにできる方がよほど大きな得票を期待できる。クリステラの排除と合わせれば、お釣りが来る成果だった。

「なるほど……お兄様の狙いはわかりました。しかし、癪《しゃく》ですね……」

「何がだ？」

「あのロシアの女狐《めぎつね》、ミラとかいう女にドヤ顔されてることが、です！　自称元カノのふしだらなメス風情が調子に乗るなんて！」

「いいだろ、べつに。Eクラスに勝たれるよりマシだ」

紅蓮《ぐれん》にとってDクラスのミラはすでに攻略済みの相手だ。今回のように多少研究成果の応用で遊戯を器用に立ち回れるかもしれないが、自分との直接対決ならば問題にならない。何度挑まれても、ミラを退ける道筋は何本でも視《み》える。だが――……。

「虫の息のDクラスが悪あがきで一勝を得る。これが最高の結果だ。正直、実力が未知数なEクラス連中に勝たれたら、後が厄介だった」

「Eクラス……あの白王子透夜《しろおうじとうや》率いるクラス、ですか。今回の遊戯、大ボス自ら参加したわりには、特に何もせず終わりましたね」

「ああ。何かしら仕掛けてくると思ったが……奴も『見』に回ったってことかね」

そう口にした紅蓮《ぐれん》の声には失望が滲《にじ》んでいた。

脳の片隅でうっそりと首をもたげる獣、血のニオイに期待し唾液を垂らすそれが、微《かす》かな空腹を訴えて啼《な》き始める。

AR映像越しには透夜《とうや》の思考の色、流れを窺《うかが》い知ることはできない。

だがもしも無策のままこの遊戯《ゲーム》を、ただ流しただけで済ませるようであれば。

(なあ白王子《しろおうじ》透夜。さんざん期待させておいてこんなモンか?)

砕城《さいじょう》紅蓮の思考を奪い、もう一人の紅蓮が失笑する。

獅子王《ししおう》学園、生徒会選賭《せんきょ》の最終戦、学園の頂点を決める戦いを白王子家に邪魔されて、消化不良に陥っていたのは透夜だけではなかった。

紅蓮の中に眠る魂。遊戯者《プレイヤー》の闇を煮詰めた塊。『それ』もまた死闘を渇望していた。

おあずけを食らった獣は、肉の味への期待をますます高めていく。秒ごとに唾液は増え、歯ごたえも、香りも、舌ざわりも、そのすべてが想像の中で無限に魅力を増していく。

もしここで為《な》す術《すべ》なく3位に甘んじる程度の男だったとすれば、絵に描いた餅は永遠に胃袋には落ちてこない。その飢餓への絶望に、紅蓮がため息をつきかけたとき。

『――これが貴様の描いた絵か、砕城紅蓮』

VR空間内から外の世界は見えていない。だというのにAR画面に映し出された透夜のアバターはぴったりと正確に観客席の紅蓮に視線を合わせていた。

『なるほど確かに趣深い人形劇だ。豪運と豪運の対消滅。憎悪のまま序盤で仕掛けてくる

Ｄクラスが先行し、逃げ切るが、すでに死に体のロシアが多少浮いたところで問題なし。俺の動きだけは計算に入れられず、変数として置いておく——シナリオの中身は、そんなところか？』

『死に体だと？　フッ。負け惜しみも甚だしい。この結果も紅蓮の計算のうち、と言っておけば無様な敗北を正当化できるとでも？』

『敗北？　……クク』

勝利の愉悦に浸るミラの挑発にも透夜の余裕は崩れなかった。

『端《はな》から貴様のような雑魚《ざこ》は眼中にない。この遊戯は俺と、砕城紅蓮の知恵比べだ』

『何……？』

『俺はあえて不動を貫いた。ひとえに、奴《やつ》が描いたシナリオをすべて成就させるためだ。なぜそうしたのか、貴様には判《わか》るだろう、砕城紅蓮？』

「——俺の戦略をすべて成立させた上で、そのすべてを打ち破って勝利するため」

『流石《さすが》はこの俺が惚《ほ》れ込んだ唯一の男、即座に敵の思考を読み切り答えに至り、人や状況を自在に操る見事な手管。ミラ・イリイニシュナ・プーシキナ、クリステラ・ペトクリフア、フラヴィア・デル・テスタ……一筋縄ではいかぬ強者どもをよくぞここまで弄び、道を作り上げたものだ。まこと、美味な遊戯の腕前だったが——』

言いながら透夜はミラを置き去りに、ＶＲ空間の中を闊歩《かっぽ》し、演説用の壇上中央に立つ。するとそれを待ち構えていたかのように、クオリアＡＩの音声が鳴り始める。

『Cクラス　クリステラ・ペトクリファがゲーム参加料を支払えないため脱落。救済措置の【取引】も──現在使用条件を満たしていません。よって、ゲームを終了。これより、最終結果発表に移ります』

淡々と語られていく遊戯《ゲーム》の結末。ミラは勝利を確信し、フラヴィアはニコニコと他人事《ひとごと》顔で、クリステラは新たな依存相手の胸の中でぽーっと虚《うつ》ろな目をして、そして透夜《とうや》は。

白王子《しろおうじ》透夜だけは、極めて退屈そうな、無表情だった。

1位　Eクラス　　　　透夜　２０１９枚
2位　Dクラス　　　ミラ　２０００枚
3位　Fクラス　フラヴィア　１１００枚
4位　Cクラス　クリステラ　　１００枚

『勝者は──Eクラス、白王子透夜!!』

『貴様の血はもう、飲み飽きた』

「…………!?」

宣言された結果に、この場の誰もが──。砕城紅蓮《さいじようぐれん》も含めて、驚愕《きようがく》に目を見開いた。

『な……なんだその数字は!?　さっきの結果と違うではないか!!』

激昂《げきこう》したのは当然ミラだ。直前の結果で圧倒的な1位だったのに謎の点数操作で2位に落とされれば、それは文句を言いたくもなるだろう。

『不正だ！　今すぐこの男の周辺を洗え!!』

『ククク。工作員崩れは礼を知らないと見える。クオリアの決定に異を唱えるとは、負け惜しみも甚だしいな？』

『ぐっ……』

数刻前の意趣返しに鼻で笑われ、ミラは顔面を紅潮させた。恥ではなく怒りの反応だ。

『俺はルールを遵守している。不正を疑うのは結構だが、我がEクラスの動きを事前察知できなかった、自分自身に恥じるべきだな』

「ルールを遵守……。そういうことか」

台詞《せりふ》を反復し、紅蓮はすぐさま答えに到達した。遊戯開始前、ペラペン先生はこう言っていたではないか。

『5219名より没収した国民管理IDカード、即《すなわ》ち選挙権。諸君らには、これをチップとし、奪い合ってもらう』

そして、

『各クラス配布チップは同じ1000枚、端数の219枚と棄権したBクラスの分は配布せず、合計1219枚は運営預かりとして現在中央棟、遊戯準備室に保管する』

とも言っていた。

配布するチップは1000枚ずつ。

——では、奪い合うチップは何枚だ？

『なぜペンギンは没収した国民管理IDカードの保管場所を我々に教えた？　……簡単だ。この遊戯《ゲーム》が最初から5219枚を奪い合う遊戯なのだと考えれば、それは当然伝えておくべき情報だろう』

『なっ……』

「まったくもってその通り。ぐうの音も出ない正論だな。しかしまあ——」

言葉を失うミラと、あきれた息を吐く紅蓮《ぐれん》。

両者の反応こそ違えど、どちらもしてやられた空気を発しているのは共通していた。

ズレているのは、事前にそのルールの裏側を把握していたかどうかのみ。

振り返った紅蓮の視線の先、講堂の入口の扉が開き、二人の生徒が入ってくる。

「——随分と良い仲間を集めたもんだ。保管場所はかなり厄介なAIが守ってるもんだと読んでいたんだがな」

「AIってのはペンギンの分身のことか？　まあまあ楽しい遊戯だったけど、透夜《とうや》とヤッたときよりワクワクしなかったなぁ～」

「依頼通り、持ってきたわよ。もっとも、これは予定調和なのだけれど」

カムラン・マリクと、モナ・ラナ。

透夜が率いていたEクラスの尖兵《せんぺい》、パキスタン奥地に潜んでいたという隠れた実力者達。

彼らが扇のように広げてみせるカードの束こそ、国王選挙の選挙権。国家の行く末を担う清き一票が、掛けること1219。

ぶしゅうと圧縮された空気の抜ける音とともに棺《ひつぎ》型の筐体《きようたい》の蓋が開いた。白煙とともに、白王子《しろおうじ》透夜は、勝者のみが醸す優雅さを纏《まと》って、長い髪をなびかせ、出てくる。

長時間の拘束で乱れた髪を片手で掻《か》き上げると、見守っていたエーギルが召使いのように慌ただしく歩み寄り、黄金色の櫛《くし》で毛先を梳《す》き始める。

そのまま透夜は歩き、観客席の前で立ち止まる。カムランとモナがその斜め後ろに控え、己の挙げた成果を誇るでも互いに労《ねぎら》うでもなく、ただ当然のような顔でそこに立つ。

「俺の美学が、貴様を超えた。超えてしまった」

紅蓮を見上げるその瞳は失望――否、それを通り過ぎて、切なげですらあった。まるで恋に破れた乙女の如《ごと》く。

「駆け引き、論理、直感、精神、適応力。ありとあらゆる点で五分の勝負――」

「……ああ、そうだな。俺とお前は、五分だった」

まだ一度たりと直接対決をしていないのに。

透夜の妄言じみた台詞《せりふ》に紅蓮は真正面からまともに答える。

必要ないのだ。

最上位の武術の達人同士が相まみえれば、脳内のシミュレーションだけですべての結果が決まるように。

互いに一流と認めた遊戯者《プレイヤー》同士、ひとつの遊戯《ゲーム》をダシに使った間接的な読み合いだけで、充分にその格は測れてしまう。

「——だが貴様はただ一点、強き仲間を得られなかった点でのみ、この俺に劣った」

「《黒の採決《ブラックバウト》》の勝負パターンを無限に学習してるクオリアＡＩだぞ。そんなモンとまともに戦ってられるか。うちのリソースはそこには使えねえよ」

「その程度の仲間しか揃《そろ》えられなかったのが、貴様の限界、というわけだ」

「……ま、そうなのかもしれないな」

運営預かり、とペラペン先生は言った。

《黒の採決》における運営とはほぼ１００％、クオリアＡＩそのものだ。

運営が責任を持って預かるということはすなわち、国民管理ＩＤカードの奪取にはＡＩとの遊戯で勝つ必要を示唆していた。

だから紅蓮《ぐれん》は仲間達をそこには送らなかった。勝てないから。世界各国あらゆる遊戯者のあらゆる遊戯を学習したクオリアＡＩは砕城《さいじょう》紅蓮が引退した今、ある意味で裏世界最強の遊戯者と呼んでもいいだろう。

例外があるとすれば、遊戯パターンを記憶していない、外の世界から来た者との勝負。

それには対応できないことも、あるのだろう。

「あまりガッカリさせるな、砕城紅蓮」

髪の手入れを終えたエーギルが櫛《くし》をふところにしまい、ビシリと背筋を伸ばすのに合わせ、透夜《とうや》は振り返ることなく歩き出す。

「次の勝負が、最後だ。それまでに目覚めておかねば——貴様も、貴様の大切な者達も」

言葉を切り取れば、脅しのようでいて。表情は、痛ましいほどの哀憐《あいれん》を帯びながら。

「歯ごたえすら感じることなく、喰《く》い殺してしまうだろう」

輝ける尾を引いて、気高き銀獅子《ぎんじし》は強き群れを率いて立ち去った。

それを見送る、紅蓮は。

「ばーか」

隣で憤慨する可憐《かれん》の声も、敗北にうなだれるミラの姿も、先行きに不安を覚える王女達の顔も、何もかもを認識の外に置いて、ただ興味深い宿敵の姿だけをその朱い眼で捉えて暗く笑う。

「今のは完全に、おはようございます、だよ」

おやすみ、日常。

おはよう、遊戯者。

さあ——。

——果てるまで喰らい合おう、永劫《えいごう》の輪廻《りんね》を断ち切るために。

●爆弾×連鎖×交錯

時は同じく、遊戯者《プレイヤー》たちの思惑が交錯する。

それはカチカチと時を刻む時限爆弾。仕掛けられた場所は違えど、起爆の時は同じく。

アルセフィア王国第六区画、スキヤキホテル客室にて――第一の爆弾に火が点《とも》る。


「いかがですか、お姉様。痛いところなどはございませんか？」

「……だいじょぶ。静火《しずか》は、うまいね。わたしだと、ぐしゃぐしゃになっちゃう……」

遊戯者向けに割り当てられたスイートルーム。備え付けの鏡台に向かう姉、水葉《みずは》の髪に、妹の静火が丁寧にブラシをかけ、艶《つや》やかに伸ばして結い上げる。

姉妹逆転の印。静火はリボンでゆるめに留め、水葉は高く結い上げたポニーテール。

「《伊邪那美《いざなみ》機関》からお戻りになって以来、お姉様の髪はずっと私がお世話をしていますから。この役目は誰にも譲りません。……綺麗《きれい》ですよ、本当に」

「そう？　ふふふ……でも、ひとりになってみて、いろいろ。……わかった」

水葉と静火。かつては親の都合で引き離され、そして後に姉妹の相克によって分かたれた絆《きずな》は、すでに蘇《よみがえ》っている。しかし、その関係性には大きな変化が生じていた。

「わたしは、なにもできない。……しずかのように、綺麗に髪を結うことも。スカートにアイロンをかけてぴんとさせることも、ブラウスのボタンを留めることだって」

壊れかけた精神。《日常》に属するものすべてを否定され、遊戯《ゲーム》の強さだけを求めた。

砕城《さいじょう》家の遊戯者《プレイヤー》養成施設で受けた拷問まがいの訓練により、御嶽原水葉《みたけばらみずは》は人間性をほぼ失い、その代償として異能と実力を得た。その時もまた、今のように。

「……お世話をさせて頂きましたね。あの頃は、大変でしたが幸福でした」

幸せを噛《か》みしめるように、静火《しずか》が言う。徹底的な洗脳処置と脳改造により、帰宅直後はそれこそ自力でトイレに行くことすらままならなかった姉を、必死で静火は介護した。

「……守って、くれたね」

「え？」

「あの頃は、気づかなかったけど……しずか、わたしを、守ってくれた」

兵器として実力をつけて帰還した水葉を両親はすぐにでも《黒の採決《ブラックバウト》》の場に投入し、没落した家の富を取り戻そうとしていた。しかし、それを押し止《とど》めたのは。

「獅子王学園で力試しをしてから。そんな風に、時間稼ぎ、したんでしょ？」

「……出過ぎた真似《まね》を、すみません。でも、あのまま戦いに明け暮れていたら……」

「こわれてた、ね。たぶん」

「はい……それが怖くて。私は、両親に懇願しました。お姉様の犬になっても、何でもい い。だから今すぐ戦場に送り込むのだけはやめてくれ……と」

帰還した水葉はしばらく廃人同然だった。砕城紅蓮《ぐれん》に敗れたショックを引きずっていた。

その痛々しい姿の姉を、家の利益のために戦わせるなど静火には耐えられなかった。

「まどろっこしいと、思ってた。誰でもいいから、戦いたいと、紅蓮様への恋しい気持ちを紛らわせたいと、ムラムラしてた。でも、今ならわかるよ。あれは……静火の、愛」

「はい。――私にとって、お姉様は。最高の、ヒーローですから」

静火は愛《いと》しい姉の髪をひとふさ持ち上げ、唇を捧《ささ》げる。

親愛のキス。鏡に映った妹が見せた姿に、水葉は震える指を伸ばした。

「……大好きだよ、静火。これが、人間らしい気持ちだとしたら。きっと、ふつうのひとって、すごく大変だね。……ばけもののわたしより、とても」

愛が深すぎて、重すぎて。

「戦うことしかないけだもの……支配したり、サレたりすることしかないモノなんかより。ずっとずっとむずかしくて、ふくざつで……いろいろな、好きがあるものだから」

紅蓮に捧げる好き。静火に捧げる好き。そして新たに芽生えつつあるモノ。

「学園で過ごした、あの、なんていうのかな。おかしな毎日がすごく好き。思い出すだけでわくわくして、お腹《なか》も痛くならない好き……。そういうのがあるなんて、知らなかった。

……紅蓮さまが、教えてくれた」

誰かを好きになることは、痛いことだと思っていた。

「わたしの『好き』は、誰かを傷つけることだったから」

そうではない『好き』が、こんなにも尊い。

弱いくせに生意気で、世話焼きな楓《かえで》が好きだ。おバカだけどよくなついてくれる桃花《ももか》も、静かで居心地のいい香りがする姫狐《ひめこ》も、紅蓮《ぐれん》にくっついてくるおジャマな朝人《あさと》さえも。

どれが欠けてもいけない、と思う。すべてがひとつで、だからいいのだと感じる。

「……今のわたしの気持ち、わかる？　静火《しずか》」

「ええ、わかります。……戦われるおつもりなのでしょう？　今度こそ」

「うん。でも、これは御嶽原《みたけばら》のお家に利用されるのとは違うの。……わたしが、やりたいの。みんなの、ために」

「やっぱりお姉様の根っこは、昔から変わっておられませんね。今のお姉様は、あの時と同じです。私をかばって、《伊邪那美機関《いざなみ》》へ出荷された、あの時と」

代われるものなら代わりたい、と静火は心底願う。

だが、それはできないという自覚もある。努力し、研鑽《けんさん》し、磨き上げた推理力、観察力、洞察力、格闘技術や調査能力。そのすべてを振り絞っても、現代の兵器たる姉には。

（かなわない。だから——また私は『家族』を……！）

見送るしかない自分の情けなさ、不甲斐《ふがい》なさに腹が立つ。

憤りを隠せない静火の腕が身体《からだ》にかかる。

背中からきつく自分を抱きしめる妹の温もりを感じながら、御嶽原水葉《みずは》は。

「大丈夫。……いっしょ、だから」

妹が結い上げたポニーテールを誇らしげに振って。

「《砕城《さいじょう》》を潰す。紅蓮さまを苦しめるものを。わたしの新しい家族をいじめるものを。

何もかもを……噛《か》み砕《くだ》く……!!」

愛《いと》しい妹を愛《め》でる姉が、肉食恐竜に変貌する。

その異能、脳の自己改造──《陰陽相克《ダブルフェイス》》により、芽生えはじめた情愛を闘争心で塗り潰し、自らを完全に調律してのけた。

すっとその足がカーペットを踏みしめる。もはや車椅子などいらない、最初から不要だ。異能を用いて自分を調律し、修復途中の神経を迂回《うかい》して身体《からだ》を動かせば済むのだから。

「……はい」

止められない。ただそれだけを口にするのが、御嶽原静火《みたけばらしずか》の精一杯。

砕城紅蓮《さいじようぐれん》に敗れて以来封じていた異能。日常を学び、ヒトに近づこうとする努力の対極。自らを再びバケモノに堕《お》してなお戦いを選んだ姉。

(止められるものか。それが、お姉様の──『愛』だから)

だからこそ、妹として、静火は。

「お手伝いいたします。──どうか、これを」

ペット用の首輪と繋《つな》がったリード。その持ち手を静火が捧《ささ》げると、水葉《みずは》は疑問すら口にせず、それをくるりと手に巻いた。

「連れていって、妹《いぬ》。……わたしの獲物、紅蓮さまの敵のところへ」

「はっ。──お任せください、お姉様!!」

嬉々《きき》として鎖に繋がれ、愛し合う姉妹は再び、怪物と忠犬へと戻る。

過去の自分を捨てるのではない。今の自分を愛し、過去に繋いだ想《おも》いを蘇《よみがえ》らせて。

新たな『家族』を守るために。

鎖と心で繋がった二人。

砕城が生んだ怪物は――妹が導くままに、獲物を求めて動き出した。

＊

「――来ちゃった♪　ってか？　バイクより先にアンタに乗れってことな、コレ」

「そんなつもりはなかったんだけどな。……もしかして、読んでたのかい？」

「トーゼンっしょ？　と言いたいトコだけど、アンタとは思わなかったなぁ」

第二区画、Bクラス総督府最高機密エリア――。

伝統的な中華街から無数に突き出た近代ビル。伝統と革新が融合する街並みでひときわ輝かしいツインタワー・ビル、ドローンと武装警備隊が厳重に守る中枢に。

「イチオ後学のために聞いてイイ？　……マジでどうやってここまで来たんよ、アンタら。バカップルは無敵だからイチャイチャしながらセキュリティ抜けたりできるワケ？」

「まさか。……ただ、この手の技術にはそれなりに心得があるだけさ」

「――……潜入工作は、白王子《しろおうじ》の必須項目。どんな環境だろうと、わけはない……――」

ラバーのマスクを引き剥がし、汗の浮いた銀髪を振り乱して息をつく白王子朝人《あさと》。

対照的に汗ひとつなく、むしろ冷たい空気すら放つ聖上院姫狐《せいじょういんひめこ》。白昼堂々、通常通りの業務を続けるBクラス総督府の最奥にまで忍び入った二人は、平然と言った。

「マジかよ。……アンタらの家、おかしくね？　いつの時代っスかそれ」

「僕もそう思うよ。機会があったらぜひ言ってやりたいけど」

「ま、その機会はねーかな。ふんふん……あー、隣のビルからワイヤー張って屋上へ？　ンで換気ダクトからスパイドローンを侵入させて警報切って、ビル内の空間を利用した。エレベーターシャフトや天井の隙間、人が通れるよーにできてないんですけど？」

「――……物理的に、頭が通る隙間があれば。いける……――」

「マジ？　すげーなアンタの彼女。ニンジャ？　ニンジャなの!?　パネェっす！」

ケラケラと笑う少年――凍城紫漣《とうじょうしれん》は、潜入を果たした黒衣の二人を手招くように。

「たとえアンタらがニンジャでも、逃げ場はネーよ？　わかってんしょ、センパイ」

「ああ。君が姿を見せた時点で、まともな方法で外に出られるとは思ってない、かな？」

与えられたミッション。Bクラス総督府への潜入作戦を、朝人《あさと》と姫狐は全力で遂行した。

事前に抜き取ったセキュリティ情報を元に計画を立案。

建物の図面を元に用意した潜入の小道具は、コンクリートも豆腐のごとく断ち切る大戦期の遺物、単分子ワイヤ。

ナノドリルで穴を空け、ワイヤを通して壁を切り抜く。極小の振動を感知することで、疑似的なソナー感覚を持つ姫狐の超触覚を頼りに建物内部の隙間を縫って、唯一図面から内部情報が秘匿された総督府の最奥へと到達した。

「お望み通り。……国民管理IDカードのリアル保管施設はこの奥だわ。つってもこの金庫、簡単には開けらんねーぜ？　ついでにオレも簡単に通す気はねーし」

壁一面を占める巨大金庫。そのメタリックな輝きを背負うように立つ細面の少年は。

「今回の遊戯《ゲーム》、王位継承戦のキモは国民の支持を集めてCPを獲得すること——。だけど極端な話、そこに国民の意思は関係ない。システムに接続できるログインIDをどの陣営よりも多く手に入れりゃ、それだけで勝ちは確定するってわけだ」

いち早くそれに気づいたBクラスは、国民管理IDカードの秘匿という形で第二区画の市民、その全員が生むCPを独占した。その真意、隠された意図とは。

「《獣王遊戯祭《ベスティア》》第二段階？　運営が出してくる課題を言われた通りセコセコこなして、ルールを決めたヤツの思惑通りのヤツを勝たせる。……出来レースなんだよなぁ、これ」

ハプニングが必要だ。雲の上の何か、システムそのものか、あるいはその裏で糸を引く何者かの意図を叩《たた》き潰《つぶ》し、操り糸をブチ切るような、強烈な何かが。

「第一段階の完了を以《もっ》て仮説は証明された。誰よりルールに忠実に挑んだ一番上の兄貴、カールスは周りからフルボッコで脱落だ。同じ舞台で戦ってるうちは、ちっさいお山のボス争いにしかならねーのよ」

「踊らされるつもりはない。……そう言いたいのかな？」

「トーゼン。やりたいようにやって、勝つ。それでこそ最強伝説の後継者っしょ」

ふざけた言い回し、だが蛇のように細くすぼめた眼《め》には鋼の鋭さが宿る。

砕城紅蓮《さいじょうぐれん》の『子供』を自称する人間兵器。砕城家が作り上げた水葉《みずは》に次ぐ遊戯《ゲーム》の怪物は、より上の勝利を目指して、今ここにいる。

「オレはディフェンス。同じ結論に達した人間、高いステージを見るヤツが絶対いる――。そう踏んでたんでね。国民管理ＩＤカードの奪取を阻むためにここで待ってたってワケ……ま、紅蓮サマが直接来る時はフル装備でやりてーけど、センパイ程度の相手なら」

ピアニストのような指が艶《なま》めかしくくねる。

コキコキと指の関節を鳴らし、凍城紫漣《とうじょうしれん》は毒刃のように笑む。

「――オレひとりで十分、っつかお釣りがくるってことさ。潜入脱出ゲームの代金としてアンタらの身柄を拘束させてもらう。身代金はＣＰ払いでゴッソリ貰《もら》うぜ？」

「――……壁の中。動いてる。朝人《あさと》……――」

「わかってるよ、姉さん。会話は時間稼ぎ、無言無音でこの部屋を閉鎖したわけだ」

金庫室の壁をコンコンと叩《たた》く。朝人のノックに分厚い壁は何の音も返さない、が。

「――……推定、10センチ超の鉄板。対爆装甲隔壁。扉は最新の認証システムが起動。正当な手順を踏まなければ完全な密室状態。内部から脱出の手段は、ない……――」

まさしく人間解析機。壁を叩いた音を探針音とし、目隠しの女遊戯者《プレイヤー》……聖上院姫狐《せいじょういんひめこ》はこの部屋を隔離するシステムを暴き、紫漣は「おっ？」と顔を上げた。

「ほへー、面白いっスね。感覚系の異能者か。特定の感覚を遮断することで強化するとか、いじましい努力っつーか……元のレベルが低いってのも大変だね、同情するわ」

少年達の視線が絡む。それは武芸者が交わす剣戟《けんげき》の如《ごと》く、互いの手を探るように。

「つまりさあ、ナニが言いたいかっつーと……な？」

朝人の提案を前に、着崩した制服の肩をひょいとすくめたおどけた仕草で。

「一人ずつとかタルいこと言ってんじゃねーよ、雑魚《ざこ》共。テメエら二人まとめてかかってきな。それくらいできなきゃ、最強伝説を超えるなんざ夢のまた夢だっつーの」

「つまり、君にとっての僕らは、その程度の認識なわけだ。ハハッ、ちょっと残念だね」

自信と余裕ある態度に見えるが、この少年、白王子《しろおうじ》朝人は凡人だ。

少なくとも紫漣の感覚では、半端者の異能者である姫狐を計算に加えても『弱い』。

(けどけどけど、つまりそれって。実力差を埋める策があるってことじゃね!?　オレとやり合えるような秘策、ナニか持ってるってことだよなァ……!?)

視《み》たい。識《し》りたい。試したい。隠し切れない期待と興奮に、ギバッと笑んで八重歯が覗《のぞ》く。紅蓮とは違う、肉食性の爬虫類《はちゅうるい》を思わせる笑顔。どこか愛嬌《あいきょう》のあるワニのような——。

「——ソソるじゃねーの、センパイ。じゃ、ヤろっか？」

「そうだね。けど、この勝負。正直僕が有利だよ。今なら止《や》めてあげてもいいけど」

「あ？　……何だそりゃ。根拠は」

「決まってる。僕には姫狐姉さんがいて、君には妹さんがいない。知らなかったのかい？　武器は装備していないと役に立たない。僕と姉さん、互いが互いの武器だ。一人一人の力は及ばなくても、お互いが剣となり盾となれるなら。……強いよ？」

「――……ええ。教えてあげる……――」

ん、と掠《かす》れた喉で咳払《せきばら》い。並び立ち、愛する恋人の手をとって。

「――……私たちの、力を……――」

「ハッ。熱いねえ、アチチチ……！　オレまで燃えてきちまったよ、バカップル」

凍城《とうじょう》紫漣《しれん》VS白王子《しろおうじ》朝人《あさと》&聖上院《せいじょういん》姫狐《ひめこ》。

その身柄を賭けた闇の遊戯《ゲーム》が、人知れず始まろうとしていた。

＊

第六区画、SHOWA通り、駄菓子屋前にて。

「なーんでアタシは、こんなトコにいんのかね。ファ――……ックション！　はあ……」

「アビーさん、おじさんっぽいクシャミしますねえ。偽大学生だったからですか？」

「マテ、それ関係ないダロ!?　つーか、モモカ。あんた、それでいいワケ？」

高校生と言うには豊か過ぎる肢体を獅子王《ししおう》学園の制服に包み、つまらなそうな顔で店先のベンチに腰を下ろす。ポンと親指を突っ込んで開けたラムネを片手に言うラテン美女。

遊戯傭兵《ようへい》アビゲイル・ナダール。依頼主であるカールスの失脚後もこの国に残っており、アルセフィア王立学園に出席までしていたのには、理由があった。

（アフターケアは、まあ必要だしネ。……あのクソガキ、金払いは良かったから）

脱落したカールス・アルセフィアの行方が知れない。失望した群衆にリンチされるのが怖くて逃げたり、隠し財産のもとへ走ったりという理由なら、こんなふうに追いかける気にはならなかったろう。だがあの怪物、白王子透夜《とうや》に敗れたその後。

（消えちまった。どこへともなく。前金はもらってるし、損にゃならねーけど）

しっくり、こない。それは経験により研ぎ澄まされた直感による警告。それを無視して動けば何か悪いことが起きる、そんなジンクス。野性的勘と言ってもいい。

（放っておくわけにもいかネーんダヨなあ。ま、ヤバくなったら逃げるケド）

そう思いつつ、依頼主の行方を捜して登校してきたとたん、桃貝《ももがい》旋風に巻き込まれた。

授業があるというのに強引に連れ出され、子供のおやつを差し出され、ついついその場に座ってしまった。我ながら押しに弱いが、怒りより諦めが先に立ってしまう。

「いいも悪いも、アビーさんはアビーさんですしね。素性を隠したのが悪いってことも、あんまりないですよ？　桃花《ももか》ん家で働いてた人、それぞれ事情がありましたし」

「……あ、ソーなの。つーか、どんなん？」

「主にヤバめの派遣先から逃げた外国人さんとかですかね。通報された時は大変でした」

「だからほの暗い闇を匂わせるのはお止《や》めなさい。貴女《あなた》のご実家ヤバいですわよ!?」

ぺちん！　とアビゲイルとの間に座った桃花を叩《たた》くのは、楠木楓《くすのきかえで》。

愛用の扇子を開くその隣に、もう一人。ゲーム筐体《きょうたい》の画面に苦戦しつつも没頭するのは。

「いいですねえ、駄菓子屋さんといえばレトロゲーム！　と配信者の元祖たる超有名課長もおっしゃってますけど。お金や裸を賭けずに遊べるゲームは楽しい佐々木《ささき》です！」

「それはいいのですけど……佐々木さん、敵来てますわよ？」

「え？　あ、あわわわわわ!!　やめてやめてちょっごめんなさいきゃー死んだーっ!?」

ため息混じりのツッコミに、大慌てでゲームを操作する佐々木。奮戦むなしくあっさり死んだ姿を横目に見ながら、アビゲイルは強引に自分を連れてきた三人を見回す。

「ンで、もー全部バレてるだろうから率直に言いマスけど。アタシに何の用デスか？」

「いえ特にないですけど楽しくないです？　アビーさん」

「……モモカ。ちょっとは成長したかと思えバ。脳みそやっぱ入ってネーですね」

「ひどっ!?　桃花《ももか》、お金持ちになったんですよ!?　今ならホラ、うめえ棒の大人買いすら可能です！　指の間に一本ずつ挟んで違う味を楽しむ大富豪。どうですか!?」

「どうと言われマシても……。ホンッッと、変わりませんネ」

そのポンコツぶりが、愛《いと》おしい。正直言ってバカは嫌いだが、ここまで突き抜けているといっそ可愛《かわい》く感じてしまうあたり、農場で過ごしたあの数年間で洗脳された気がする。

遊戯傭兵《ゲームようへい》として対戦し、勝ったもののヤバい筋を敵に回して、日本に潜伏していた時期。追い詰められた獣のようだった頃、未来など何もなかったあの頃、垣間《かいま》見た、光。

（……この子がいなかったら、何もなかった）

三次大戦の炎で焼き払われた故郷の森を畑にしたい、という願いも。

未来への希望も、何もなく。ただいつか裏路地で屍《しかばね》を晒《さら》すまで生きるだけの自分で。

「まあ、モモカには借りがありますから。タイテーの話なら乗りますすけど。……デ、結局何の思惑ガあるんデスか。面倒なんでとっとと言ってクダサイ」

じろりとまだ話が通じそうな楓《かえで》、そして佐々木を睨《にら》んでみるも。

「そんな顔されましても特にありませんわ、本当に。紅蓮《ぐれん》様に言われてお誘いしただけ。特に何をしろとも言われていませんから、純粋なお休みですわよ」

「お、オヤスミ？　グレン……って、グレン・サイジョウ？」

当然、アビゲイルもその名は知っている。カールスが最大の警戒を示していた人物。自分が頭角を現す前、《黒の採決《ブラックバウト》》で無敗を誇った伝説の主と同じ名前。本人か騙《かた》りかは不明だが、カールスの陥った状況を見ればそんな存在が紛れていても不思議じゃない。

「そうですよ？　めっちゃめちゃ遊戯に強い人で、桃花の師匠です！」

「と、自称してますけど実際は紅蓮様に習うどころか、ズタボロに負けてるだけですわ。確かに一度遊戯で食い下がりましたけど、それも自習の成果ですし」

「……なぜにホワーイ。意味わかんないデース！」

話せば話すほどさっぱりわからない。まるで泥沼に踏み込んだような気分になりつつ、炭酸のきついラムネをぐびりと呷《あお》る。いっそビールが欲しいとすら思いながら。

「ところでみなさん。あれ、なんかのお祭りですかね？」

終わったゲームから目を離した佐々木が街路を指す。

するとそこには、数十を超えて百に届かんとする群衆がいた。普段は人通りのない観光道路、一歩離れた裏路地にたむろしている無職の男女。この第六区画の貧しさを証明するような失業者が、ごちゃごちゃに混ざり合いながら歩いていくのだ。

「……デモか何かでしょうか？　特に何も聞いていませんけれど」

「ンー……。それにしちゃ、何を主張してるわけでもネーデスし。おかしーデスね？」

その一団はシュプレヒコールを上げるでもなく、プラカードを掲げるでもない。

ただ、無言のままに街を歩いているだけだ。そして彼らは街路の一点、テナントの一角に足を止めると、列整理に派遣されたらしいドローンの指示で渋々列を作り出す。

「おい、とっとと始めろ！　……移民の話、ホントだろうな⁉」

『質問にお答えします。答えはイエス――第二区画総督、第一王女リングネス様の意思により、本日より第二区画は門戸を開放。……第六区画からの移民を受け入れます』

「「……は⁉」」

雑踏すら越えて聞こえてきた、増幅された機械音声。

駄菓子屋から1ブロックほど離れた空きテナントに臨時の窓口がある、が……。

クレヨンで描かれた手書きの看板の横に、大きなクッションを置いて座った一人の幼女。

「んや……。むにゅ。すぅ……」

寝息をたてる可愛《かわい》らしいお昼寝姿、その間近に立てられた看板の文字は。

『カード一枚、札一束。とりまＯＫ』

日本語で書かれたその内容を理解できているアルセフィア国民はいないだろう。しかし、周囲に侍《はべ》るドローンが放つアナウンスに、周囲の人々が目の色を変える。

『第二区画への移民はこちら。国民管理IDカード、およびログイン端末を提出後、支度金を受け取ってください。カード提出後、第二区画の窓口で申請を行えば、新しいログイン用仮端末が交付されます。申請はお早めにどうぞ。順番を守り、規則正しくお受け取りください。全員分の枠はご用意しております……』

「おおおおおおおおおおおおおおっ!!」

スラムの住民達が声をあげる。ろくな仕事もないままに、不景気な街でただたむろするしかなかった彼らにとって、それは突然やってきた、人生を変えるチャンスだった。

「見ろよあの支度金の額!! 札束……百万の帯封つきだぜ!?」

「とんでもねえ。とんでもねえぞ! うはっ、並べ、並べ! 家族全員分売るぞおっ!!」

群衆が熱くうねる中、その中心でただひとり——動物を象《かたど》ったかわいらしいクッションにもたれて眠りこける少女。獅子王《ししおう》学園の制服を着た、その人物の名は——……。

「凍城《とうじょう》、未恋《みれん》……!! 前に伺った資料の情報、そのものですわ!」

「あ、あの!? 紅蓮《ぐれん》様の隠し子だってウワサの!? 何ですかお札くれるんですか!? 桃花《ももか》も並んだ方がお得なんですかね？」

「……や、たぶんダメですよ。というか、アルセフィア国民以外ダメでしょうし……」

楓《かえで》が、桃花が、佐々木《ささき》が、困惑した声をあげる。

「引き抜き工作、ですネ。……つーか露骨も露骨なヤリ口ですけど。効果バツグン？」

ただ一人、アビゲイルだけがあきれたようにそう言った。

「この第六区画は、アルセフィア全区画で一番ビンボー。行政の支援とかはナイも同然。国民管理ＩＤカードもログイン端末も持ってるだけムダ……。それが札束で買い取ってくれる上に第二区画への移民までオッケーとなりゃ、そりゃ当然みんな群がりますデショ」

国民の買収は、あのカールスですらやらなかった手だ。

それを禁じる法はこのアルセフィアには存在しないとはいえ、一応選挙を謳《うた》っている中金で票を買うようなマネをすれば、スポンサーであるアメリカの富豪に心証が悪い。

が、第一王女リングネスの後ろ盾、中華系の派閥にそんな制約はない。彼らはひた向きに自国の利益を追求し、外聞など気にしない。

整然と列は進み、莫大《ばくだい》な札束と引き換えに国民管理ＩＤカードが山となる。

眠る未恋《みれん》の隣、あまりに適当な段ボール箱にゴロゴロと積み重なっていくカードと機材の山に、ボロい服をまとった男が手を伸ばす。

「へへっ、いっただ……きっ!?　ひぐっ……！」

「……めっ」

幼い瞳が、視《み》た。

国民管理ＩＤカードを入れたフリをして手元に隠し、端末も入れたフリでガラクタを放る。それでいながら札束だけを掴《つか》んでその場を離れようとした男を、未恋は視る。

何の感情もない虚無の眼《め》。ただ網膜にその姿を映しただけなのに。

「……ひいいいいいいいっ⁉」

「ああ、ああ、あああああああっ‼　あびあわえあうぇあ……ぎひきぃっ‼」

幼女の前方。その眼に映った全員が絶叫し、ガクガクと震えて奇声をあげる。

顔面蒼白《そうはく》、口からは泡。へたり込んだ下半身はグッショリと濡《ぬ》れて気絶したその姿は、猛毒のガスを撒《ま》いてもこうはなるまいという惨状だった。

「な、何だ⁉　このガキ、何をしやがった⁉」

「ひいっ……に、逃げっ……きゃあああああああああああああああああ‼」

「お、おい、何やってんだよ、先頭！　移民は⁉　カネは⁉　どうなってんだ！」

「やったわ、前が空いた！　今のうちに……！」

「こら、割り込むんじゃねえよ‼　このクソアマ、ナメやがって‼」

怯《おび》え、竦《すく》んだ人々が逃げ惑う。列を作ろうとする人間、割り込もうとする女、怒鳴る男。たちまち第六区画の公道は大混乱に陥る。溢《あふ》れた暴徒が駄菓子屋の店先にまで転がり込み、商品を蹴倒し踏み潰す。グチャリと潰れるお菓子を前に――……。

「こらあああああああああっ‼　食べ物を、粗末に、しないでくださ〜〜い‼」

「ッざけんじゃネー‼　よそでやれ、ヨソで‼　来るんじゃネーデスよ、ゴルァ‼」

怒りに頰を真っ赤に染めた桃貝桃花《ももがいももか》が、釣られるように進み出たアビゲイルが、農業で鍛えた筋肉を振るう。大勢の暴徒を叩《たた》き出し、店を守るように立ちはだかる中――。

「……たまった。けっこー、ある。これなら……おっけ？」

トテトテと。

ごく当たり前のように、駄菓子屋の店先に入り込んでくる少女の姿。

まるで神話における石化の怪物メデューサの如《ごと》く——その『眼《め》』に捉われ、無残に悶絶《もんぜつ》した人間を街路に残し、混乱と暴動の最中《さなか》を何でもないかのように無視して。

……ピン！

親指で何かを弾《はじ》き、それを楓《かえで》がキャッチする。開いた手の中に、あったのは。

「……コイン？　リアルマネーとか、久しぶりに見ましたわね」

「ん」

百円玉を払い、並んだ駄菓子の中から大きな渦巻きキャンディをつまむ。

ぺろり、ぺろぺろ。桃色の舌で可愛《かわい》らしく舐《な》めながら——凍城未恋《とうじようみれん》は、駄菓子屋に集う遊戯者《プレイヤー》たち、アビゲイルを、桃花《ももか》を、楓を、順々に眺めて。

「遊戯《ゲーム》。……このカード、賭けて。勝ったら、あげる。そのかわり。負けたら、わたしの言うこと……きいて？」

あどけない微笑《ほほえ》みと共に。

暴徒の血と煙で汚れた国民管理ＩＤカードとログイン端末、およそ数百個が詰まった箱。

ドローンが運んできたそれを店先に放り出し——そう言った。

＊

同時刻。アルセフィア王立学園、隠された地下の一室。

王国中の映像を映し出す無数のモニターに囲まれ、白のスーツと白のシルクハットが特徴的な英国紳士風の白い男がほくそ笑む。

瀟洒《しょうしゃ》なソファに深く身を預けた男――獅子王創芽《ししおうはじめ》は、自らを動物化したようなペンギンのキャラクター……ペラペン先生のAR映像を膝に乗せ、その丸い頭を撫《な》でつけた。

「時限爆弾、各所でうまく火がついた」

御嶽原《みたけばら》姉妹、白王子朝人《しろおうじあさと》と聖上院姫狐《せいじょういんひめこ》のカップル、お気楽トリオwithアビゲイル。

BクラスとFクラスのリアルなアルセフィアを舞台とした盤外戦。

駒を配置し、この展開を導いたのは他ならぬ砕城紅蓮《さいじょうぐれん》だ。

彼は運営預かりの１２１９枚を取りに行かなかった。白王子透夜《とうや》はそれを紅蓮の限界だと評したが、果たしてそうなのか？

――クオリアＡＩとの遊戯を避けていた、とは考えられないか。

「はてさて、どこまでキミ自身が戦わずにいられるか。頑《かたく》なに本気で戦わないのは、やはり私の狙いが読まれているからなのかネェ……。やれやれ、恐ろしい男だヨ」

もしも創芽の『読み』が当たっているのだとすれば。

砕城紅蓮は《獣王遊戯祭《ベスティア》》のライバル達としのぎを削りながらも、獅子王創芽との駆け引きを、同時にこなしていることになる。

《原初の十三人《オーディナルリスト》》が一人、《創生の樹》と呼ばれた男、獅子王創芽《ししおうはじめ》。

　クオリアシステムを構築し、《黒の採決《ブラックバウト》》の仕組みを完成させた本当の目的に気づいた者は、世界を見渡してもけっして多くはない。気づいたとしても、すでに浸透し世界共通の調停機関となったクオリアから脱することなどできはしない。

　しかし気づいた者は抗《あらが》った。

　砕城《さいじょう》家、白王子《しろおうじ》家、ヴァチカン、その他列強諸国の研究機関が競うように強き遊戯者《プレイヤー》を生み出すための研究を急いだ。

　タイムリミットは――

　――《黒の採決》の審判役、クオリアＡＩの遊戯《ゲーム》能力が世界最強に至るまで。

　無数の遊戯を学習し、無数の異能を取り込んだＡＩは、今やほとんどの遊戯者を片手でねじ伏せる絶対強者に成長した。

　もしも生身の遊戯者がＡＩに勝てない日が来れば、そのとき、世界は《原初の十三人》――獅子王創芽と、彼でさえ互いに顔も知らぬ十二人の仲間に牛耳られるのだ。

　現在、ＡＩが対処を完了できてない才能は、僅か。

　その僅かな例外を、大いなる餌で釣ることで《獣王遊戯祭《ベスティア》》に集めてみせた。

　理不尽な奇蹟《きせき》の暴力を振るう《絶対幸運》、クリステラ・ペトクリファ。

クオリアＡＩさえ狂わせる《魔凍の瞳》、凍城未恋《とうじようみれん》。

表世界の頂点に君臨した王、白王子透夜《とうや》。

そして――。裏世界最強の遊戯者、砕城紅蓮《ぐれん》。


彼らのラーニングを完了させ、あわよくば排除することこそが獅子王創芽の目的だった。

「クリステラ君は目論見《もくろみ》通りフラヴィア君と対消滅した……とはいえ、紅蓮クンがそれを手引きしたのは気になるネェ。たまたま利害が一致しただけなのか、あるいは何か私にも読めていない狙いがあるのか。はてさて」

薄暗い部屋の中、トリックスターは独りで笑う。

複雑にもつれ合う運命の糸が、一本に繋《つな》がる日は――もう近い。

《つづく》

MF文庫J

自称Fランクのお兄さまがゲームで評価される学園の頂点に君臨するそうですよ？ 9

2020 年 5 月 25 日　初版発行

著者　三河ごーすと

発行者　三坂泰二

発行　株式会社 KADOKAWA
〒 102-8177 東京都千代田区富士見 2-13-3
0570-002-001（ナビダイヤル）

印刷　株式会社廣済堂

製本　株式会社廣済堂

Printed in Japan　ISBN 978-4-04-064660-2 C0193

●お問い合わせ（メディアファクトリー ブランド）
https://www.kadokawa.co.jp/（「お問い合わせ」へお進みください）
※内容によっては、お答えできない場合があります。
※サポートは日本国内のみとさせていただきます。
※Japanese text only

◇◇◇

【 ファンレター、作品のご感想をお待ちしています 】
〒102-0071 東京都千代田区富士見2-13-12
株式会社KADOKAWA　MF文庫J編集部気付「三河ごーすと先生」係「ねこめたる先生」係